中国古代文学理论思考与探索

孙俊　曾欢欣　著

延边大学出版社

图书在版编目（CIP）数据

中国古代文学理论思考与探索 / 孙俊，曾欢欣著
. -- 延吉 ： 延边大学出版社, 2023.10
ISBN 978-7-230-05783-7

Ⅰ. ①中… Ⅱ. ①孙… ②曾… Ⅲ. ①中国文学－古
典文学研究 Ⅳ. ①I206.2

中国国家版本馆CIP数据核字(2023)第210413号

中国古代文学理论思考与探索

著　　者：孙　俊　曾欢欣
责任编辑：韩亚婷
封面设计：文合文化
出版发行：延边大学出版社
社　　址：吉林省延吉市公园路977号　　　邮　　编：133002
网　　址：http://www.ydcbs.com　　　　E-mail：ydcbs@ydcbs.com
电　　话：0433-2732435　　　　传　　真：0433-2732434
印　　刷：廊坊市广阳区九洲印刷厂
开　　本：710×1000　1/16
印　　张：12
字　　数：220 千字
版　　次：2023 年 10 月 第 1 版
印　　次：2023 年 10 月 第 1 次印刷
书　　号：ISBN 978-7-230-05783-7

定价：78.00 元

前　　言

　　文学是人类社会特有的精神现象，是一种审美的社会意识形态。它是运用语言符号来塑造艺术形象、反映社会生活、表达作者的审美意识，能给人以审美感受的艺术，亦称"语言艺术"。可以说，文学是创作主体审美意识的外在体现。

　　文学是人类借助于语言文字以艺术地认识世界和掌握世界的一种方式，也是人类丰富知识、提升智慧、陶冶情感、塑造灵魂的文化资源。中国古代文学正是这样一份极其丰厚的人类文化遗产，值得我们仔细地品读、深入地体验和充分地阐释，从中发掘中华优秀传统文化的丰富宝藏，为世界文化的继承和发展贡献独具一格的中国智慧和中国价值。汲取传统而面向现实，立足本土而心怀天下，这是中国古代文学研究者要具有的文化担当。

　　本书从中国古代文学的起源与类别入手，详细地梳理了中国古代文学的发展演变，之后重点分析了中国古代文学观念、中国古代文学创作理论，并研究了中国古代文学的当代性意义，最后重点探讨了中国古代文学经典化机制运作的规律与特点。

　　本书在编写过程中参考并借鉴了众多优秀论著和文献资料，在此向各位作者致以诚挚的感谢。由于笔者能力有限，书中难免会出现疏漏或不足之处，恳请各位专家及读者批评、指正，希望广大读者多提宝贵意见，以便我们不断改进和完善。

笔者

2023 年 8 月

1

目　　录

第一章　中国古代文学的起源与类别 ………………………………………… 1

　　第一节　中国古代文学的起源 ………………………………………… 1

　　第二节　中国古代文学的类别 ………………………………………… 9

第二章　中国古代文学发展演变 …………………………………………… 20

　　第一节　先秦文学 …………………………………………………… 20

　　第二节　秦汉魏晋南北朝文学 ……………………………………… 26

　　第三节　隋唐五代文学 ……………………………………………… 39

　　第四节　宋元明清文学 ……………………………………………… 49

第三章　中国古代文学观念 ………………………………………………… 60

　　第一节　中国古代文学观念的发展及其渊源 ……………………… 60

　　第二节　孔子思想与儒家文学观念 ………………………………… 67

　　第三节　老庄哲学与道家的文学观念 ……………………………… 73

　　第四节　法家的思想渊源和文学观念 ……………………………… 76

第四章　中国古代文学创作理论 …………………………………………… 80

　　第一节　中国古代文学的创作发生论 ……………………………… 80

　　第二节　中国古代文学的创作构思论 ……………………………… 85

第三节 中国古代文学的创作方法论 93

第五章 中国古代文学的当代性意义 103

第一节 中国古代文学理论的当代性问题 103

第二节 中国古代文学理论与现代文学理论的主要内容及其异同 114

第三节 中国古代文学对当代社会的影响与价值 119

第六章 中国古代文学经典化机制的运作 135

第一节 文学经典生成初始阶段机制运作的多元建构 135

第二节 经典文本传播阶段机制运作的多元建构 145

参考文献 185

第一章 中国古代文学的
起源与类别

第一节 中国古代文学的起源

一、汉字的产生

文学是人类文化传播的重要方式，传播文学的主要工具是文字。虽然有口头文学，但其受时空制约，传播的范围和时间都有很大的局限，且其会随着历史的发展在内容和形式方面有所改变，故很难说是原生态文学。通过文字流传的文学，才是最可靠的文献资料。因此，从某种意义上说，文字便是文学流传的前提和条件。即使是鲁迅先生说的"杭育杭育"派，也需要写出这几个字来。要整理研究以前的文学，与古人思想接轨，便非要识字不可。

中国的汉字尤其适于流传，而且适于永久性流传。先不说字形和字体，只看传播文字的载体便可看出中国先民杰出的智慧。就现存史料来说，最早的汉字是甲骨文，殷商时的知识分子把占卜的结果以文字形式用刀雕刻在龟甲或大块兽骨上，然后集中存放，可能是想验证占卜结果准确与否，当然肯定也有长期保存流传后世的动机。

流传至今最早的甲骨文是河南安阳小屯村出土的殷墟文字。西周时期，人们依然使用甲骨文，1954年在山西洪洞县首次发现西周甲骨文，其后在扶风、岐山两县间周原遗址也发现了西周甲骨文，单字超过4 500多个。

中国人历来有不朽意识，即使肉体死亡，也希望灵魂永生，希望自己的名字和事迹永载史册，于是便千方百计通过文字记录下来，并希望永远流传。在甲骨文之后，一些地位高的大贵族便把自己的名字和一些大事，包括刑法等铸在青铜器上，这便是金文，也称钟鼎文。最初的铭文往往只有几个字或一两句话，到西周后期字数逐渐增多。成王时的令彝铭文有 187 字；康王时的小盂鼎铭文有 390 字；宣王时的毛公鼎铭文有 33 行、497 字，是目前发现的最长的铭文。

其后，人们便把文字镌刻在石头上，所谓的勒铭、立碑、石鼓文均属此类。稍有地位和影响的人物死后一定要请名人撰写墓志铭并刻碑。诸如此类的举措，目的都是一个：永远流传。另外，用朱漆写在简牍上、用墨写在宣纸上等方式，都可以长久保存。近现代不断出土的竹简，敦煌保存的唐代人写的卷轴，都是许多年前的文字，至今依然保存得清晰完整。

甲骨文也好，钟鼎文也好，石鼓文也好，只要是汉字，绝大多数今人都能够看明白，确实达到了流传的目的。我们中华民族能够比较有系统地连贯记载3 000 余年的有文献可证的历史，文字以及这种记载文字的形式是关键因素。

文字的产生是人类文明进步的重要里程碑，是文学广泛流传的前提。那么，文字是如何产生的呢？

一般都说汉字是由仓颉创造的。《荀子·解蔽》《韩非子·五蠹》《吕氏春秋·君守》都持这种观点。《世本》中说仓颉是黄帝的史官。秦始皇统一天下后，为统一文字，废除其他六国文字，命丞相李斯作《仓颉篇》，仓颉与文字的联系就更加紧密了。那么，文字的发明者到底是不是仓颉呢？下面，本书就这一问题进行简单的讨论。

《荀子·解蔽》中说："好书者众矣，而仓颉独传者，一也。好稼者众矣，而后稷独传者，一也。好乐者众矣，而夔独传者，一也。好义者重矣，而舜独传者，一也。"从荀子的话来看，与仓颉同时爱好书写的人很多，但唯独仓颉写的字流传下来，是因为他精神专一。可知与仓颉处于同一时代的许多人都爱好书写文字，那么，文字有可能不是仓颉创造的。在仓颉以前，文字已经成形并流传开来，成为比较普遍的交流工具。仓颉是同时代人中写字最好、最全的人，对于文字的流传与推广有重要作用。

韩非是荀子的学生，他在分析字义时说："古者仓颉之作书也，自环者谓之私，背私谓之公。公私之相背也，乃仓颉固以知之矣。"他认为仓颉创造文字时注意到"私"字和"公"字意义方面的对立，没有论述仓颉造字的情况。《吕氏春秋·君守》说："奚仲作车，仓颉作书，后稷作稼，皋陶作刑，昆吾作陶，夏鲧作城。"东汉高诱注曰："仓颉生而知书写，仿鸟迹以造文章。"高诱的注有神秘色彩，认为仓颉天生就会写字，但后面紧跟着说是观察模仿鸟爪在地面留下的痕迹而发明了文字。说仓颉"生而知书写"是不可信的，但"仿鸟迹以造文章"却有一定道理。

将上述材料综合一下，可以大致推测出文字产生的过程：在漫长的社会历史中，由于生产能力的提高和交流记忆的需要，人们逐渐用一些符号来记载事物，随着社会交往的日益深入，符号数量逐渐增多，使用范围逐渐扩大。到仓颉时期，文字已经基本成形，由于仓颉的专门书写，再进行一些创造，文字进一步规范，便于人们掌握。又经过数百年甚至上千年的流传，文字数量更多。秦始皇统一天下，为统治的方便，必须统一文字，于是由当时文化水平最高又掌握实权的李斯来统一书写，使天下文字完全统一起来，这便是篆书，也称"小篆"。其后经过隶书化和楷体化，汉字便永远流传下来，发展成为世界主要的几种文字之一。大量的古代文献通过文字流传下来，浩如烟海的古代文学作品也通过文字流传下来，成为我们享用不尽的精神食粮。诗曰：伏羲仓颉复李斯，草创成型规范之。甲骨金石简牍纸，文明华夏尽由兹。

二、上古诗歌

文学是一种社会现象，是一种社会意识形态，早在文字产生之前文学作品就产生了。最早的文学是原始人类的口头创作，即流传于人群中的古代诗歌。

文学作品起源于劳动，上古诗歌就是根据劳动需要产生的。劳动是有节奏的，诗歌的韵律、节拍性因而也十分显著。它源于劳动，同时又反过来在劳动中起着加强节奏和调剂精神的作用。关于文学起源于劳动的观点，前人的阐述甚多。《吕氏春秋·审应览·淫辞》说："今举大木者，前呼舆㕟，后亦应之。"《淮南子·道应训》中也有类似的说法："今夫举大木者，前呼'邪许'，后亦应之，此举重劝力之歌也。"鲁迅先生的话更为明白、生动，他在《且介亭杂文·门外文谈》中说："我想，人类是在未有文字之前，就有了创作的，可惜没有人记下，也没有法子记下，我们的祖先原始人，原是连话也不会说的，为了共同劳作，必须发表意见，才渐渐地练出复杂的声音来，假如那时大家抬木头，都觉得吃力了，却想不到发表，其中有一个叫道'杭育杭育'，那么，这就是创作；大家也要佩服、应用的，这也就等于出版；倘若用什么记号留存下来，这就是文学；他当然就是作家，也是文学家，是'杭育杭育'派。"

这种"舆㕟""邪许""杭育"的劳动号子声，一旦和表示具体意义的语言相结合，便使呼声有了明确的含义，呼声中的语言也就演化成既有节奏又有意义的唱词，于是上古诗歌就产生了。由于产生年代久远和没有文字可供记录，所以今天能见到的上古诗歌较少，而且真伪也难考辨。某些古书中保存的诗歌，就其音节、形式、内容来看，是极似原始歌谣的。如《吴越春秋》中所载的《弹歌》：

> 断竹，续竹，飞土，逐宍。

这很可能是一首产生于渔猎时代的猎歌。唱出了原始人砍断竹子、捆成弓、射出土丸、追逐猎物的整个狩猎过程，也抒发出我们的远古祖先为自己发明了狩猎工具而感到喜悦和自豪的情感。这首诗歌淳朴自然、概括力极强，属于原始型诗歌。

《易经·归妹》中也保存了一些古老的歌谣。如：

> 女承筐无实，士刲羊无血，无攸利。

《易经》是一部巫书。这段歌词反映的是一次祭祀前的占卜文字，说：女子将举着空筐子，男子杀羊不出血，要是祭祀准没好处。当然，对这段歌词也还有不同的解释。例如说它是一首反映畜牧生活的诗歌，描绘了妇女托着筐，等待男子割下羊毛装进去的劳动场面，"无实"是指羊毛没什么分量，"无血"是指劳动轻巧，不伤羊体，唱词中含有诙谐和欢乐。

上古还流传着一些祭雨祈祷的韵语，颇具早期诗歌特点。如《礼记·郊特牲》所载伊耆氏（即"神农氏"）的《蜡辞》：

> 土反其宅，水归其壑，昆虫毋作，草木归其泽。

《蜡辞》是十二月蜡祭群神时，向鬼神发的祷告之辞，希望神灵保佑：泥土不要流失，洪水退回深谷，害虫不要咬坏庄稼，草木恢复其润泽。虽是祈祷，但也显露出人与自然作斗争、要自然为人类造福的思想萌芽。当然，就其艺术形式较为完整、语言表达相当缜密而论，其恐非传说中的神农氏时所作，起码应晚于上述各例，说它是殷商时的作品更可信一些。

照理说，作为文学作品最早形式的上古诗歌，应该是大量的，像当时的劳动生活一样丰富多彩，但是因为当时没有文字记录，全凭口耳相传，时间又已久远，自然存留甚少。但从《易经》仅存的有限材料中，已足见其清新、质朴、明朗、健康的情调。上古诗歌是中国文学的古老源头。

三、文学的摇篮——神话

在原始时代，生产力低下，原始人在同自然（也包括社会）作斗争的过程中，往往无能为力。他们的知识限制了他们对自然规律的认识和掌握，因而他们对变化多端的自然现象感到神奇莫测，认为在冥冥之中有神在控制、指挥，于是凭借自身的生活体验，通过想象和幻想，创造出人格化的神的形象，并创作出神的故事，以解释自然现象，征服和支配自然。这些故事在古代人的口中代代相传，后世便称之为神话。

神话在文学史中有着十分重要的价值。

首先，神话具有不朽的认识价值。神话是原始时期人类社会意识的最初记录，是自然界和社会生活本身的曲折反映。它为我们认识人类早期的社会状况，探索远古时代的历史奥秘，了解远古人类的意识、情感，提供了可贵的信息、宝贵的资料。例如《述异记》中说，盘古死后"头为四岳，目为日月，脂膏为江海，毛发为草木"，使我们了解到原始人对世界由来的认识，从中可以看出我们祖先的朴素唯物主义思想，即世界并非上帝创造，而是由物质变化而来的。又如《山海经·海外西经》载："刑天与帝争神，帝断其首……乃以乳为目，以脐为口，操干戚以舞。"这表现了古人敢于向绝对权威挑战的精神和不屈不挠的意志。又如许多奇人异物的神话，从中可以看出古人征服自然的愿望和丰富的想象力等。

其次，神话具有重要的艺术价值。古代神话是浪漫主义文学的萌芽，对后世文学的影响很大。一般说来，神话创作的基础是现实，而神话的创作方法是浪漫的。神话以其奇特奔放的幻想，激发作家的想象力，并提供了丰富的文学题材和艺术形象。我国先秦时期的神话，同样是我国文学艺术的土壤。屈原的辞赋，庄子的散文，阮籍、陶渊明、李白、李贺、苏轼等的诗歌，特别是小说、戏剧，如《柳毅传书》《张生煮海》《西游记》《封神演义》以及鲁迅的《故事新编》等，都是我国作家在古代神话的土壤中，辛勤耕耘的丰硕成果。

最后，神话具有很高的审美价值。古代神话以其瑰丽壮伟给人以美妙的艺术享受。神话中所蕴含的对勤劳、勇敢、正直、善良的礼赞，对崇高、粗犷、神奇、悲壮的美的讴歌，不仅反映了我们祖先的思想、情感和性格，而且对我们民族道德情操的形成有重要的启迪和陶冶作用。神话中蕴含的乐观主义、英雄主义精神以及对现实的积极态度，强烈要求改变现实和追求美好生活的愿望，鼓舞着后代子孙，尤其是对作家进步世界观的形成有着重要的作用。

我国古代神话主要保留在《山海经》《淮南子》《楚辞》《庄子》《列子》和其他一些古籍中。从流传下来的神话来看，大致可分为四种类型：一是关于世界由来、人类起源的"创世神话"，如《盘古开天》《女娲补天》等；二是关于自然神的形象和故事中的"自然神话"，如日神、月神、雷神、海神等；三是关于改造自然、改造社会的英雄形象和故事的"英雄神话"，如《鲧禹治水》《刑天舞干戚》等；四是关于一些具有特异功能的异人、异物的"传奇神话"，如"羽民国""长臂国""千里眼""顺风耳"的故事等。

和全人类的神话一样，中国古代神话也经历了自身发展演变的历史过程。神话的发展大致经历了从灵性神话到神性神话，再到人性神话的不同阶段。由于中国古代神话在流传过程中曾被后人不断加工、改造，导致失去了它的本来面目，上述发展阶段便难以明确地划分。

这种加工、改造的结果，还明显地导致了神话的历史化、寓言化和宗教化。

历史化是中国古代神话演变的最突出表现。历代统治者为了维护本阶级的利益，有意识地对神话进行改造。例如"女娲抟黄土作人"的故事，《风俗通义》引俗说："天地开辟，未有人民。女娲抟黄土作人，剧务力不暇供，乃引绳絙于泥中，举以为人。故富贵者，黄土人也；贫贱凡庸者，絙人也。"这就明显地具有统治阶级的意识，以神话作为统治阶级地位特殊的理由和根据。另外，由于中国古代史学发展较早，史学家认为神话荒唐怪诞，不能入史，对广泛流传的神话故事进行了看似合理的理性诠释，使之有资格进入历史简册。如把"黄帝三百年"解释为"生而民得其利百年，死而民畏其神百年，亡而民用其教百年"（《大戴礼记·五帝德篇》）；把"黄帝四面"解释为"取合己者四人，使治四方"(《尸子》);把"夔一足"讲成"夔非一足也,一而足也"(《韩非子·外储说左下》)。这种把"神"人化,把神话历史化的结果,就是使神话失去了它的勃勃生机而僵化成为毫无色彩的"历史"。究其原因,也与以孔子为代表的儒家一向轻视和贬斥神异之说,认为神话"荒唐不经"有关。

寓言化是中国神话演变的又一结果。中国神话本来就蕴含丰富的哲理性和教育性,后世的一些思想家为了宣扬自己的学说,便从神话的"武库"里选取"为我所需""为我所用"的部分进行加工改造,使之成为寄托某种思想哲理的寓言。这样一来,则强化了神话的理性韵味,减弱了神话的感性色彩,使生动的神话故事变成了以教化为主的寓言故事。这主要反映在先秦诸子的说理性文章中,特别是庄子,堪称改造神话、使神话寓言化的能手。

神话与原始宗教都是原始思维的产物,都使人类的经验、情感和幻想更形象、更具体化,同样属于艺术的创造。神话本是鼓舞人民与自然作斗争的武器,与后世的宗教是不能混为一谈的;但神话中含有宗教的因素,易为宗教所用。中国神话在历史演变中,由"神话"流为"仙话",是神话宗教化的主要表现。比如,中国古代神话中,关于西王母的神话和月亮神话,就逐渐演变为"仙话"。女神成了仙女,形象也由粗朴变为美丽,情节由荒谬走向"合理",其中便掺进了方术之士的仙道观念,这无疑是神话变质、趋向消亡的又一原因。

第二节　中国古代文学的类别

一、文采斐然：诗词

（一）诗

许多民族在语言的发展中产生了适合本民族语言的诗歌形式。在中国，最早的诗歌总集是《诗经》，其中最早的诗作于西周初期，最晚的作品成于春秋中叶。

到了战国时期，在南方的楚国，华夏族和百越族语言逐渐融合，诗歌集《楚辞》突破了《诗经》的一些形式限制，更能体现南方语言的特点。

乐府诗是为了配音乐演唱的，相当于现代社会的歌词。这种乐府诗主要有"曲""辞""歌""行"等。三国时期以建安文学为代表的诗歌作品吸收了乐府诗的营养，为后来的格律更严谨的近体诗奠定了基础。

到了唐代，中国诗歌出现了四句的绝句和八句的律诗。律诗一般押平声韵，每句的平仄、对仗都有规定。绝句的规定稍微松一些。

唐代是我国古典诗歌发展的全盛时期。唐诗是我国优秀的文学遗产之一，也是全世界文学宝库中的一颗灿烂的明珠。尽管距今已经有 1 000 多年了，但许多诗篇还是被广为流传。

唐代的诗人特别多。李白、杜甫、白居易等是世界闻名的伟大诗人，除他们之外，还有无数诗人，像满天的星斗一样在诗歌的发展历史上熠熠生辉。

唐诗的题材非常广泛。有的从侧面反映当时社会的阶级状况和阶级矛盾，揭露了封建社会的黑暗；有的歌颂正义战争，抒发爱国思想；有的描绘祖国河山的秀丽多娇。此外，还有抒写个人抱负和遭遇的，有表达儿女爱慕之情的，有诉说朋友交情、人生悲欢的。总之，从自然现象、政治动态、劳动生活、社会风习，直到个人感受，都逃不过诗人敏锐的目光，而成为他们写作的题材。在创作方法上，唐诗既有现实主义手法，也有浪漫主义手法，而许多伟大的作品，则是这两种创作方法相结合的典范，从而形成了我国古典诗歌的优秀传统。

唐诗的形式和风格丰富多彩。它不仅继承了汉魏民歌和乐府的传统，并且发展了歌行体的样式；不仅继承了前代的五、七言古诗，并且发展为叙事言情的鸿篇巨制；不仅扩展了五言、七言形式的运用，还创造了风格特别优美整齐的近体诗。近体诗是当时的新体诗，它的创造和成熟，是唐代诗歌发展史上的一件大事。

（二）词

词是按照一定的乐谱而演唱的歌词。它先有一定的曲调，然后再按照固定的通用曲谱填词进去，故又称"曲子词"。由于音乐的关系，词的句子一般是长短不齐的，但每一词调、句中之字、平仄都有一定的限制，词又被叫作"长短句"。

词这种体裁早在六朝时期便已出现，敦煌曲子词的牌调也多为六朝旧曲。唐代既继承六朝以来的乐曲，也大力吸收了"胡夷乐曲"和"里巷之歌"，又制新曲，词便更加成熟，广泛地为民间使用。唐代民间也有许多俚曲小调，如《杨柳枝》《纥那曲》《竹枝》《山鹧鸪》《抛球乐》《望江南》《菩萨蛮》等。自盛唐、中唐以至晚唐五代均有词，大部分作者是民间各行各业的劳动者，所反映的社会生活面非常广阔。

词在本质上和诗一样同属抒情文体，但是词不仅具有自己独特的形式体制，而且取象造境、传声达情与诗大不相同。王国维在《人间词话》中指出："词之为体，要眇宜修，能言诗之所不能言，而不能尽言诗之所能言，诗之境阔，词之言长。"相对而言，诗的言事功能强大，词的言情功能细致些。诗所表现的社会生活广泛得多，所运用的艺术手段丰富得多，而词则比诗更能深入地表达人们敏感而隐秘的内心世界，更加擅长刻画人们排恻而缠绵的情思。在古代文坛上，词与诗各具风采，相得益彰。

宋代文学是继唐代文学之后的又一座高峰。不仅在作家作品的数量上远超前代，而且词和文的成就甚至超过了唐朝，尤其是词代表了宋代文学的最新成就。

北宋前期的词，大多是酒筵歌席间娱宾遣兴之作，多言男女情事，形式多为小令，风格婉约流丽，代表作家是晏殊、欧阳修。然而，晏欧词比南唐词抒情性更强，风格更雍容秀雅，文人化、诗人化的倾向更明显，预示着词逐渐由娱宾遣兴转为言情写志。

自元代开始，中国诗歌的黄金时期逐渐过去，文学创作逐渐转移到戏曲、小说等其他文学形式上。

二、沉博绝丽：散文

中国古代散文的开端应从先秦历史散文和诸子散文说起。就体裁而言，先秦历史散文的形成有一个演变过程。早期的《尚书》，除假托的部分，其余部分完全是史官所保存的文件的汇编；《春秋》虽相传经过孔子的删定，但仍然保持着史官记录的体式。战国初期形成的《左传》《国语》也利用了大量史官记录，但已经不是严格意义上的官方著作。至于战国末年至秦汉之际形成的《战国策》，其主要来源是策士的私人著作。总体来说，这个过程表现为官方色彩逐渐减弱。而愈是后期和愈是接近民间的著作，其文学成分愈是显著，而相应的，在史学的严格性方面有所削弱。这也可以说是散文创作风格之一。

《尚书》就其体裁而言，是古老的文章汇编。而"春秋"原是先秦时代各国史书的通称，后来仅有鲁国的《春秋》传世，便成为专称。这部原来由鲁国史官所编的《春秋》，相传经过孔子的整理、修订，被赋予特殊的意义，因而也成为儒家重要的经典。《春秋》是一部编年体史书，它以鲁国为线索，记写了春秋时期的大事，为编年体史书之祖。《春秋》最突出的特点就是寓褒贬于记事的"春秋笔法"，这也作为一种写作手法，对后世产生了深远的影响。

　　《左传》实质上是一部独立撰写的史书。只是后人将它与《春秋》合称后，可能做过相应的处理。《左传》是第一部具有丰富的文学色彩的历史著作，它直接影响了《战国策》《史记》的写作风格，凸显了文史结合的特点。这是《左传》对散文的最大贡献。而另一部史书《国语》是我国第一部国别体史书，它的形式与春秋等书不同，它以国家为记叙的线索，分别记写了不同时期的大事，开国别体史书之先河。

　　诸子散文与历史散文不同，是春秋战国时期各个学派阐述自己学说的著作，是百家争鸣的产物。其思想各据一端，精彩纷呈。正因为它是随着争辩的风气而发展起来的，其基本趋向，就是从简约到繁复，从零散到严整。愈是后期的著作，篇幅愈宏大，组织愈严密。就本来的意义说，诸子散文是政治、哲学、伦理等方面的论说文，不是文学作品。就体裁来说，可以说历史散文是记叙文，而诸子散文则是议论文。

　　时至西汉，以单篇的文章而言，文章的风格总体上带有显著的政治色彩和实用性质，同时也讲究文采。这种文章，受国家政治形势变化的影响很大。直到一部伟大的著作——《史记》的出现。

　　《史记》是散文体裁的一次变革。全书由本纪、表、书、世家、列传五种体例构成。"本纪"用编年方式叙述历代君主或实际统治者的政绩，是全书的大纲；"表"用表格形式分项列出各历史时期的大事，是全书叙事的补充和联络；"书"是对天文、历法、水利、经济等各类专门事项的记载；"世家"是世袭家族以及孔子、陈胜等历代推崇的人物的传记；"列传"为本纪、世家以外各种人物的传记，还有一部分记载了中国边缘地带各民族的历史。《史记》通过这五种不同体例相互配合、相互补充，构成了完整的历史体系。这种体裁叫作纪传体，后来稍加变更，成为历代正史的通用体裁。

　　散文在魏晋时期没有长足的发展，这种状况一直持续到唐代的"古文运动"。所谓"古文"，是韩愈等人针对唐代的"时文"，即魏晋以来形成、至初唐及盛唐仍旧流行的骈体文而提出的一个概念，指先秦两汉时单行散句、没有规定形式的文体。

古文与时文的区别在于强调的重点不同。时文由于对文章形式的要求过高，力求骈偶，讲究修辞，铺张华丽，形成了一种诗化的行文风格。但正是由于这种风格导致了内容的空泛、感情表达的不透彻。韩愈、柳宗元等正是针对这个问题，欲改革文体，于是发起了声势浩大的古文运动。

古文运动是文学史上一个复杂的现象。就其解放文体、推倒骈文的绝对统治、恢复散文自由抒写的功能这一点来说，无论对实用文章还是对艺术散文的发展，都有不可磨灭的功绩。

我国古代散文的发展大致就是这样一个过程，至后来的宋、元、明、清各朝，散文的体裁没有发生变化，成就上也很难超过前代。

三、辞藻艳丽：骈文与辞赋

（一）骈文

骈文是与散文相对而言的一种文体名称。骈文的主要特点有两个：一是讲究对偶，二是协调音律。溯根寻源，语句对偶、讲究声韵作为一种技巧特色，在先秦散文中早已有之。汉赋出现后，对偶句趋向增多，到了魏晋，骈体文章已经形成，如曹丕《与吴质书》中就不乏对仗甚精的对偶句："岁月易得，别来行复四年。三年不见，《东山》犹叹其远，况乃过之，思何可支！"而曹植的《洛神赋》对仗精工，声韵琅琅，更具骈体文的代表作，如"其形也，翩若惊鸿，婉若游龙。荣曜秋菊，华茂春松。髣髴兮若轻云之蔽月，飘飖兮若流风之回雪。远而望之，皎若太阳升朝霞；迫而察之，灼若芙蕖出绿波"。

到了南北朝，尤其是齐、梁之际，由于封建君主及贵族士大夫的提倡，骈文达到鼎盛时期。自东晋末至南北朝以来近二百年间，几乎所有作家都写骈文，不论历史、学术著作，还是书信、奏表，全部骈化，其中大都是一些舍本逐末、不顾内容而只求华美的形式主义的东西。当然也有少数作家摆脱束缚，写出了内容较为充实、艺术技巧性很强的骈体作品，如南朝的鲍照，他的《芜城赋》

被后世誉为"赋家之绝境"，它以夸张对比手法，描绘了广陵城昔时之繁华与今日之荒凉，揭示出由于统治集团之间的战争造成的巨大破坏，如赋尾的"歌曰：'边风急兮城上寒，井迳灭兮丘陇残，千龄兮万代，共尽兮何言！'"抒发了浓厚的苍凉伤感之情。此外，他的《登大雷岸与妹书》与《瓜步山楬文》等，均写景抒情，议论纵横，笔底传神，各具特色。宋、齐间孔稚珪的《北山移文》，全篇以拟人手法借山中景物之口，淋漓尽致地讽刺那些贪图官禄的假隐士的虚伪情态："于是南岳献嘲，北陇腾笑，列壑争讥，攒峰竦消，慨游子之我欺，悲无人以赴吊。故其林惭无尽，涧愧不歇，秋桂遗风，春萝罢月……请回俗士驾，为君谢逋客。"语言生动优美，抒情味极浓。齐、梁间陶弘景的《答谢中书书》，丘迟的《与陈伯之书》，吴均的《与朱元思书》，江淹的《恨赋》《别赋》，均为这一时期的骈文名篇。它们或写南方清秀明丽之景，或抒发不满现实、失意牢骚之情，多有惊人之笔。如《与陈伯之书》中的"暮春三月，江南草长，杂花生树，群莺乱飞"几句，把南国风光写得生动形象。

北朝庾信的骈文成就最高，《哀江南赋》是其代表作。通篇以追叙梁代兴亡和感慨个人身世为主，揭示出梁代统治者的昏庸腐朽，以及江陵陷落后百姓流离之苦。"日暮途远，人间何世！将军一去，大树飘零；壮士不还，寒风萧瑟。"该赋的起始，叠用典故，气势苍凉，自是不同凡响。迨读至"水毒秦泾，山高赵陉，十里五里，长亭短亭。饥随蛰燕，暗逐流萤。秦中水黑，关上泥青。于时瓦解冰泮，风飞雹散，浑然千里，淄渑一乱"，一片家国破败、人民流亡在道的景象映入眼帘，令人掩卷而叹。唐代大诗人杜甫的《咏怀古迹》"庾信平生最萧瑟，暮年诗赋动江关"之句，就是就此篇而言的。庾信的《小园赋》和《枯树赋》小巧纤丽，也是自伤身世的抒情名篇。

尽管骈赋文体中有上述较好的作品，但其终因在声律、对仗等形式上太过雕琢，对文学的发展起绊羁作用，所以南北朝之后，其逐渐由盛转衰。

（二）辞赋

辞赋则是汉代最流行的文体，它的雏形可以追溯到先秦时期的《楚辞》。两汉四百年间，许多散文高手也是辞赋大家。后人以辞赋为汉代文学代表，故有"汉赋"的专称。赋盛于汉，但产生却在战国后期。最早以"赋"作为篇名的是荀子，他为"礼""知""云""蚕""针"五者作赋，以通俗的隐语写事物，这是赋处于萌芽状态、不成熟时期的作品。另外，赋的进一步发展又与纵横家散文的特点有关，且直接受新兴文体楚辞的影响。故推究辞赋之祖，应是屈原与荀况。

作为一种文体，赋的主要特点是半诗半文。就它以铺叙手法写事物来看，接近散文；但从它要求句式基本整齐且一定要押韵看，其又近诗歌。古人常常将诗赋并称。由屈子楚辞、荀子之赋变而为汉赋，中间自然有着逐步的过渡。如战国末期之宋玉、唐勒、景差等都以赋见称，保存至今的有《九辩》《高唐赋》《神女赋》《风赋》《登徒子好色赋》，均为宋玉的作品，对汉赋有一定影响。

汉赋的发展可分三个阶段，一是西汉初年的辞赋家追随楚辞余绪，创作骚体赋的阶段，其代表人物有贾谊、枚乘。二是稍后至西汉中叶，即自武帝起，汉代处于鼎盛时期，辞赋风行一时，逐渐演变为有独立特征的散体大赋，这是汉赋的重要发展时期，代表作家有司马相如、东方朔。三是东汉后期社会逐渐衰败，辞赋也进入晚期，这时的赋，多是短篇抒情咏物之作，也兼寓讽世之意。以赵壹、蔡邕、祢衡等为代表。东汉末期，外戚擅权，统治阶级内部争权夺利，军阀混战，杀伐不休，人民反抗斗争如火如荼。尤其是公元 184 年的黄巾农民大起义的爆发，彻底摧垮了东汉王朝，再也没有表面上的升平繁荣可歌颂的了。汉赋发展到晚期，汉大赋销声匿迹了，代之出现的是抒情咏物，兼寓嘲讽时世的短篇小赋。汉晚期的小赋，虽具有一定思想内容和峻峭清丽的风格，但已趋向衰落了。

四、引人入胜：小说

"小说"一词，在我国是一个不断发展的概念，在不同的历史时期有着不同的内涵。"小说"二字最早出自战国时期的《庄子·外物》："饰小说以干县令，其于大达亦远矣。"这里把小说说成是不合大道的琐屑言论，与作为文体意义的"小说"并不相同。

在汉代，有文人从文体角度提出了小说的概念。东汉初年，桓谭在《新论》中说："若其小说家，合丛残小语，近取譬论，以作短书，治身理家，有可观之辞。"这段话明确了小说的一个重要价值——治身理家。

在古代神话传说、民间故事、史传文学的肥田沃土上，孕育了魏晋南北朝的小说。此时的小说虽然大多篇幅短小、情节简单，但结构完整、描写细致，已初具小说的规模。根据其内容，可分谈鬼神怪异的志怪小说与记录人物轶闻琐事的轶事小说两类。前者以《搜神记》、后者以《世说新语》为其代表作。

《搜神记》保存了许多古代优秀神话传说，此书流传千古不衰，成为我国优秀文化遗产的重要组成部分，它为唐代传奇的出现奠定了基础。

《世说新语》以精练含蓄的语言，生动地表现了人物的精神风貌，往往只言片语就极生动地勾勒出人物性格，表现了记事写人的高超技巧，艺术成就颇高。它是后世笔记小说的先驱。

南北朝的志怪与轶事小说，发展到唐代而为传奇小说，这是小说发展史上的一大进步。唐代传奇就是用文言写的短篇小说。晚唐文人裴铏率先把所撰的文言短篇集命名为《传奇》。后人以此为名。

唐传奇小说的艺术手法，也在发展中逐渐完备和提高，它虽源于志怪，但已不仅是"传鬼神、明因果"，而主要在文采与意识上是"有意为小说"。所以它摆脱了志怪的粗横简单、刻板公式，而叙述婉转，文辞华艳，人物性格鲜明突出，结构严密，情节曲折，写景、抒情、叙事相结合，已初具长篇规模。另外，它成功地运用了市民口语，生动传神。这些都使它具有极强的生命力，对后代文学产生了深远的影响。诸如宋代传奇小说的形式，宋代以后话本小说及元、明、清杂剧作品的取材等，均与唐传奇小说有渊源。后世文人在诗文中引用唐传奇典故的情况非常多。

中国文学发展的各个时期都有一种比较繁荣的文学样式，如同唐诗、宋词、元曲一样，明代小说代了明代文学的最高成就，呈现出万紫千红的繁荣景象。明代小说为清代小说艺术高峰的形成准备了充分的条件。明代小说的繁荣，首先表现为作品数量多，规模大，众体齐备，反映社会生活面广。从创作方式来看，由积累型转变为独创型。《金瓶梅》以前的章回体小说，均为世代积累，而后由作家写定，因而作家的个人风格不够突出。《金瓶梅》标志着积累型向独创型的转变，布局统一、结构严谨、风格一致的特征反映了作家概括生活、反映生活能力的提高。从此，文人独创的长篇小说大量涌现，如明末清初大批才子佳人小说和艳情小说的出现，直到《儒林外史》和《红楼梦》，古代作家独创型小说艺术达到巅峰。

清代是我国最后一个封建王朝，也是我国历史上一个重要的转折时期。在清代卷帙浩繁、体式众多的文学作品中，一些卓有成就的大家，他们力求在继承中有所突破和创新，这在小说中表现得尤为突出。其中，蒲松龄的《聊斋志异》，是历代文言短篇小说发展到极致的代表，吴敬梓的《儒林外史》是我国成就最高的古代讽刺小说，而曹雪芹、高鹗的《红楼梦》作为打破了"传统的思想和写法"的长篇白话小说，就像超拔于中国古典小说群山的一座最高峰，在我国文学史上有着不可替代的地位。

五、文学奇萌：戏曲

我国戏曲艺术形成较晚，有一个缓慢而独特的发展过程。原始社会以农牧生活为内容的歌舞，可以说已经包含了戏剧的萌芽。进入封建社会，祭祀乐舞和娱乐性的伶人舞蹈出现。西汉封建帝国建立后，又盛行汇总了民间各种表演艺术的百戏。南北朝时期，北朝出现了"拨头""代面""参军"等具有一定故事性的乐舞表演形式。表演艺术经过各代的发展，一步一步地走向成熟。但唐代以前我国还没有出现真正的戏曲。

唐代到宋金，是我国戏剧形成的重要阶段，唐代乐舞对后代杂剧的乐调和表演有着重要的影响。同时，变文以及传奇小说的产生，又为即将出现的戏曲准备了多样的题材。唐代参军戏更加流行，而且有了进一步的发展，一般有两个角色，并出现了伴奏和歌唱。北宋时，在唐代参军戏的基础上，发展起了杂剧，杂剧分艳段、正杂剧、杂扮几部分。艳段起开场引入"正文"的作用；正杂剧演出故事经过，一般又分为两段；杂扮则是属于逗人发笑用的段子，一场有四人或五人演出。和杂剧十分相似的是金代院本，《南村缀耕录》记载的金院本名目有 690 种之多，剧目、人物已有很细致的区分。杂剧和金院本构成了我国戏剧的雏形。

诸宫调是宋金流行的讲唱文学的一种，内容丰富，乐曲组织多样，有了说白和歌曲的分工。在题材和音乐方面，诸宫调为元杂剧奠定了基础。此外，宋朝的傀儡戏和影戏已能表现完整的故事，有配合的演唱，这对表演艺术也有积极影响。

我国历史上第一次出现的成熟的戏剧形式是元杂剧。它是在金院本和诸宫调的基础之上，融合各种表演艺术形式形成的。其文学剧本还受到了唐宋以来的话本、词曲、讲唱文学的影响。

元杂剧固然是我国表演艺术不断发展的辉煌成果，但它的出现与兴盛又有着必然的社会历史原因。

首先，宋辽金元这一历史时期是充满战争气氛的时期，辽侵北宋、金灭辽、金灭北宋、元灭金、元灭南宋，战乱连续，直到元朝确立统治地位之后，又实行民族压迫，也更加剧了阶级矛盾。长期处于灾难与反抗斗争中的人民，要求有一种文艺形式能深刻地反映现实生活，通俗而具有强烈的感染力与抨击力。于是，元杂剧就应运而生了。其次，元杂剧的产生与兴盛也具有社会基础。元初，文化传统遭到一定程度的摧残，几十年不开科取士，知识分子入仕之途被阻塞，本来社会地位就不高的文人，就更增多了接触下层的机会。于是出现了许多由文人和民间艺人共同组成的书会，这些书会吸收了民间艺术成果，推动了杂剧的创作。另外，宋元时期经济的繁荣进一步为杂剧的发展提供了可能，城市中有大批的艺人和众多的勾栏瓦肆，表演活动的人力、物力资源空前雄厚。上述种种，都促使元杂剧产生，并在元代前期就很快地形成了兴盛局面。

元代可以考知姓名的杂剧作家有 80 多人。见于记载的作品超过 500 种。现存的也在 100 种以上，数量颇多。

元杂剧将歌曲、舞蹈、宾白有机地融为一体，是一种综合性的艺术，它具有自己的一套完整的体制，很有规律。从结构上看，一般是一本四折，演出一个完整的故事，个别也有一本五折、六折的。

折，是音乐组织单位，同时又是故事情节发展的一个自然的段落。一折中往往又包括不少场次，有时间、地点的变动。元杂剧每折必须使用同一宫调的曲牌组成的一套曲子。演出时，一般都是正末或正旦独唱，而其他角色只是一旁道白。所以一般根据正末或是正旦担任主角，杂剧可以分为末本戏和旦本戏。另外的角色有外末、外旦、净、卜儿、徕儿等，比较灵活，其多少与有无可以根据剧情决定。角色分工比诸宫调要细。

大多数杂剧还有楔子，一般篇幅较短，或出现在第一折之前，起开场引起正文或对故事进行简介的作用。也有些插在折与折之间，起过场衔接的作用。

元杂剧的剧本一般由曲词和宾白组成，曲词广泛地吸收了诗、词、民间说唱文学的精华，格律严密，适合演唱，同时又自由流畅，可以添加衬字，是一种新颖的诗体。宾白一般由白话组成，也有少部分韵语，一般分为对白和独白。剧本往往还规定演员的主要动作、表情和舞台效果，叫作"科"，如"哭科""跪科"等。

元杂剧形式严密，别具一格，表演精彩，颇有特色，在群众中影响很大。

第二章　中国古代文学发展演变

第一节　先秦文学

中国是世界四大文明古国之一，中华民族几千年的悠久历史和文化对世界文化产生了广泛而深远的影响。中华大地上有人类的历史可以追溯到旧石器初期，元谋人、蓝田人和北京人都是世界上较早的原始人类。如果说名川大河孕育了人类的早期文明，那么中华民族文明与文化的发展也为此提供了极好的明证。我们可以毫不夸张地说，黄河和长江是华夏文明之母。

一、商族的史诗《商颂》

《商颂》是商人祭祀先公、先王的英雄颂歌，为知识渊博的巫师所作，因为商代的舞乐非常发达，有乐舞不能无诗词，这些都是与宗教祭礼密切相关的。商朝灭亡后，周代的统治者继承了商人的文化遗产，《商颂》被保存在宋国，宋国人为殷商的后裔。西周末年或东周初年（公元前 770 年前后），宋大夫正考父向周代的乐官大师请教，以校正商代著名的颂歌十二篇，以《那》为首。这是关于《商颂》最早、最可靠的记载。遗憾的是，《商颂》大部分作品已失传，就连商亡以后保存下来的《那》十二篇也未能全部保存下来，只有收入《诗经》中的五篇流传了下来，这五篇为《那》《烈祖》《玄鸟》《长发》和《殷武》。

二、《诗经》和《楚辞》

（一）《诗经》

《诗经》是我国最早的一部诗歌总集，现存 305 篇（另外还有六篇笙诗，有目无辞，即只有标题，没有内容），收集了西周初年到春秋中叶前后约 500 年的诗歌。

《诗经》在内容上分《风》《雅》《颂》三个部分。《风》是周王朝统治下的各诸侯国的地方音乐。《雅》分《大雅》和《小雅》，是周王朝直接统治地区的音乐。《颂》是用于祭祀祖先、祈求神灵庇护的宗庙音乐或其他典礼用的乐歌。

《诗经》的产生历时五百余年，地域遍布当时的主要国土，其作者也几乎涵盖了社会的各阶层。《诗经》中的《雅》《颂》诗大部分是公卿、士、君子进献的乐歌，据说天子听政时要让这些人进献诗歌，以陈其志。《诗经》中大部分的民间歌谣又是怎样汇编在一起的呢？《汉书·食货志》说，周朝设有采诗官，每年到民间去采诗，把采来的诗献给乐官太师，配上音乐，奏闻于天子，以便周王朝了解风俗民情、政治得失。献诗和采诗是《诗经》作品的两个重要来源。

《诗经》本来是和乐而唱的歌词，《墨子》中记载："诵诗三百，弦诗三百，歌诗三百，舞诗三百。"《史记》中也记载："三百五篇，孔子皆弦歌之。"可以肯定，《诗经》在当时是一种诗、乐、舞三位一体的艺术形式。到汉代以后，《诗经》的音乐形式已经消亡，人们面对的只是纯文字的《诗经》。

《周颂》是周王朝在宗庙进行祭祀时所奏的乐歌，内容大都是歌颂周代先主的功德与业绩的，缺少现实的内容，语言古板枯燥，最有价值的是几篇农事诗，如《载芟》一诗描绘了当时"千耦其耘"（耦，指二人并耕；千耦，言耕者之多）的大规模集体劳动场面，以及"载获济济"的丰收景象。当时农业生产发达，周人每年"春夏祈谷，秋冬报赛"（答谢神佑），以期五谷丰登。这些乐歌虽用于庙堂之上，但也透露出统治阶层对农业劳动的热爱和重视。

《大雅》和《小雅》中，更多的是政治讽刺诗，有些诗痛斥厉王、幽王的昏庸无能，揭露王室的各种矛盾。这类作品的作者大都是统治阶级内部头脑比较清醒的人物，对国家的前途、命运表示担忧。

小雅中的《采薇》被晋人谢玄认为是诗三百中最好的诗，写战士久戍不归，受尽磨难，幸而生还却不能高唱凯歌，而只有悲哀地哭泣：

昔我往矣，杨柳依依。今我来思，雨雪霏霏。行道迟迟，载渴载饥。我心伤悲，莫知我哀。

古代学者把《诗经》的艺术手法归纳为"赋、比、兴"三类。对此解释最有影响、最流行的是宋代哲学家朱熹，他曾说："赋者，敷陈其事而直言之也；比者，以彼物比此物也；兴者，先言他物以引起所咏之辞也。"赋，即"铺叙""直写"之意。"兴"是诗经中最普遍的艺术手法，大多篇章都有"兴"的存在，它借助其他事物作为诗歌的开头，其意义在于以某种事物来激发人的情感和意志。用来起兴的物象大多有其形成过程，但多数物象的形成过程在人类漫长的历史发展过程中变得模糊不清，我们很难具体解释"兴"与"所咏之辞"的内在联系，但这种联系我们在阅读中往往能够感受到。"比"即比拟和譬喻，相对于"兴"来讲，"比"的意义更加具体化，像《周南·关雎》中"关关雎鸠，在河之洲。窈窕淑女，君子好逑"这两句是典型的起兴手法。《硕鼠》则运用"比"的手法，把奴隶主比作硕鼠。

《诗经》中比兴手法的运用，大大丰富了诗歌的表现手法，它可以在极短的篇章里刻画动人的形象，比兴手法在我国诗歌创作中一直被运用。

（二）《楚辞》

《楚辞》是继《诗经》之后对我国文学产生深远影响的又一部诗歌总集，由西汉刘向收录战国时期楚人屈原、宋玉及汉代一些作家的作品编辑而成。这些文人的诗词歌赋从文学形式到语言风格都具有浓厚的楚地色彩，故称"楚辞"。《楚辞》句式参差不齐，富于变化，句中和句末多用"兮"等语气词，文采绚丽，感情奔放。

《楚辞》具有浓厚的地域文化色彩，是楚地文化的典型代表。在春秋战国时期，具有鲜明特征的楚文化为浪漫瑰丽的《楚辞》提供了丰厚的历史文化基础。首先，楚人信巫好祀，而巫术中蕴藏着许多美妙的神话传说，给《楚辞》提供了创作素材，乃至卜卦、招魂习俗，也给《楚辞》创作以明显的影响。其次，受民间文学和地方音乐的影响，《诗经》中的《汉广》《江有汜》都产生在楚国境内，给楚辞的产生奠定了一定的基础。楚地的地方音乐《阳春》《白雪》等同时孕育了楚辞特有的情调。再次，楚地的国家制度和伦理思想较为宽松，楚地虽然经济较北方发达，但由于开发晚，也由于山川阻隔，国家制度不够完善，尤其是维护等级秩序的政治观念和伦理思想不够发达，人们较少重视社会理性，而倾向于发挥自由的想象，因此自由想象成为《楚辞》显著的艺术特征。最后，当时楚国引进了中原文化，在一定程度上强化了自己的理性精神，使南北文化呈现融合趋势。从以上论述来看，《楚辞》正是站在神话与诗的智慧转换点上，将诗的智慧贯穿其中的产物。

三、《左传》和《战国策》

以农耕为主的生活方式和以血缘关系为基础的社会结构决定了中华民族的多重稳定性，也决定了中华民族特定的文化传承方式，即十分重视史官文化。由此而发展起来的先秦历史散文，成为先秦散文的主要形态。

先秦历史散文作品主要有《尚书》《春秋》《国语》《左传》《战国策》等。《尚书》后来成为儒家的主要经典之一，又称《书经》或《书》，记述的多是有关政治的事件和言论，如誓词和政府的文告等。《春秋》是我国最早的编年体史书，它记载了鲁隐公元年至鲁哀公十四年间周朝及各诸侯国的史事，记事比较清楚简洁，语言洗练、朴素、准确。《春秋》中的语言"暗寓褒贬"，能"微言大义"，后来成为儒家经典之一。《国语》是一部国别体史书，长于记言，在记述人物对话方面往往有生动传神之处，在内容上有一定的民本思想。在先秦历史散文中，文学成就最高的当属《左传》和《战国策》。

（一）叙事传统的确立——《左传》

《左传》是记载中国春秋时期历史的编年体史书，多用事实解释《春秋》，为儒家重要经典之一。西汉时称《左氏春秋》，东汉以后改称《春秋左氏传》，简称《左传》。据西汉史学家司马迁说，作者是鲁国的左丘明。但左丘明是春秋末年人，《左传》却提到战国初期的某些史实，故许多学者认为此说法不可信。清末康有为断言它是西汉末刘歆伪造，但在刘歆以前，《左传》已被许多人征引过，故康氏之说也难以成立。当代学者多认为其是战国初年人所作，据杨伯峻考证，《左传》大约作于公元前 403 至公元前 386 年之间。

（二）策士谋臣言谈活动的记录——《战国策》

《战国策》是战国末期和秦汉间人杂采各国史料编纂而成的，后经过两汉末年著名学者刘向整理校订，定名为《战国策》。全书分为 12 策，33 卷，共 497 篇。其时代上接春秋，下至秦并六国。1973 年底，长沙马王堆三号汉墓中出土大批帛书，其中一部分，经过文物考古工作者整理研究，共 27 章，325 行，11 000 多字，是为《战国纵横家书》。其中 11 章内容见于《战国策》和《史记》，文字大体相同，另 16 章是佚书。这部书大约编成于秦汉之际，类似《战国策》的原始辑本，其中的内容也许为司马迁、刘向所未见。它的发现为《战国策》的研究提供了重要材料。

《战国策》的内容比较庞杂，没有贯穿始终的明确的思想倾向，书中对明君贤臣、高义之士热情歌颂，对昏君佞臣、谲诳之士则无情地讽刺，如：燕昭王求贤若渴，筑黄金台招纳贤士复兴国家；齐湣王残害忠良，以致众叛亲离，国亡身死；燕王哙重演尧、舜禅让闹剧，结果自取灭亡；楚怀王受欺于说客，丧身异国为天下人耻笑。

四、屈原与《离骚》

屈原（约公元前 339 年—公元前 278 年），名平，字原，战国末期楚国人，楚武王熊通之子屈瑕的后代。

屈原是中国文学史上第一位伟大的爱国诗人，是浪漫主义诗人的杰出代表。他创立了"楚辞"体，也开创了"香草美人"的传统。后世所见屈原作品，皆出自西汉刘向辑集的《楚辞》。《离骚》《九章》《九歌》《天问》是屈原最主要的代表作。

《离骚》是屈原的代表作，也是《楚辞》的主体，全诗 373 句，2 490 字，是我国文学史上最长的一首抒情诗。篇名含义历来有不同说法，通行的说法认为，离骚就是遭遇忧患的意思。当屈原追求的理想的生命状态与现实政治不相容时，他没有屈就现实，更没有畏缩逃避，而是通过上天、求神问卜、证之前圣、寄兴花草的方式，将自己的内心的疑问层层展开，形成了一个瑰丽浪漫、执着深情的世界。

《离骚》基本上是以诗人的经历为线索来抒发其生命情感的。《离骚》最伟大的地方在于它通过对心灵的叩问，以激烈、缠绵、深挚又浪漫的情感，表现出了现实政治与理想生命的内在冲突。屈原借用了巫术思维中人神对话的方式来表现自己本真的情感与生命，在污浊的现实政治和理想的生命之间掀起了情感的波涛，表现了诗人对祖国的热爱之情、对理想的追求与对邪恶势力不妥协的斗争精神，这种精神成为后世士大夫的重要精神源泉。

《离骚》是浪漫主义文学的杰作，其浪漫主义的灵魂在于对美好理想的炽热追求，《离骚》一诗正是屈原上下求索、追求理想的真实写照。他在现实中不懈地追求，屡遭失败，但仍不灰心；在幻想的境界中又一次次追求，一次次受挫，直到最后幻想破灭。这种上天入地的追求精神，是《离骚》浪漫主义的主要来源。

《离骚》的浪漫主义还表现在将神话、古史、理想、自然现象整合为一体，创造了一个五光十色的世界。诗从第二段进入幻境，一会儿济沅湘而向大舜陈词，一会儿叩天门而求见天帝，一会儿求宓妃、求有娀之佚女、求有虞之二姚（即三次求女），后来又问卜于灵氛、决疑于巫咸，自然界的一切也都出现在他的笔端，任他驱遣。

比兴手法的运用是《离骚》又一浪漫特色的体现。《诗经》中的比兴大都比较单纯，用以起兴和比喻的事物是独立存在的客体，《离骚》中的比兴与所表现的内容密切相关，具有象征的性质。在《离骚》中，"善鸟香草以配忠贞，恶禽臭物以比谗佞"。为了表示自己清高的品德，诗人的服饰是"纫秋兰以为佩""制芰荷以为衣兮，集芙蓉以为裳"，饮食是"朝饮木兰之坠露兮，夕餐秋菊之落英"，又如女子，诗人曾用作各种不同的象征，"恐美人之迟暮"指希望楚王重用自己，三次求女则象征着对理想的追求（明君或贤臣）。这种独特的象征手法，使《离骚》的浪漫主义色彩蕴含着深刻而又丰富的现实内容。

《离骚》是中国文学史上一座不朽的丰碑，其与《诗经》一起，在我国文学史上以"风骚"并称，它们分别成为我国文学史上现实主义与浪漫主义文学的源头。屈原的出现是中国文化史上的一件大事，他不仅是我国文学史上第一位伟大的诗人，他的出现也标志着中国文学专业创作的开始，其崇高的人格也为世界人民所公认。

第二节　秦汉魏晋南北朝文学

秦汉时期，从公元前 221 年秦始皇统一中国开始，到 220 年曹丕代汉称帝结束，历时 400 余年。秦代是一个短命王朝，整个汉代总的来说比较强盛。秦朝存在的时间很短，统治者崇尚法治，对发展文化不太重视。因此，秦代文学没有太大成就，唯一的作家是李斯。西汉是一个泱泱大朝，取得了很高的文学成就，其中散文的成就最高。

一、秦汉散文

（一）《吕氏春秋》

公元前 221 年，秦统一了中国，建立了大一统的国家。15 年后，刘邦建立了汉朝，直到汉武帝在政治上逐渐削夺了诸侯的权力，在思想领域"罢黜百家，独尊儒术"，才彻底结束了战国时期百家争鸣的局面。秦汉文学就是在这样的社会政治背景中诞生的。

秦朝历史较短，又实行文化禁锢，《吕氏春秋》和李斯的散文在文学上较有代表性。《吕氏春秋》完成于秦始皇统一全国前夕，是吕不韦及其门人编写的，它兼有儒、道、法、农、墨家的思想，《汉书·艺文志》把它列入杂家。《吕氏春秋》保存了许多文献资料和逸闻轶事，在艺术上多用寓言故事来增强散文的形象性。李斯曾师从于荀子，为获取名利而入秦为相，主张实行郡县制，后为赵高的谗言陷害而被腰斩。《谏逐客书》是其代表作，为了说服秦王嬴政收回驱逐外围客卿的法令，李斯采用正反对比论证的方法，极力铺陈，列举大量的事实作依据，文章具有纵横家的气势。

（二）《汉书》

汉初最有代表性的散文作家是贾谊（公元前 200 年—公元前 168 年）。贾谊少年得志，有政治才能，二十岁时提出改革朝政的措施，后遭保守派陷害被贬为长沙王太傅，不久忧愤而死。贾谊著文 58 篇，后经刘向编订定名为《新书》。《过秦论》一篇最具有代表性，这篇散文用渲染夸张的手法突出秦国势力的强大，又用对比手法突出了秦亡的原因在于"仁义不施"，文章气势恢宏。

史传文学除《史记》外，还有班固撰写的中国第一部断代史——《汉书》。班固，字孟坚，扶风安陵（今陕西咸阳）人。其父班彪是一个史学家，曾作《后传》65 篇来续补《史记》，《汉书》就是在《后传》的基础上完成的。

班固曾因私撰《汉书》被人告发下狱，其弟班超上书营救，汉明帝读了班固的《汉书》十分赞赏，不仅没有治罪，反而让他出任兰台令史，诏令他继续撰制《汉书》。经过 20 年的努力，班固终于在汉章帝建初七年（82 年）基本完成《汉书》的撰写，后因受窦宪谋反一案牵连死于狱中，其书由马续和其妹班昭完成，故《汉书》前后历经四人之手。班昭是"二十四史"中绝无仅有的女作者。

《汉书》在体例上沿袭《史记》，只改"书"为"志"，取消"世家"并入"列传"。但《汉书》在思想上趋于正统，班固曾批评司马迁"是非颇谬于圣人"，这集中反映了两人的思想分歧。所谓"圣人"，就是孔子，司马迁不完全以孔子的思想作为判断是非的标准，正是值得肯定的，而班固的见识却不及司马迁，以统治者的立场评判历史，缺乏司马迁那种深邃的史家眼光。相较于《史记》，《汉书》在塑造人物方面有独到之处，范晔曾说"迁文直而事覈，固文赡而事详"，指出了《史记》与《汉书》的不同风格，由于《汉书》的封建正统观念和严谨的辞章，其在魏晋时期影响超过了《史记》，即使在后代它也是中国史学史和文学史上的重要著作，旧时的学者往往将班固和司马迁并称，将《史》《汉》连举。

（三）汉赋

汉赋的代表人物是司马相如。司马相如的赋继承了《诗经》中《颂》的端庄，《楚辞》的铺陈，荀赋的咏物，宋玉、贾谊赋的抒情特色，创造了大赋的体制，使汉赋进入鼎盛期，现存的作品有《子虚赋》《上林赋》《哀二世赋》《大人赋》《长门赋》《美人赋》等。

司马相如学识渊博，想象丰富。如《子虚赋》中，楚使者子虚称楚王游猎云梦，而乌有先生称齐王游猎盛况能"吞若云梦者八九于其胸中，曾不蒂芥"，但亡是公铺陈天子在上林苑游猎的壮阔气派，大大压倒了楚齐游猎的场面，表明天子是压倒一切的。辩论一浪高过一浪，洋洋洒洒，极尽铺陈之能事。

司马相如的赋末总有一段对天子的讽谏。如《上林赋》末尾指出大兴游猎劳民伤财，引导天子注重节俭和仁政。

司马相如语汇丰富，他的赋文字娴熟，但多有奇字僻字堆砌，斑斓绚丽，有过犹不及之感。

司马相如的赋某些篇章善抒情，最突出的是为汉武帝的陈皇后失宠而作的《长门赋》。其以陈皇后的口吻，细致生动地抒写她盼望君王而君王不至的心情，孤独寂寞、悲愁抑郁蕴含其中，具有浓重的抒情色彩。

司马相如的赋对汉赋的发展产生了巨大影响，后来的很多赋家都追随、模仿他。两千多年来，司马相如在文学史上一直享有崇高的声望，产生了深远的影响。司马迁在整个《史记》中，专为文学家立的传只有两篇：一篇是《屈原贾生列传》，另一篇就是《司马相如列传》。由此可以看出司马相如在太史公心目中的重要地位。鲁迅的《汉文学史纲要》中还把二人放在一个专节里加以评述，指出："武帝时文人，赋莫若司马相如，文莫若司马迁。"

二、《史记》

《史记》是中国西汉历史学家司马迁撰写的史学名著，是中国历史上第一部纪传体通史。全书包括 12 本纪、30 世家、70 列传、10 表、8 书。《史记》对后世史学和文学的发展产生了深远影响，其首创的纪传体编史方法为后来历代"正史"所传承。同时，作为一部优秀的文学著作，司马迁的《史记》在写史的体例上、在对待历史的态度上、在文章的文学形式上，都有重要的开创性意义，对后世产生了深远的影响。

首先是《史记》独创的纪传体例，以本纪、书、表、世家、列传这样五个方面，系统、全面地展现历史事件，描摹与刻画历史人物形象，揭示历史发展的本质内涵。其中本纪、世家、列传三种，均以人事为主，是《史记》的主线。此外，"书"主要记载历代重要的典章制度及其沿革，"表"主要包括大事年表和人物年表。

《史记》的又一个重要价值在于司马迁对待历史"不虚美，不隐恶"的实录态度和爱憎分明的批判精神。司马迁以严谨审慎的态度对待历史资料，实则记，虚则不记，虚实之间留有余地。这种态度和做法，给后人留下了具有真正参考价值的材料，而绝不虚构历史，误导后世。司马迁写《史记》，从不隐瞒自己鲜明的主观情感和价值判断，以古鉴今的意图贯穿始终。他对历史上那些狡诈奸佞之徒、荒淫自私之辈、残暴无赖之人进行了无情的痛斥与批判，包括对汉代最高统治者刘邦，他也不回避批判的锋芒。而对那些言必信、行必果的游侠之士，忠而被谤、死而无悔的正直之人，重义轻生、慷慨赴死的正义之士，他则给予了热情的赞美与讴歌。在这些褒贬之间，展现着司马迁的人格信念和社会理想。

《史记》的另一个突出价值在于它的文学成就。它不仅叙事生动精彩、语言精练老道，同时非常注重描写人物，这较之以往的《左传》《战国策》等史书有了很大的发展。纵观《史记》，凡写史，多以人物为事件的中心，由栩栩如生的人物形象来展现生动真实的历史画卷。《史记》既描写了许多不同类型的人物，又写出了同一类型人物中不同个体的不同性格与不同遭际，而这些人物的性格与命运，又带动了历史叙述的波澜起伏。例如《项羽本纪》，通过项羽壮烈而悲剧的一生，展现了秦汉之交的风云变幻。司马迁在文中着力塑造了项羽"力拔山兮气盖世"的英雄形象，但也没有回避他性格中的弱点。对于这一悲剧人物，司马迁虽不乏深刻的挞伐，但更多的是由衷的惋惜和同情。文中"鸿门宴"一段，描写了众多人物，形态、性格迥异，却都栩栩如生，极具戏剧性，冲突此起彼伏，引人入胜。

中国现代文学家鲁迅称《史记》为"史家之绝唱，无韵之《离骚》"，既高度肯定了《史记》的历史价值，又肯定了其文学价值。

三、建安风骨

建安是东汉末年汉献帝的年号，即 196 至 220 年。在这前后的文学统称为建安文学。重要的作家有"三曹""七子"和女诗人蔡琰。"三曹"指曹操、曹丕、曹植；"七子"之称最早见于曹丕的《典论·论文》，指孔融、陈琳、王粲、徐干、阮瑀、应玚、刘桢七人，其中成就最高的是王粲。他们所创作的诗歌因事而发，悲壮慷慨，具有鲜明的时代色彩。他们在感伤离乱中悲悯百姓，激发建功立业的豪情，显得"志深笔长、梗概多气"。建安文学对后世产生了深远的影响，李白有"蓬莱文章建安骨"之句，表现出对建安文人的追慕之情。

（一）"三曹"的诗

1.曹操

曹操（155 年—220 年），字孟德，沛国谯县（今安徽亳州）人，其父曹嵩是东汉末年大宦官曹腾的养子，官至太尉。曹操 20 岁即举孝廉，后起兵伐董卓，被封为丞相，遂"挟天子而令诸侯"，后逐步消灭了割据势力，统一了北方，在他的儿子曹丕建魏后，被追尊为魏武帝。

曹操首先是一个政治家和军事家，然后才是礼尚学士、雅好诗文、"横槊赋诗"的文学家，他不仅是曹魏政权的主宰，也是建安文学的开创者和领袖人物。他"外定武功，内兴文学"，将济世创业的豪迈气概与慷慨忧思的诗人气质融为一体，使其诗歌最具"梗概多气"的建安风骨。其诗继承了汉乐府"感于哀乐，缘事而发"的传统，多用乐府旧题写时事反映现实。《蒿里行》就十分真实地记述了董卓之乱后军阀混战的经过，凄凉地再现了兵祸的惨状：

> 关东有义士，兴兵讨群凶。
>
> 初期会盟津，乃心在咸阳。
>
> 军合力不齐，踌躇而雁行。
>
> 势利使人争，嗣还自相戕。
>
> 淮南弟称号，刻玺于北方。
>
> 铠甲生虮虱，万姓以死亡。
>
> 白骨露于野，千里无鸡鸣。
>
> 生民百遗一，念之断人肠。

汉献帝初平元年（190 年）春，关东军阀推举袁绍为盟主，联合讨伐董卓，但他们各怀私心，都打算乘机削弱他人，壮大自己，因此观望不前，最后甚至自相残杀。曹操率军参加了这次战争，深为感慨，写下了这首诗，对军阀混战给人民造成的深重灾难表示悲愤，朴实真切的诗句中贯注着苍凉沉痛的情感，可谓"汉末实录，真诗史也"。

最能体现曹操诗歌艺术风格的是那些直抒胸臆、歌以述志的诗篇，如《龟虽寿》：

> 神龟虽寿，犹有竟时。
>
> 腾蛇乘雾，终为土灰。
>
> 老骥伏枥，志在千里。
>
> 烈士暮年，壮心不已。
>
> 盈缩之期，不但在天；
>
> 养怡之福，可得永年。
>
> 幸甚至哉，歌以咏志。

老当益壮、自强不息的骏爽英气扑面而来，历来为人传诵。又如另一名篇《短歌行》：

> 对酒当歌，人生几何！
>
> 譬如朝露，去日苦多。
>
> 慨当以慷，忧思难忘。
>
> 何以解忧？唯有杜康。
>
> 青青子衿，悠悠我心。
>
> 但为君故，沉吟至今。
>
> 呦呦鹿鸣，食野之苹。
>
> 我有嘉宾，鼓瑟吹笙。
>
> 明明如月，何时可掇？
>
> 忧从中来，不可断绝。

越陌度阡，枉用相存。

契阔谈讌，心念旧恩。

月明星稀，乌鹊南飞，

绕树三匝，何枝可依？

山不厌高，海不厌深。

周公吐哺，天下归心。

诗人以"对酒当歌"这种貌似颓放的态度来表现对人生哲理的严肃思考和及时进取的精神，酣畅淋漓地抒写出诗人慷慨不平的心曲和渴慕贤士的情意，表现了诗人欲统一天下、建功立业的宏伟抱负，格调高远，慷慨悲凉。

曹操的诗在艺术上有很高的成就，语言质朴自然，风格健康明朗。他那拯世济物、统一天下的宏伟抱负，正视现实、关心民生疾苦、关心国事的慷慨激情，与壮志难酬的低沉悲凉情调交织在一起，形成了他独特的风格，"如幽燕老将，气韵沉雄"，极具慷慨悲壮之气概，体现了"建安风骨"的文风和特点。

2.曹丕

曹丕（187年—226年），字子桓，曹操次子，三国魏著名文学家。他虽然也有一些作品反映出了军旅生活的艰辛，流露出对人民的同情，但是内容远不及他父亲的深刻、丰富，也没有那种古直苍凉的气韵。曹丕现存诗歌40余首，其中比较出色的是描写男女爱情和离愁别绪的作品，以《燕歌行》第一首最为著名：

秋风萧瑟天气凉，草木摇落露为霜。

群燕辞归鹄南翔，念君客游思断肠。

慊慊思归恋故乡，君何淹留寄他方？

贱妾茕茕守空房，忧来思君不敢忘，

不觉泪下沾衣裳。

援琴鸣弦发清商，短歌微吟不能长。

明月皎皎照我床，星汉西流夜未央。

牵牛织女遥相望，尔独何辜限河梁。

诗人先渲染出霜飞木落、秋凉萧瑟的氛围，又以鸿雁南归感物起兴，表达出鸟亦知归，独我所思之人远游不返之意。接着用"念君客游思断肠"点题，但推出思妇之后，却不径直写主人公如何苦思，如何"怨旷"，而先就游人设想猜度，他也在"慊慊思归"，反衬自己思念之深。"君何淹留"一句，有疑虑、有失意、有关切、有期待、有担忧，久役不归是战事紧急，还是军务繁忙？是染病，还是负伤？还是另有他心？总之，思念是复杂的，充满沉重的忧虑。"贱妾"三句是说思念的专一，"不敢忘"是谓不能忘，也忘不了，思念之深，自然泪下沾裳，忧伤负荷太重，即思排遣，弹琴解忧，浅唱泄愁，然思苦歌伤，反增若许忧伤，这"短歌微吟"情调凄苦的清商曲自然不能长——再不能继续弹下去，这表现了主人公生活上的孤苦无依和精神上的寂寞无聊。弃琴歇息，然而明月照床，又别增一番孤独滋味，辗转反侧，银河西向，分明已至深夜未尽的时候——"夜未央"，但愁怀依然难释，索性披衣徘徊漫步中庭，仰视满月明星，偏偏牛女二星正眸子相寻，不言己之怀人，却代牛郎和织女抱怨："尔独何辜限河梁。"全诗一气呵成，千曲百折，缠绵悱恻，低回掩映，"声欲止而情自流，绪相寻而言若绝"。

曹丕诗三言、四言、五言、六言、七言、杂言诸体兼备，《燕歌行》二首算是文人创作的现存最早的完整七言诗。

曹丕的散文《典论·论文》将文学提高到"经国之大业，不朽之盛事"的高度，成为文学自觉时代极为重要的文学论文。

3.曹植

曹植（192年—232年），字子建，曹操之子，曹丕之弟，建安时期杰出的文学家，曾被封为陈王，死后谥号"思"，故世称陈思王。他才华出众，深得曹操的赏识与宠爱，曾欲立为太子。曹丕称帝后，曹植受到猜忌和迫害，屡遭贬爵、改换封地，曾多次上书请求任用，终未如愿，忧郁而死。这种生活悲剧，对他的文学创作有很大的影响。曹植现存诗歌 80 余首，较完整的辞赋、散文有 40 多篇。

曹植的文学创作活动，以曹丕即帝位为界，分为前后两个时期。曹植早年随父南征北战，有着远大的抱负和强烈的建功立业的事业心。他前期的诗歌主要表现追求政治理想、向往建功立业的雄心壮志，如《白马篇》：

> 白马饰金羁，连翩西北驰。借问谁家子，幽并游侠儿。
> 少小去乡邑，扬声沙漠垂。宿昔秉良弓，楛矢何参差。
> 控弦破左的，右发摧月支。仰手接飞猱，俯身散马蹄。
> 狡捷过猴猿，勇剽若豹螭。边城多警急，虏骑数迁移。
> 羽檄从北来，厉马登高堤。长驱蹈匈奴，左顾凌鲜卑。
> 弃身锋刃端，性命安可怀？父母且不顾，何言子与妻！
> 名编壮士籍，不得中顾私。捐躯赴国难，视死忽如归！

该诗塑造了一个武艺精湛的爱国壮士形象，歌颂了他为国献身、视死如归的高尚情操，寄托了曹植自己的愿望。诗歌通过对控、破、摧、接、散、蹈、凌等动词的运用，表现了游侠儿浑身积蓄的无限力量，其奔腾、跳跃的强劲生命和无坚不摧的英雄气概跃然纸上，这正是骨气和词采的完美结合。

曹植是建安时期创作五言诗最多的作家，对五言古诗的发展贡献突出。他的诗"骨气奇高，词采华茂"，其作品个性表现之充分、鲜明和强烈，是在屈原以后和陶渊明以前所仅见的。他是建安文学的杰出代表，在中国文学史上有着重要的地位，钟嵘称之为"建安之杰"。

（二）建安七子与蔡琰

除"三曹"外，"建安七子"也是建安时期的主要作家。"七子"之称出于曹丕的《典论·论文》："今之文人，鲁国孔融文举、广陵陈琳孔璋、山阳王粲仲宣、北海徐干伟长、陈留阮瑀元瑜、汝南应场德琏、东平刘桢公干，斯七子者，于学无所遗，于辞无所假，咸自以骋骥騄于千里，仰齐足而并驰。"

"七子"中的孔融年岁较长，他看不惯曹操"挟天子而令诸侯"的做法，不与曹操合作，专门找碴儿捣乱。一次曹操出于经济考虑颁布了一道禁酒令，借口是酒可以亡国。孔融写信给曹操，说历史上有女人亡国的说法，为什么不禁婚姻。他后来被曹操以"败伦于乱理"的罪名加以杀害，其文学成就主要是散文。曹丕说他的文章"体气高妙"。除孔融外，其余六人都是依附曹氏父子的僚属和邺下文人集团的主要作家。他们经历了汉末动乱，有的还经历过困苦流离的生活，他们又都有一定的抱负，想依附曹氏父子做一番事业，所以他们的作品都能反映动乱的现实，同时表现了建功立业的精神，具有建安文学的共同特征。

王粲是"七子"中成就最高的作家，其《登楼赋》不仅代表了他的艺术成就，对于魏晋辞赋的发展也有重要意义，如其中怀念故乡一段：

> 情眷眷而怀归兮，孰忧思之可任？凭轩槛以遥望兮，向北风而开襟。平原远而极目兮，蔽荆山之高岑。路逶迤而修迥兮，川既漾而济深。悲旧乡之壅隔兮，涕横坠而弗禁。

情思眷眷，哀意沉沉，可谓思乡之经典，人称魏晋赋之首。它实际上已经摆脱了汉大赋的思路，而直接取法《楚辞》的哀婉流畅的节奏，用华美绚丽的语言和丰富的意象来抒发自己的感情。

建安时代出现了一位杰出的女作家蔡琰（字文姬，约177年—249年），她的父亲蔡邕（字伯喈）是东汉末年一流的学者和作家，也是孔融、曹操的老朋友。蔡邕死于非命之后，孔融对他非常怀念，而曹操则用重金把流落在南匈奴的蔡琰接回中原。"文姬归汉"从此成为一个著名的典故，也是人物画的一大题材。

蔡琰的五言《悲愤诗》是建安文坛上的一篇杰作，长达540字，是我国诗史上文人创作的第一首自传体的五言长篇叙事诗。这首诗生动地描写了诗人在汉末军阀混战中的悲惨遭遇，在被胡人掳后受尽了胡兵的虐待和侮辱，如下面一段：

> 岂复惜性命，不堪其詈骂。
> 或便加棰杖，毒痛参并下。
> 旦则号泣行，夜则悲吟坐。
> 欲死不能得，欲生无一可。
> 彼苍者何辜，乃遭此厄祸。

在滞留胡地的漫长岁月中，蔡琰无时不为思念亲人、乡土的感情所煎熬："感时念父母，哀叹无终已，有客从外来，闻之常欢喜。"幸而得以归国，却又要和亲生的子女离别：

> 儿前抱我颈，问母欲何之。
> 人言母当去，岂复有还时。
> 阿母常仁恻，今何更不慈。
> 我尚未成人，奈何不顾思。
> 见此崩五内，恍惚生狂痴。
> 号泣手抚摩，当发复回疑。

待她回到家后，等着她的是一片废墟，虽然"托命于新人"，但是"流离成鄙贱，常恐复捐废"。在残酷的礼教统治下，有了像她这样遭遇的人是为人所不齿的，无可奈何的她只有"怀忧终年岁"了。

《悲愤诗》以亲身经历为线索，写被俘的情由、南匈奴的生活和被赎回后的遭遇，将叙事、抒情、议论熔铸在一起，不仅抒发了自己颠沛流离、备受屈辱的悲愤，更反映了汉末战乱的悲惨现实，其悲愤惨痛之情感、细腻具体的描写，读之令人震颤。蔡琰的《悲愤诗》在建安文学中不仅具有所谓的建安风骨，而且在一定意义上能独树一帜。

《文心雕龙·时序》在评论建安七子与三曹及其文学时，说他们"洒笔以成酣歌，和墨以藉谈笑。观其时文，雅好慷慨，良由世积乱离，风衰俗怨，并志深而笔长，故梗概而多气也"。战乱的现实打乱了所谓的君臣纲常，共同的爱好使他们经常在一起宴饮狎游，而慷慨之气又相互感染，催发了他们的豪兴，在这"世积乱离、风衰俗怨"中就孕育出了慷慨悲凉的建安风骨。所谓"慷慨"，实际上就是一种具有悲忧色彩的感情；所谓"志深"，指的是情志真实，思想深刻，意气骏爽；所谓"笔长"，指的是深沉优美的文笔；"梗概而多气"则是指悲凉慷慨、刚健有力的风格。所有这些，都准确地揭示了"建安风骨"的时代特色和审美内涵。

四、古今隐逸诗人之宗——陶渊明

陶渊明（365年—427年），字元亮，后来又改名潜，浔阳柴桑（今江西九江）人。曾祖陶侃曾官至大司马，祖父、父亲也做过太守、县令一类的官。陶渊明幼年丧父，家境衰落，直至孝武帝太元十七年（392年），陶渊明均在家读书，料理家务。陶渊明一生几次出仕，几次辞官。29岁时，经亲友推荐任江州祭酒，因不堪吏职，很快辞归。不久州上又招他去做主簿，他拒绝了。36岁时，他在江陵桓玄幕府任职，因母丧辞官还乡；40岁始任军职，任镇军将军参军，第二年改任建威将军参军，8月为彭泽县令，到11月，还是因为无法面对政治纷争和黑暗现实，最后一次弃官，选择了归隐。仕途失意的陶渊明在文学创作方面取得了辉煌的成就，为中国诗歌发展做出了重要贡献。他开创了田园诗派，首次将大量的农家生活和劳动写入诗歌，丰富了诗的创作内容。在陶渊明笔下，田园变成了痛苦世界中的一处精神避难所。《归园田居（五首）》《饮酒（二十首）》《劝农》《荣木》等是他田园诗的代表作。在这些诗歌中，陶渊明描绘了清新优美的田园风光，歌唱了亲自参加劳动的感受。凡此种种，都表现出他对隐居的热爱，对闲适、宁静生活的追求，展示了一种随遇而安、淡泊名利以及安贫乐道的旷达胸怀。除田园诗外，陶渊明还写过一些咏史诗，如《咏荆轲》《咏二疏》和《咏三良》等，读这些诗，我们能感受到陶渊明的政治抱负以及他慷慨、豪放的一面。

通过他的《杂诗十二首》，我们可以看出诗人孤独、寂寞、惆怅之情。陶渊明毕竟是饱读经史的文人，济世之志无法实现，仅仅共话桑麻是不能满足他的精神需要的。这些诗与其散淡的田园诗恰好合成一个整体，完整地反映出陶渊明的精神境界。

陶渊明的散文不多，但多是精品，有令人神往的《桃花源记》、风格独特的《五柳先生传》和《归去来兮辞》。

陶渊明在中国诗歌发展史上的巨大贡献是丰富了传统诗歌的题材，创立了田园诗。在此之前，田园自然和农村生活从未真正成为诗歌表现的主题，只是作为衬托而存在，是陶渊明的隐逸人格，使他把自然美和农村的自然生活当作审美的对象，把诗歌的审美触角伸展到世俗诗人无法企及的领域。

第三节　隋唐五代文学

魏晋南北朝是文学自觉的时代，文学的艺术特质得到了充分的发展，文学创作积累了丰富的经验，为唐代文学的繁荣提供了很好的基础。从永嘉南渡开始的漫长岁月里，文学一直在南北分裂的局面中发展，带着明显的地域色彩。唐人的贡献，就是在魏晋南北朝文学的基础上，合南北文学之长，创造了隋唐文学的辉煌。

一、隋末、初唐、盛唐文学

隋代的历史是短暂的，因此隋代文学带有过渡、衔接魏晋文学与唐代文学的历史特征与艺术作用。隋文帝崇尚质朴的北方文风，以抵制南方艳丽的文风。隋炀帝则倡导华艳的南方文风，以求统一南北文学风格走向。无论这种帝王之倡导实际成效如何，都在客观上促进了南北文学的交流与互补。因此，魏徵在《隋书·文学传序》中指出："然彼此好尚，互有异同。江左宫商发越，贵于清绮；河朔词义贞刚，重乎气质。气质则理胜其词，清绮则文过其意。理深者便于时用，文华者宜于咏歌。此其南北词人得失之大较也。若能掇彼清音，简兹累句，各去所短，合其两长，则文质彬彬，尽善尽美矣。"南北文学交融所形成的这种"文质彬彬""尽善尽美"的局面，作为一种文学理想，则由唐代文人来完美地实现了。

盛唐恐怕是中国历史上最令人向往的时期，那时有开明的政治、富庶的生活、激动与浪漫的情境。盛唐之盛，主要还在于它是诗歌的黄金时代，以及其中洋溢出的自由浪漫和青春的激情。

（一）初唐四杰、陈子昂、张若虚

初唐四杰是指王勃（650年—676年）、杨炯（650年—693年）、卢照邻（636年—695年）和骆宾王（638年—684年）。经过杜审言、李峤、宋之问、沈佺期等人的不懈努力，从武后至中宗景龙年间，唐代近体诗的各种声律体式已经定型，并出现了一批较为成功的作品。

初唐四杰曾写过一些很好的送别怀友之作，如：

> 城阙辅三秦，风烟望五津。
> 与君离别意，同是宦游人。
> 海内存知己，天涯若比邻。

> 无为在歧路，儿女共沾巾。
>
> ——王勃《送杜少府之任蜀州》

> 此地别燕丹，壮士发冲冠。
> 昔时人已没，今日水犹寒。
>
> ——骆宾王《于易水送人》

初唐四杰还写了不少边塞诗，在艰苦征战的生活中寄托了一种豪迈的情怀，如：

> 烽火照西京，心中自不平。
> 牙璋辞凤阙，铁骑绕龙城。
> 雪暗凋旗画，风多杂鼓声。
> 宁为百夫长，胜作一书生。
>
> ——杨炯《从军行》

初唐四杰的诗既有建安风骨，又有盛唐边塞诗的气势，从中可以隐隐约约地感受到那即将来临的盛唐之音。

真正有意识地改革前朝诗风并从理论与实践上呼唤盛唐之音的是陈子昂（659年—700年）。陈子昂，梓州射洪（今四川遂宁射洪）人，他的出现标志着创建大唐文学这种意识和实践的成熟。陈子昂本是一个想积极参与政治并力图施展抱负的人，陈子昂的创作实践体现了他的主张，在当时仍尚轻绮的习气之中，显示出质朴、浑厚、凝重的古风，新人耳目。他的38首《感遇诗》，或感慨身世，或怀古，主题都十分严肃。从艺术上讲，他的诗洗尽六朝之铅华，质朴而清新。诗人王适惊叹道："此人必为海内文宗。"柳公权评陈子昂："唐兴以来，子昂而已。"

初唐另一位重要的诗人是张若虚（约660年—720年），扬州（今江苏省扬州市）人，曾任兖州兵曹，与贺知章、张旭、包融并称为"吴中四士"。他的生平事迹不可详考，所作诗歌也多散佚，《全唐诗》仅录存其诗两首。其中一首《春江花月夜》"孤篇横绝，竟为大家"（王闿运），一千多年来使无数读者为之倾倒：

> 春江潮水连海平，海上明月共潮生。
>
> 滟滟随波千万里，何处春江无月明！
>
> 江流宛转绕芳甸，月照花林皆似霰。
>
> 空里流霜不觉飞，汀上白沙看不见。
>
> 江天一色无纤尘，皎皎空中孤月轮。
>
> 江畔何人初见月？江月何年初照人？
>
> 人生代代无穷已，江月年年望相似。
>
> 不知江月待何人，但见长江送流水。
>
> 白云一片去悠悠，青枫浦上不胜愁。
>
> 谁家今夜扁舟子？何处相思明月楼？
>
> 可怜楼上月徘徊，应照离人妆镜台。
>
> 玉户帘中卷不去，捣衣砧上拂还来。
>
> 此时相望不相闻，愿逐月华流照君。
>
> 鸿雁长飞光不度，鱼龙潜跃水成文。
>
> 昨夜闲潭梦落花，可怜春半不还家。
>
> 江水流春去欲尽，江潭落月复西斜。
>
> 斜月沉沉藏海雾，碣石潇湘无限路。
>
> 不知乘月几人归，落月摇情满江树。

自然、清新、华美、流畅，"这是诗中的诗，顶峰上的顶峰"（闻一多）。题目"春江花月夜"，人生最动人的良辰美景构成了诱人探寻的艺术境界，有伤感、有叹息，但总感轻盈。"它上与魏晋时代人命如草的沉重哀歌，下与杜甫式的饱经苦难的现实悲痛，都截然不同，它显示的是，少年时代在初次人生展望中所感到的那种轻烟般的莫名惆怅和哀愁。"（李泽厚《美的历程》）春江月夜，流水悠悠，青春短促，生命有限，对自然美景和自身存在的深切感受和珍视，对自身存在的有限性的无可奈何的感伤、惆怅和留恋，都在诗歌中淋漓尽致地表现了出来。内容也不外乎思妇游子，但意境情趣、语言表述与宫体诗完全不同。

（二）李白与杜甫

李白无疑是盛唐文学最典型的代表。李白对盛唐文学如此重要，以至于没有李白盛唐的诗歌不会有这么高的成就，甚至整个中国古代文学都会因此而黯然失色。

李白（701年—762年），字太白，号青莲居士，祖籍陇西成纪（今甘肃秦安）人，他的家世和出生地至今仍是个谜。李白是盛唐文化孕育出来的天才诗人，其非凡的自负与自信、狂傲的独立人格、豪放洒脱的气度和自由创造的浪漫情怀，充分体现了盛唐诗人的时代性格和精神风貌。代表作有《蜀道难》《将进酒》《行路难》《独坐敬亭山》《望庐山瀑布》《望天门山》《早发白帝城》《黄鹤楼送孟浩然之广陵》。

李白是时代的骄子，一出现就震惊了诗坛。他气挟风雷的诗歌创作和天才大手笔，当时就征服了众多的读者，朝野上下，许为奇才，享有崇高的声誉和地位。

盛唐之盛，在于其孕育和包容一切的气概。在盛唐诗坛上，儒、道、佛家文化都得到了充分的展现。王维被称为"诗佛"，其诗空灵清寂，呈现出佛禅境界；李白号称"诗仙"，其诗飘逸超然，清丽自然，洋溢着丰厚的道家精神；杜甫则被称为"诗圣"，其诗稳健典雅，沉郁顿挫，蕴含着深沉的儒家情怀。这是一个激动人心的大合唱，但主旋律似乎还是属于杜甫，正是儒家的情怀把杜甫推上了"诗圣"的地位。

杜甫（712年—770年），字子美，京兆杜陵（今陕西西安市西南）人，生于河南巩县，是晋朝名将杜预之后，祖父杜审言为初唐著名诗人。他自幼好学，群书万卷常暗诵，十四五岁已饱读经书，能以笔墨与文学界的斯文雅士交往。他曾骄傲地说："诗是吾家事。"对诗名的向往和对功业的追求构成了他人生的基本基调，二者的相互融合也丰富了杜甫诗歌的底蕴。杜甫的代表作有《春望》《闻官军收河南河北》《登高》《春夜喜雨》《江畔独步寻花七绝句》。

杜甫的诗歌富有艺术魅力，还有一个重要原因，即"众体兼备"，并创造性地发挥了各种诗体的功能，为各种诗体树立了典范。诗在他手中几乎是无所不能的，写传记、写游记、写书札、写诗文评论等。可以说，杜甫是公认的中国古代诗歌集大成者，前无古人后无来者，因此，杜甫享有"诗圣"之誉。

"李杜文章在，光焰万丈长"（韩愈），李白、杜甫是盛唐诗歌的双子星，也是中国文学史上不可复现和难以逾越的顶峰。

二、中晚唐诗歌

安史之乱是唐代社会矛盾的大爆发，也是唐代由盛而衰的历史转折点，地主阶级和农民阶级这一基本矛盾的尖锐化，伴随着已经激化的统治阶级内部矛盾、民族矛盾，导致唐代后期复杂、混乱、动荡的社会生活。在这种社会现实之下，要求全国统一、社会安定、赋税减轻、生活改善，成为广大人民最普遍的理想和愿望。这种理想和愿望反映在文学上，就成为这一时期文学的基本主题。杜甫是这一时期的代表人物。白居易等人倡导的新乐府运动，则将中国诗歌的现实主义精神发展到一个新的高度。在杜甫和白居易之间，元结和顾况作为杜甫的同道，提出了一些现实主义诗歌理论，成为新乐府运动的先驱。刘长卿和韦应物则以山水田园诗见称。李益的边塞诗也取得一定的成就。由于社会动荡和王朝的衰微，这个时期的诗歌多半都染上了感伤的色彩。刘长卿的绝句《逢雪宿芙蓉山主人》是历来传诵的名作：

日暮苍山远，天寒白屋贫。
柴门闻犬吠，风雪夜归人。

写雪夜投宿山中贫寒人家所见的情景，寥寥数语让人感到含蓄亲切。

韦应物的七绝《滁州西涧》也很有名：

> 独怜幽草涧边生，上有黄鹂深树鸣。
> 春潮带雨晚来急，野渡无人舟自横。

这首诗不仅把春雨中荒山野渡的景色写得优美如画，而且传达出行人待渡的怅惘心情。

李益有十多年的边塞生活，长于七绝，写了不少边塞诗：

> 回乐峰前沙似雪，受降城外月如霜。
> 不知何处吹芦管，一夜征人尽望乡。
>
> ——《夜上受降城闻笛》

> 天山雪后海风寒，横笛遍吹行路难。
> 碛里征人三十万，一时回首月中看。
>
> ——《从军北征》

李益的边塞诗已没有盛唐边塞诗的昂扬雄壮，而是充满了肃杀、凄凉和伤感的情绪，显现出"边城已在虏尘中，烽火南飞入汉宫"（李益《赴渭北宿石泉驿南望黄堆烽》）的衰微景象。

白居易（772年—846年），字乐天，号香山居士，祖籍太原，后迁下邽（今陕西渭南）。年轻时，因藩镇叛乱，白居易曾有过一段流离吴越的生活，接触了很多民间疾苦。白居易自觉发扬杜甫的写实精神，从生活源泉中觅取诗材，写下了大量赋咏新题材、运用新语言、标以新诗题的乐府诗，倡导了一场新乐府运动。为此，白居易提出了明确的创作纲领："文章合为时而著，歌诗合为事而作"（《与元九书》），"惟歌生民病，愿得天子知"（《寄唐生》），对乐府诗的创作提出"质而轻""核而实""顺而肆"（《新乐府序》）的要求，力倡通俗平易的诗风。他的诗歌反映了土地赋税等重大的社会课题，揭露了统治者骄奢淫逸、欺压百姓的罪行，宣扬了爱国主义精神，并关心妇女问题和其他社会问题。《观刈麦》《卖炭翁》《杜陵叟》《轻肥》等都是白居易的优秀作品。此外，白居易的感伤诗中有两篇著名的长诗——《长恨歌》和《琵琶行》。《长恨歌》写唐明皇和杨贵妃的爱情悲剧，在歌颂和同情中暗含讽刺。《琵琶行》是白居易被贬江州司马时的作品，"同是天涯沦落人，相逢何必曾相识"道出了诗人内心的无奈、感伤。白居易诗歌的艺术成就，首先突出地表现在诗歌语言上，他的诗歌语言浅显平易，有意到笔随之妙；其次还突出地表现在叙事诗上，他的诗歌以叙事为主，结合抒情，脉络分明，曲折生动；最后还表现在人物刻画上，如《新丰折臂翁》《卖炭翁》等，侧重对个别人和个别事的特写。诗中人物既有与一般被压迫者相同的命运，又有各自独特的遭遇和个性特点。

白居易是新乐府运动的倡导者，新乐府运动是当时诗歌的革新运动，由唐代诗人白居易、元稹、李绅等倡导，主张恢复古代的采诗制度，发扬《诗经》和汉魏乐府讽喻时事的传统，使诗歌起到"补察时政""泄导人情"的作用，强调以自创的新的乐府题目咏写时事。新乐府运动的其他参与者也写出了一些好诗，与白居易齐名的元稹（文学史上有"元白"之称），其诗歌《行宫》也很著名：

寥落古行宫，宫花寂寞红。
白头宫女在，闲坐说玄宗。

意蕴深远，前人说读《长恨歌》不厌其长，读《行宫》不厌其短，确实各有千秋。

李绅（772年—846年）是"元白"的好友，两首《悯农》诗十分著名：

春种一粒粟，秋收万颗子。
四海无闲田，农夫犹饿死。

锄禾日当午，汗滴禾下土。

谁知盘中餐，粒粒皆辛苦。

三、唐代散文

散体文的创作高峰是在中唐时期，但这个高峰是建立在此前散体文不断发展的基础之上的。陈子昂的出现，在唐代前期文风的转变上起到了关键作用。他提倡风雅兴寄和汉魏风骨，使"天下翕然，质文一变"（卢藏用《陈伯玉文集序》）。

韩愈、柳宗元的出现，使得散体文的创作别开生面。苏轼认为韩愈"文起八代之衰"，这是很深刻的看法。

韩、柳在散体文创作上进行了创新，主要表现在两个方面：其一，建立新的散文美学规范。其二，韩、柳将浓郁的情感注入散文之中，大大强化了作品的抒情特征，提升了作品的艺术魅力，把古文提高到了真正的文学高度。

韩愈杂文中最受瞩目的是那些嘲讽现实、议论犀利的精悍短文，如《杂说》《获麟解》《伯夷颂》等，形式活泼，不拘一格，有很高的文学价值，对后世也颇有影响。其中最为人称道的是《杂说四·马说》：

世有伯乐，然后有千里马。千里马常有，而伯乐不常有……策之不以其道，食之不能尽其材，鸣之而不能通其意，执策而临之，曰："天下无马！"呜呼，其真无马邪？其真不知马也！

文章通篇以马喻人，表现出作者对人才受压抑的悲愤，构思精巧，寄慨遥深。

柳宗元的杂文显著特征就是正话反说，借问答体抒发自己被贬、被弃的一怀幽愤，《答问》《起废答》《愚溪对》等均属此类作品。柳宗元的杂文大都结构短小而极富哲理。柳宗元的传记文与抒情文也颇有佳者，如《捕蛇者说》，通过对蒋氏三代经历的描写，深刻地揭示了蒋氏宁可死于毒蛇也不愿承担赋税的无奈心情，表现了"孰知赋敛之毒，有甚是蛇者乎"的主题，全文含无限悲伤凄婉之态。

柳宗元的山水游记是真正的艺术性文学，美的文学。他擅长选取深奥幽美的景物，经过一丝不苟的精心刻画，展现出高于自然原型的艺术之美。用他的话说，就是"美不自美，因人而彰"。

四、晚唐五代词

在唐代发展繁荣的同时，中国文学又出现了一种重要的新形式——词。词于初唐就在民间和部分文人中开始创作，中唐词体基本建立，晚唐以至五代，艺术趋于成熟。

（一）温庭筠及其他花间词人

温庭筠（约 812 年—866 年）在《花间集》中被列于首位，入选作品 66 首。他是第一个努力作词的人，长期出入秦楼楚馆，"能逐弦吹之音，为侧艳之词"，把词同南朝宫体与北里倡风结合起来，成为花间派的鼻祖。

西蜀词人韦庄（约 836 年—910 年），与温庭筠齐名，《花间集》收其词 48 首。温、韦二人同时也擅长写诗，韦庄受白居易影响较深，与温庭筠远绍齐梁、近师李贺不同。

（二）李煜及其他南唐词人

南唐词的兴起比西蜀稍晚，主要词人是元老冯延巳（903 年—960 年）、中主李璟（916 年—961 年）、后主李煜（937 年—978 年）。南唐君臣沉溺声色，与西蜀相类，但文化修养较高，艺术趣味也相应高雅一些。所以从花间词到南唐词，风气有明显的转变。

第四节　宋元明清文学

宋代文学基本上是沿着中唐以来的方向发展起来的。韩愈等人发动的古文运动在唐末五代一度衰颓之后，得到宋代作家的热烈响应，他们更加紧密地把道统与文统结合起来，使宋代的古文真正成为具有很强的政治功能而又切于实用的文体。

一、宋代文学

宋代在我国文学发展史上是一个十分特殊的时期。公元 960 年，赵匡胤发动陈桥兵变建立宋朝，北宋文学由此发端。宋代文学具有承前启后的历史意义，处在中国文学从"雅"到"俗"的转变时期。所谓"雅"，指主要流传于社会中上层的文人文学，如诗、文、词等；所谓"俗"，指主要流传于社会下层的庶民文学，如小说、戏曲等。在宋代，词体发展和词的写作都达到历史上前所未有的阶段。一般说的唐诗、宋词、元曲、明清小说，即指不同朝代文学样式繁荣兴盛的侧重点。可见，宋词是宋代文学成就的集中代表。

（一）散文方面

北宋前期文学以诗文为主，此期延续晚唐五代浮艳文风，也呈现出一些新气象。王禹偁不满当时的靡艳文风，主张"革弊复古"。他的散文言之有物、清丽俊秀，在当时文坛可谓独树一帜，《黄州新建小竹楼记》《待漏院记》都是优秀的篇章。柳开十分鲜明地提出文学复古主张，提出重道、致用、尊韩等观点。但他的散文写得晦涩艰深，所以其主张在文坛中没有产生太大影响。穆修等人继续提出效法唐代古文的主张，但呼应之声甚少。

宋仁宗庆历年间，范仲淹、欧阳修等人领导政治改革，一度中断的唐代古文传统也得到了继承与发扬。欧阳修是宋代第一个开创一代文风的文坛领袖，其诗文革新的动因较多，最直接的是革除五代文风和宋初西昆体的流弊。他的散文言之有物、清新俊朗、形式多样，如《与高司谏书》《朋党论》是政治斗争的武器，《五代史》绪论则表达了他对历史人生的深刻思考。曾巩继承欧阳修的古文创作理论，认为"则公且是矣。而其辞之不工，则世犹不传，于是又在其文章兼胜焉"（《寄欧阳舍人书》）。他的散文平正通达，委曲详明。王安石的散文内容深刻，辞气横厉，具有不同于欧阳修的风格。

北宋中后期的文学成就集中体现在苏轼身上，宋文、宋诗和宋词在他这里都达到了高峰。他的散文呈现出多姿多彩的艺术风貌，无论是政论、史论还是游记，都取得了极高的文学成就。如《贾谊论》《留侯论》《日喻》《石钟山记》《记承天寺夜游》《赤壁赋》《后赤壁赋》等都是极为优秀的作品。

（二）诗歌方面

在宋代，诗歌创作低迷暗淡，西昆体的声势最为威盛。该体的诗歌宗法李商隐，追求辞藻华美、音节铿锵，又喜用典故，形成了一种共有的风格，为后来的学子效法，在当时产生了很大影响。《六一诗话》说："自《西昆集》出，时人争效之，诗体一变。"

西昆诸子是以作诗作为消遣的。他们或咏前代帝王和宫廷故事，如《始皇》《汉武》《宣曲》等；或咏男女爱情，如《代意》《无题》等；或咏官僚生活，如《夜宴》《直夜》等；更多的是咏物，如《梨》《泪》《柳絮》等。他们自认为是学习李商隐，实际上只是片面发展了李商隐写诗追求形式美的倾向。由于缺乏真正的生活感受，他们写出来的诗大都内容单薄、虚情假意，写来写去，无非是为了搬弄几个陈腐的典故，如《泪》：

锦字梭停掩夜机，白头吟苦怨新知。

谁闻陇水回肠后，更听巴猿拭袂时。

汉殿微凉金屋闭，魏宫清晓玉壶欹。

多情不待悲秋气，只是伤春鬓已丝。

　　全诗形式上辞藻华丽，声律谐和，对仗工稳，但缺乏感情上的内在联系，只是把古今以来有关悲情的故事集中在一起，好像是一堆谜语。这只不过是那些生活空虚的官僚士大夫以文字为消遣的游戏，是没有真心诚意的无病呻吟。由于杨亿等在学识修养上已经超过了晚唐五代的许多作者，再加上宋王朝对这种诗风的偏爱，"杨刘风采，耸动天下"（欧阳修《六一诗话》），西昆派在宋初风靡了数十年。

　　南宋文学充满了强烈的悲愤之情。北宋覆亡的"靖康之难"，激起了南宋诗人抵抗侵略、保卫祖国的爱国主义精神。这些诗人以陆游、杨万里、范成大和尤袤最为突出，时称"中兴四大诗人"。杨万里的诗歌具有浓郁的生活气息，且富于理趣，如《晓行望云山》《小池》。范成大出使金时所作的七十二首七绝，表达了北宋亡国之痛，反映了遗民渴盼复国的心情；《四时田园杂兴》六十首，深入反映了农民疾苦，开拓了田园诗全新的境界。陆游一生作诗极多，流传至今的有 9 400 多首。他的诗歌以爱国为主题，如《关山月》《书愤》。

（三）词的创作方面

　　晏殊的作品大多抒写男女之间的相思爱恋和离愁别绪，语言一洗五代花间词派的脂粉气，显得清丽淡雅，如《踏莎行》《玉楼春》《浣溪沙》等。欧阳修主要走五代词人的老路，但新变的成分更多，主要体现在两个方面：一是扩大了词的抒情功能，沿着李煜词所开辟的方向，进一步用词来抒发自我的人生感受；二是改变了词的审美趣味，朝着通俗化的方向发展，与柳永词相互呼应。范仲淹将自己的军旅生活融入词作，丰富了词的创作题材和表现内容，大大拓宽了词的艺术表现视野，如《渔家傲》。张先的文学贡献有以下几个：一是将词作为赠别酬唱的工具，扩大了词的实用功能，如《定风波·再次韵送子瞻》；二是首次运用题序，把日常生活作为词的表现题材，如《木兰花》。柳永是北宋第一个大量写作慢词的词人，改变了唐五代以来小令一统词坛的局面，从此慢词和小令平分秋色、相得益彰。柳永的词长于铺叙，不避俚俗，以白描的手法描写都市的繁华璀璨和人的悲欢离合，如《雨霖铃》：

> 寒蝉凄切，对长亭晚，骤雨初歇。都门帐饮无绪，留恋处，兰舟催发。执手相看泪眼，竟无语凝噎。念去去，千里烟波，暮霭沉沉楚天阔。
>
> 多情自古伤离别，更那堪，冷落清秋节！今宵酒醒何处？杨柳岸，晓风残月。此去经年，应是良辰好景虚设。便纵有千种风情，更与何人说？

苏轼是继柳永之后对词体革新成就最大的词人，大大提高了词的文学地位，使词不再是音乐的附庸，而成为一种独立的文学载体。特别是将传统的一味表现女性化的柔情的词扩展为表现男性化的豪情的词，如《念奴娇·赤壁怀古》：

> 大江东去，浪淘尽，千古风流人物。故垒西边，人道是，三国周郎赤壁。乱石穿空，惊涛拍岸，卷起千堆雪。江山如画，一时多少豪杰。
>
> 遥想公瑾当年，小乔初嫁了，雄姿英发。羽扇纶巾，谈笑间，樯橹灰飞烟灭。故国神游，多情应笑我，早生华发。人生如梦，一尊还酹江月。

这一时期的词人主要有两个群体，一是苏门词人群，以苏轼为领袖，成员包括黄庭坚、秦观、晁补之、陈师道等，与苏门词人过从甚密的晏几道和贺铸，也可以算作这个群体的一员。二是以周邦彦为主要代表的大晟词人群，如曹组、万俟咏、田为等，他们都曾在大晟乐府任职。周邦彦作为词坛领袖，对宋词的发展做出了特殊贡献。周词法度井然，重视运用章法、句法、炼字和音律等艺术技巧。

到了南渡前后，词坛的重要词人有李清照、朱敦儒、叶梦得、李纲、陈与义等。李清照是中国文学史上创造力最强、艺术成就最高的女性词人，她还在理论上确立了词体的特殊地位，提出了"别是一家"的观点，大大提升了词在文学载体中的地位。她的词艺术方式独特，语言清新素雅，如《一剪梅》《如梦令》《声声慢》《减字木兰花》等，都是宋词的经典作品。

此外，"南宋四大名臣"——李纲、赵鼎、李光、胡铨用词作表现抗争精神，岳飞的《满江红》更是流传千古的艺术乐章。北宋中后期的词坛以江西诗派最为有名，黄庭坚、陈师道和陈与义为该诗派之"宗"。

12世纪下半叶，词坛涌现出了一大批名家大师，如辛弃疾、陆游、张孝祥、姜夔等"中兴"词人，把词的创作推向高峰。其中辛派词人成就最高，有辛弃疾、张孝祥、陆游、陈亮、刘过等。辛弃疾是南宋前期最杰出的爱国词人，其作品充满了洗雪国耻的万丈豪情，写出了壮志难酬的无限悲愤。同时，横刀跃马、气势豪迈的英雄形象也被其写入词作，拓展了词作的想象空间，如《水龙吟·登建康赏心亭》《破阵子·为陈同甫赋壮词以寄之》等。辛弃疾晚年词作依然满含悲愤，如《永遇乐·京口北固亭怀古》：

千古江山，英雄无觅孙仲谋处。舞榭歌台，风流总被雨打风吹去。斜阳草树，寻常巷陌，人道寄奴曾住。想当年，金戈铁马，气吞万里如虎。

元嘉草草，封狼居胥，赢得仓皇北顾。四十三年，望中犹记，烽火扬州路。可堪回首，佛狸祠下，一片神鸦社鼓！凭谁问，廉颇老矣，尚能饭否？

同一时期，姜夔、史达祖、高观国、卢祖皋、张辑等人另成一派，与辛派词人双峰并峙。姜夔的词境别具一格，表现手法求新求变，大量运用联想思维、通感手法、侧向思维等文学手法，如《暗香》《扬州慢》等。同期的吴文英也取得了突出的文学成就，一改常规思维，将实景化为幻境，将幻境化为实景，创造了如梦如幻的艺术境界。辛弃疾之后，南宋词坛刮起了一股"稼轩风"，出现了一批辛派作家群，因词风与辛词大体相近，所以称为"辛派爱国词"。代表人物有陆游、陈亮、刘过、刘克庄、陈人杰等。

南宋末年，文学中的爱国主义精神被再度发扬，有反侵略的忠愤，有崇高的民族气节，也有遁迹山林、宁死不屈的孤高。例如，文天祥的《指南录》和《指南后录》中的诗文，刘辰翁表现亡国之痛的词，汪元量表现忠愤气节的诗以及记录亡国之痛的《越州歌》二十首，谢翱的血泪文《登西台恸哭记》，等等，构成了宋代文学的强烈尾声。

二、元代文学

元代历史短暂，从 1234 年蒙古王朝灭金统一中国北方，到 1368 年元亡于朱元璋领导的农民起义军，前后仅一百多年时间。尽管时间不长，但是元代文学在中国文学发展史上具有划时代的意义。

（一）关汉卿

关汉卿（1219 年—1301 年）是元代剧坛最杰出的代表之一，近代著名戏曲理论家王国维称赞他"一无依傍，自铸伟词，而其言曲尽人情，字字本色，故为元人第一"。其剧作如琼筵醉客，汪洋恣肆，慷慨淋漓，具有震撼人心的力量。

关汉卿，晚号已斋、已斋叟，大都（今北京市）人。一般认为，关汉卿一生创作杂剧多达 67 部，现存 18 部，如《窦娥冤》《鲁斋郎》《救风尘》《望江亭》《蝴蝶梦》《金线池》《谢天香》《玉镜台》《单鞭夺槊》《单刀会》《绯衣梦》《五侯宴》《哭存孝》《裴度还带》《陈母教子》《西蜀梦》《拜月亭》《诈妮子》。

（二）王实甫的《西厢记》

如果说关汉卿的剧作是以酣畅豪雄的笔墨横扫千军，那么，王实甫所写的具有惊世骇俗思想内容的《西厢记》，则表现出"花间美人"般光彩照人的格调。剧坛上的关、王，如同诗坛上的李、杜，是一前一后出现的两对双子星。作为剧本，《西厢记》表现出的舞台艺术的完整性，达到了元代戏曲创作的最高水平。明初的贾仲明环顾剧坛，提出"《西厢记》天下夺魁"，一锤定音，充分肯定了《西厢记》在文学史上的地位。

（三）白朴和马致远

在关汉卿、王实甫双峰并峙的元代剧坛上，能够在艺术上别树一帜、受到人们推崇的剧作家还有白朴和马致远。他们的代表作《梧桐雨》和《汉宫秋》，均写得文采繁富、意境深邃，具有浓厚的诗味，受到文坛的赞赏。关、王、马、白，被誉为"元曲四大家"。

（四）元诗四大家

元诗四大家是指虞集、杨载、范梈、揭傒斯四人，他们都是当时的馆阁文臣，因善于写朝廷典册和达官贵人的碑版而享有盛名。他们的诗歌具有典型性，体现了当时流行的文学观念和风尚，所以备受时人称赞。但实际上他们的创作成就并不高，不但不能与前代诗坛的大家相比，就是在元代诗坛上也不一定算得上是最优秀的诗人。四人的诗歌创作在题材内容上大致相同，艺术上也比较相近。明朝诗人胡应麟评此期诗风特征，"皆雄浑流丽，步骤中程。然格调音响，人人如一，大概多模往局，少创新规。视宋人藻绘有馀，古淡不足"，写出了元诗四大家的艺术共性。当然，元诗四大家的艺术风格也存在着差异，都有自己独特之处，这便是他们超过当时其他诗人的地方所在。

三、明代文学

中国文学发展到明代出现这样的情形：具有悠久历史的传统诗文已经衰落，而世俗文学小说、戏剧十分繁盛。尤其是小说的发展，达到了很高的境界，而且是前所未有的。

（一）诗歌

明代诗歌不仅包括诗，也包括词、曲，以及晚明民歌。明代诗坛因为被拟古主义、复古思想所笼罩，没有自己独特的风貌。明初的宋濂、刘基、高启等人诗作有一定成就，被称为具有"开国气象"。

（二）散文及晚明小品

明代是个散文沉寂的时代，没有突出的成就。明初散文的代表作家是宋濂、刘基。

（三）小说

明代长篇小说《三国演义》《水浒传》《西游记》《金瓶梅》，被合称为明代"四大奇书"，是明代小说的代表作品。

在《西游记》之后，还有一批神魔小说，最著名的是《封神演义》。《封神演义》共一百回，作者许仲琳，号钟山逸叟，应天府（今江苏南京）人。

明后期长篇小说以历史小说和英雄传奇居多。明代历史小说以历史事件为主，从远古一直到明末的作品都有。除著名的《三国演义》外，这些历史演义小说中比较出色的是冯梦龙的《新列国志》，描写了从周宣王起至秦统一中国这一段历史，将春秋争霸、战国争雄写得引人入胜，人物形象刻画得很成功，如孙膑、庞涓、伍子胥、齐桓公等。

（四）戏剧

明代戏剧主要由杂剧和传奇两大部分组成，明杂剧的艺术成就和对后世影响不及明代戏剧的主流——传奇。中国明代戏曲剧作家、文学家汤显祖创作的"临川四梦"——《牡丹亭》《紫钗记》《南柯记》《邯郸记》是明代戏曲的代表作品。前两部可以说是儿女风情戏，后两部是社会风情剧。其中《牡丹亭》是"四梦"中的代表作，是戏剧史上璀璨夺目的明珠。

汤显祖（1550年—1616年），字义仍，号若士、海若、清远道人，江西临川人，宦途不得意，退居乡里，进行戏剧创作。他在戏剧创作上重视文辞，不愿意遵守格律，与吴江派恰成对比。人们将具有这种创作风格的戏剧作家称为临江派，汤显祖为此派宗师，又因他住的地方叫玉茗堂，所以这派也称玉茗堂派。但他的戏剧成就绝非流派可以衡量，《牡丹亭》已成不朽佳作。

四、清代文学（鸦片战争前）

（一）洪昇与孔尚任

洪昇（1645年—1704年），字昉思，号稗畦，钱塘（今浙江杭州）人，是清代杰出的戏剧作家，传世名作《长生殿》。《长生殿》是中国古典戏剧名作，从美学上看，具有很高的艺术价值。作品写了李隆基、杨玉环两人的爱情故事，同时还写了他们的政治悲剧。《长生殿》比较集中地体现了中国古典悲剧的传统模式，不仅取得了很高的艺术成就，而且其模式的传统性为广大人民所喜爱，歌场舞榭，流播如新。

孔尚任（1648年—1718年），字聘之，又字季重，号东塘、岸堂、云亭山人，山东曲阜人，是孔子的第64代孙。康熙三十八年（1699年），他的《桃花扇》历经数十年惨淡经营，数易其稿，终于成形，上演后影响甚大。南朝遗老看了以后重新勾起亡国之痛，这也引起了清朝一些人的不满。结果没有半年，因一件文字祸，孔尚任被罢官回家。除《桃花扇》外，他还与顾彩合写了传奇《小忽雷》，写弹奏小忽雷的唐女郑盈盈的故事，描写了文士与官宦之间的斗争，艺术水平不及《桃花扇》。他留有《湖海集》《岸堂文集》《长留集》等诗文集。

（二）蒲松龄与吴敬梓

蒲松龄（1640 年—1715 年），字留仙，一字剑臣，号柳泉居士，山东淄川人。蒲松龄交游甚广，与王士祯交厚。王士祯是神韵派诗人，他非常看重蒲松龄的文才，曾为《聊斋志异》作序。蒲松龄一生创作遍及诗文、戏剧、小说等文学形式，留下非常丰富的作品。文有 400 余篇，诗有 100 余阕，杂著数种，戏 3 出，通俗俚曲 10 余种。《聊斋志异》是他的代表作，语言古雅洗练、清新活泼。全书中的小说篇幅短小精练，最长《婴宁》也不过 4 000 字左右。但是《聊斋志异》内容丰富，意义精深，语言中还时时杂以口语、俚语，斟酌情节人物而用，符合人物性格。叙述语言时用单行奇句，时用骈词俪语，典雅而不失生动。这是因为蒲松龄吸取了先秦两汉、唐宋古文等各方面的语言优点，才形成他特有的富于表现力的语言。

吴敬梓（1701 年—1754 年），字敏轩，一字文木，号粒民，安徽全椒人。他的作品现存有《文木山房诗文集》四卷，收录其 40 岁之前的诗赋。《儒林外史》是他的晚年作品，大约成书于 1750 年前后，是他的代表作。《儒林外史》是一部讽刺艺术的杰作。鲁迅评价说："乃秉持公心，指摘时弊，机锋所向，尤在士林；其文又戚而能谐，婉而多讽，于是说部中乃始有足称讽刺之书。"

（三）曹雪芹与《红楼梦》

曹雪芹（1715 年—1763 年）是我国 18 世纪伟大的现实主义作家，名霑，字梦阮，号雪芹、芹圃、芹溪。曹雪芹本为汉族，出身清代内务府正白旗包衣世家，由皇帝通过内务府直接管理，实际上是皇室家奴。曹雪芹晚年住在北京西郊，生活特别困难，举家食粥，加之丧妻失子，悲痛更添，未能完成《红楼梦》便在贫病交加中搁笔长逝。《红楼梦》的创作起于何时，已不得而知。小说的初稿原名为《风月宝鉴》，曹雪芹创作的 80 回本未完成之作题为《石头记》，80 回以后的稿子未及整理，散失不见。《红楼梦》是一部极具悲剧美学价值的伟大作品。

第三章 中国古代文学观念

第一节 中国古代文学观念的
发展及其渊源

"文学"的内涵、特征是什么？对此，中国古代文学有自己的独特观念。然而在清代以前，这种观念只体现在古代文论家所列举的或古代文选一类的著作所收罗的"文"的外延中，并无明确的界说。直到晚清，章炳麟在西方逻辑学的影响下，才对中国古代的这种文学观念作出了明确的界定："'文学'者，以有文字著于竹帛，故谓之'文'；论其法式，谓之'文学'。凡文理、文字、文辞皆称'文'；言其采色发扬，谓之'彣'。……凡'彣'者必皆成'文'，凡成'文'者不皆'彣'。是故榷论'文学'，以文字为准，不以彣彰为准。"章氏此论，准确概括了中国古代占主导地位的"文学"概念：文学（简称"文"）是一切文字著作，衡量是不是文学的特征或标准是"文字"，而不是"彣彰"，即"文采"。

一、中国古代文学观念的发展

先秦时期，"文"或"文学""文章"不仅包括一切文字著作，其外延比文字著作要广，包括道德礼仪的修养、文饰。"文"字的构造是交错的线条、花纹，所以《易·系辞》说："物相杂，故曰'文'。"《国语·郑语》说："物一无

60

'文'。""文章"的本义也是如此。《周礼·考工记》云："画缋（同绘）之事……青与赤谓之'文'，赤与白谓之'章'。"由交错的线条和具有文饰性的花纹，衍生出文饰的含义。《楚辞·九章·橘颂》："青黄杂糅，文章烂兮。"此处的"文章"即指斑斓的色彩。《左传·隐公五年》："昭文章，明贵贱。"杜预对"文章"的注释为"车服旌旗"，说明文章二字是由文饰之义转化而来的，其含义由自然界的文饰，引申为道德文饰及礼仪修养。孔子说："郁郁乎文哉，吾从周。"《诗·大雅·荡》毛序："厉王无道，天下荡荡，无纲纪文章。"这里的"文"和"文章"，均指周代的道德文明和礼仪法度。《战国策·秦策》："文章不成者不可以诛罚。"这里"文章"则指法律制度。《论语·公冶长》记子贡语："夫子之文章，可得而闻也。"此处的"文章"，不只指孔子编纂的文辞著作，而且包括孔子的道德风范。朱熹《论语集注》："文章，德之见乎外者，威仪文辞皆是也。"道德礼仪的修养离不开后天的学习，所以道德的文饰修养又叫"文学"。根据《论语·公冶长》中的记载，子贡问曰："孔文子何以谓之'文'也？"子曰："敏而好学，不耻下问，是以谓之文也。"《论语·先进》述及孔门四科，即"德行""言语""政事""文学"。北宋经学家邢昺将"文学"解释为"文章博学"，郭绍虞先生将"文章博学"解释为"一切书籍、一切学问"，即"最广义的文学观念"。

其实此处的"文学"并不等于我们今天所谓的"广义的文学"，在此之外，还包括礼仪道德的内容。因此，《荀子·大略》说："人之于文学也，犹玉之于琢磨也。……子赣、季路，故鄙人也，被文学，服礼义，为天下列士。"正因为此时的"文学"是道德的形式载体和外在规范，所以它并不以"文采"为特质，而以"质信"为特征。《韩非子·难言》指出：当时人们把"繁于文采"的文字著作叫作"史"，把"以质信言"、形式鄙陋的文字著作称为"文学"。于是"文"必须以原道为旨归。《论语·学而》："行有余力，则以学文。"《墨子·非命中》："凡出言谈、由（为也）文学之为道也，则不可而不先立义法。"所以"文学"又常被用来指"儒学"。

如《韩非子·五蠹》："儒以文乱法，侠以武犯禁。""故行仁义者非所誉，誉之则害功；工文学者非所用，用之则乱法。"当然，"文"也可单指文字著作。《论语·述而》中记载，子以四教：文、行、忠、信。邢昺疏："文，谓先王之遗文。"朱熹《论语集注》中记载，程子曰："教人以学文修行而存忠信也。"罗根泽先生指出："周秦诸子……所谓'文'与'文学'是最广义的，几乎等于现在所谓学术学问或文物制度。"从"学术学问"一端而言，"在孔、墨、孟、荀的时代，只有文献之文和学术之文，所以他们的批评也便只限于文献与学术。"

两汉时期，情况出现了变化。一方面，"文学"一词仍保留着古义，指儒学或一切学术。如《史记·孝武本纪》："而上乡儒术，招贤良，赵绾、王臧等以文学为公卿。"《史记·儒林传》："延文学儒者数百人，而公孙弘以《春秋》白衣为天子三公。""治礼，次治掌故，以文学礼义为官。"这是以"文学"为"儒学"的例子。西汉桓宽《盐铁论》记载的与桑弘羊大夫的对话中谈论的"文学"，即指儒士之学。《史记·太史公自序》云："汉兴，萧何次律令，韩信申军法，张苍为章程，叔孙通定礼仪，则文学彬彬稍进。"《史记·晁错传》记载："晁错以文学为太常掌故。"这是把"文学"当作包含律令、军法、章程、礼仪、历史在内的一切学术了。另一方面，此时人们把有文采的文字著作如诗赋、奏议、传记称作"文章"。于是"文章"一词具有了相对固定的新的含义，而与"文学"区别开来。《汉书·公孙弘传·赞》中云："文章则司马迁、相如。"与"文章"相近的概念还有"文辞"。如《史记·三王世家》："文辞烂然，甚可观也。"《史记·曹相国世家》："择郡国吏木讷于文辞，重厚长者，即召除为丞相史。"这里的"文辞"即文采之辞。不过"文章"在出现新义的同时，其泛指一切文化著作的古义仍然保留着。如《汉书·艺文志》："至秦患之，乃燔灭文章，以愚黔首。"作为包罗"文学""文章"在内的"文"，仍然指一切文字著作。因此，《汉书·艺文志》所收"文"之目录包括"六艺""诸子""诗赋""兵书""术数""方技"的所有文化典籍。

魏晋南北朝时期，人们继承汉代"文章"与"文学"的区分，以"文章"指美文，以"文学"指学术。如《魏志·刘劭传》："文学之士，嘉其推步详密……文章之士，爱其著论属辞。"刘劭《人物志·流业》："能属文著述，是谓文章，司马迁、班固是也。能传圣人之业，而不能干事施政，是谓儒学，毛公、贯公是也。"所以刘勰《文心雕龙·序志》说："古来文章，以雕缛成体。"《文心雕龙·情采》篇说："圣贤书辞，总称'文章'，非采而何？……若乃综述性灵，敷写器象……其为彪炳，缛采名矣。""夫铅黛所以饰容……文采所以饰言……"同时，"文学"一词也出现了狭义的走向，而与唯美的"文章"几乎相同。南朝人还进一步分出"文""笔"概念。"文"是有韵和情感的文学，"笔"是无韵的、说理的文学。这种与"笔"相对的"文"，萧绎说它"惟须绮縠纷披，宫徵靡曼，唇吻遒会，情灵摇荡"，与今天所讲的以"美"为特点的"文学"是相通的。

陆机《文赋》说："诗缘情而绮靡。"其实，魏晋南北朝时期不仅"诗"重视"绮靡"的形式美，而且整个文学都体现出唯美的倾向。以刘勰为例，刘勰《文心雕龙》所论之"文"范围虽然很广，但大多以形式美为基本要求。如《征圣》论"圣人之文章"："衔华而佩实者也。"《文心雕龙·宗经》说："扬子比雕玉以作器，谓《五经》之含文也。夫文以行立，行以文传，四教所先，符采相济。"《文心雕龙·辨骚》说楚辞："金相玉式，艳溢锱毫""观其骨鲠所树，肌肤所附，虽取熔经意，亦自铸伟辞。故《骚经》《九章》，朗丽以哀志；《九歌》《九辩》，绮靡以伤情；《远游》《天问》，瑰诡而惠巧；《大招》《招隐》，耀艳而深华……气往轹古，辞来切今，惊采绝艳，难与并能矣。"《文心雕龙·颂赞》论颂、赞："镂彩摛文，声理有烂。"《文心雕龙·祝盟》论祝辞和盟书："立诚在肃，修辞必甘。"《文心雕龙·诔碑》论诔文和碑文："铭德慕行，文采允集。"《文心雕龙·杂文》论对问、七体、连珠乃至典、诰、誓、问、览、略、篇、章、曲、操、弄、引、吟、讽、谣、咏："渊岳其心，麟凤其采""负文余力，飞靡弄巧""甘意摇骨体，艳词动魂识""体奥而文炳""情见而采蔚"。《文心雕龙·诸子》论诸子之文："研夫孟、荀所述，理懿而辞雅；管、晏属篇，事核而言练；列御寇之书，气伟而采奇；邹子之说，心奢而辞壮……《淮南》泛采而文丽。斯则得百氏之华采……"《文心雕龙·论说》说："论也者，弥纶群言，而研精一理者也""飞文敏以济辞，此说之本也。"《文心雕龙·封禅》说封、禅之文："鸿律蟠采，如龙如虬。"《文心雕龙·章表》说章表："章式炳贲""骨采宜耀"。《文心雕龙·议对》说议与对策之文："不以繁缛为巧"，而"以辨洁为能"。《文心雕龙·书记》论包含"簿""录""方""术"等二十四种文体在内的"书记"："或全任质素，或杂用文绮""既驰金相，亦运木讷""文藻条流，托在笔札"。因此《文心雕龙·总术》总结说："凡精虑造文，各竞新丽。"文采美几乎成了所有文体的创作要求。所有这些，都标志着文学观念的演进与深化。

然而，这并不是说，这个时期人们对"文学""文章"内涵、特征的认识就与今人的"文学"概念完全一样了。上述萧绎对"文"的界定与要求，只代表古人对广义的"文"中一种门类的作品特质的认识，它是一种文体概念，而不是一般意义上的"文学"概念。它与"笔"一样都统属于广义的"文"这一属概念之下。

就一般意义而言，广义的文学概念并没有改变。曹丕《典论·论文》："盖文章，经国之大业，不朽之盛事。"挚虞《文章流别论》："文章者，所以宣上下之象，明人伦之叙，穷理尽性，以究万物之宜（仪）者也。"《文心雕龙·时序》谓："唯齐、楚两国，颇有文学""自献帝播迁，文学蓬转。"这里的"文章""文学"的外延远比我们今天所说的文学广泛得多。这种泛文学观念，古人虽未明确界说，却无可置疑地体现在这一时期的问题论中。曹丕《典论·论文》列举的"文"有奏、议、书、论、铭、诔、诗、赋八体，陆机《文赋》论及的文体有诗、赋、碑、诔、铭、箴、颂、论、奏、说十类。挚虞《文章流别论》所存佚文论述的文体有颂、赋、诗、七、箴、铭、诔、哀辞、哀策、对问、碑、图谶。萧统《文选序》明确声称他的《文选》是按"事出于沉思，义归乎翰藻"的标准编选作品的，《文选》不录经、史、子，可见其对文学的审美特点的重视。然而即使在他这样比较严格的"文"的概念中，仍然包含了大量的应用文、论说文。《文选》分目有赋、诗、骚、七、诏、册、令、教、策、文、表、上书、启、弹事、笺、奏记、书、檄、对问、设论、辞、序、颂、赞、符命、史论、史述赞论、连珠、箴、铭、诔、哀文、哀策、碑文、墓志、行状、吊文、祭文等三十多类，足见其"文"的外延之宽泛。刘勰《文心雕龙》之"文"，较之《文选》之"文"，外延更加广泛。《文心雕龙》所论，仅篇目提到的就有包括子、史在内的三十六类文体，在《书记》篇中，作者又论及谱、籍、簿、录、方、术、占、式、律、令、法、制、符、契、券、疏、关、刺、解、牒、状、列、辞、谍二十四体，其中有不少文体不仅超出了美文范围，甚至还超出了应用文、论说文的范围，如"方"指药方，"术"指算书，"券"指证券，"簿"指文书。这与班固《汉书·艺文志》的收文范围及其体现的文学概念如出一辙。曹丕讲："夫文，本同而末异。"六朝人论及的各种文体，它们是建立在一个什么样的共同的根本（"本同"）之上而被统一叫作"文"的呢？我们只能找到一个共同点，即是它们都是文字著作。

唐朝韩愈、柳宗元掀起古文运动，南宋真德秀步趋理学家之旨编《文章正宗》与《文选》抗衡，取消了两汉时期"文学"与"文章"的分别和六朝的"文""笔"之分，文学观念进入复古期，"文学""文章""文辞"或"文"泛指各种体制的文化典籍，嗣后成为定论，一直延迄清末。晚清刘熙载《文概》论"文"，包括"儒学""史学""玄学""文学"："大抵儒学本《礼》，荀子是也；史学本《书》与《春秋》，马迁是也；玄学本《易》，庄子是也；文学本《诗》，屈原是也。"他还概括说："六经，文之范围也。"这正中经六朝而远绍先秦的文学观念。因而，章炳麟在《文学总略》中对"文"或"文学"的界说，乃是对中国古代通行的文学观念的一次理论总结。以下面一段最受人诟病的言论为例："……有成句读文，有不成句读文，兼此二事，通谓之'文'。局就有句读者，谓之'文辞'。诸不成句读者，表谱之体，旁行邪上，条件相分：会计则有簿录，算术则有演草，地图则有名字，不足以启人思，亦又无以增感。此不得言'文辞'，非不得言'文'也。"这里不能简单地将其视为一个文字学家的文学观念，若与刘勰《文心雕龙·书记》篇中体现的文学观念作比较，就会发现二者并没有什么两样。

二、中国古代文学观念的渊源

中国古代以"文学"为文字著作，以"文字"为"文"的特征，有着特殊的文化渊源。甲骨文、金文都是交错的图纹笔画。所以《国语》说："物一无'文'。"《易·系辞传》说："物相杂故曰'文'。"许慎在《说文解字》中解释为："文，错画也，象交文。"许慎的这个解释很绝妙，一方面，它成功解释了"文"这个字本身的构造特征。甲骨文、金文中的"文"是"错画也，象交文"，在后世高度抽象的"文"的写法，如篆文"文"的写法中，也具有"错画也，象交文"的特点。另一方面，"文"若指文字，"错画也，象交文"也符合所有汉文字的构造特征。先看八卦文字，《易·系辞》说，八卦是圣人"见天下之赜，而拟诸其形容，象其物宜（通仪）"作出的，因而有"卦象""卦画"之称。再看成熟的汉字，汉字分独体字、合体字。独体字是象形字、指事字，它"依类象形"，是典型的"错画""交文"之"象"。合体字是形声字、会意字，它由独体字复合而成，亦为"错画"之"象"，由于汉文字都符合"错画也，象交文"这一"文"字的训诂学解释，因而中国古代把文字著作称作"文"，就是很自然的事了。古代学者"才能胜衣，甫就小学"，而章炳麟本身就是文字学家，他们的文学观念受到训诂学对"文"的诠释的影响，乃势所必然。

然而，文字著作可称"文"，而"文"未必仅指文字著作。符合"错画也，象交文"特征的现象有很多。天上的云彩是"文"——"天文"，地上的河流是"文"——"地文"，人间的礼仪是"文"——"人文"，色彩的交织是"文"——"形文"（绘画），声音的交错是"文"——"声文"（音乐），文字的参差组合也是"文"——"文章""文学""辞章"。刘勰《文心雕龙·情采》指出："立文之道，其理有三：一曰形文，五色是也；二曰声文，五音是也；三曰情文，五性是也。五色杂而成黼黻，五音比而成韶夏，五性发而为辞章，神理之数也。"只有作为"文学""文章"二语省称的"文"，其外延才与文字著作、文化典籍相等，才表示一种文学概念，而与"天文""地文""人文""形文""声文"区别开来。

第二节　孔子思想与儒家文学观念

一、孔子思想的文化渊源

孔子文学思想的文化渊源，要从文学思想的萌芽说起。先秦时代是我国古代文学批评的萌芽阶段，这个阶段有关文学的意见，只有简短的资料。它们大抵散见于各种学术著作中，成篇的专门论述文学的文章尚未出现。然而，周代的文化学术有很大的发展。相传孔子编订的六经，绝大部分产生于周代，《诗经》也都是周诗。由于诗歌创作的发展，从西周到东周春秋时代，人们逐渐形成了对诗歌作用的一些认识和见解，那就是：作诗可以表达自己的喜怒哀乐，表达对别人或事物的赞美或讽刺；通过采诗、观诗，可以了解人们的思想感情，考察民情风俗。这种认识，以后发展成为比较完整的"言志""美刺""观风"等诗歌理论。

春秋战国时期是社会发生剧烈变革的时期。由于生产的发展和阶级矛盾的尖锐化，旧的奴隶制度逐步解体，新的封建制度逐步形成。在当时社会剧烈变化的过程中，涌现出许多思想家，他们依据不同的阶级性，提出许多不同的政治、经济、哲学等方面的主张，形成百家齐鸣、文学作品异常繁荣的历史局面。在诸子百家的论著中，包含着不少有关文学的见解，这些虽然还没有成为完整的篇章，但其中已经有不少较为深刻的原则性的论点，对于后世的文学批评有很大的启发和影响。特别是儒家的文学思想，在我国文学批评史上占有重要的地位。

这时期人们所用的"文学"这一名词，内容比较宽泛。所谓"文"或"文学"是文化学术的总称，具体地说，就是《诗》《书》《礼》《乐》等著作，而其中只有少数是文学作品。当时人们常用的和文学有关的另一个名词是"言"或"言辞"。它表现在口头上，是人们的日常谈话和政治外交辞令等；表现于书面记录，主要是政治文告、法令和学术著作等。它的含义也比较宽泛。所以，当时的人们对于文学的见解，大都包含在对文化学术的见解范围之内。当时的思想家常常提到关于诗的意见，那是比较纯粹的有关文学的见解。但《诗》三百篇大都入乐，诗乐紧密配合；人们对于诗歌和音乐的见解，也常常互相联系，有时很难分开。基于上述情况，这段文学批评史的内容，特别不容易跟学术思想史、美学思想史划出清楚的界限。然而儒家的创始人孔子很重视文学（文化、学术），这就为孔子文学思想的发展提供了一个重要的条件。

生活在春秋末期"礼坏乐崩"时代的孔子，对"礼乐文明"怀着真诚的信仰，在春秋时期礼乐文化激烈的变革中，以"仁"释礼，援"仁"入乐，通过改变礼乐文化的精神基础，以期"挽狂澜于既倒，扶大厦之将倾"，进而实现其复兴周代"礼乐文明"的文化理想。礼是一种举止文雅、崇高的艺术。脱胎于原宗教祭仪的周代礼乐文化，其"礼乐相须以为用"的表现形式，使其出现之时，便和作为文学的"诗"与作为艺术的"乐"紧密地联系起来，周代礼乐文化的表现方式，亦是联系文学和艺术的存在方式。从这个意义上说，周代的礼乐文明不仅是孔子文学思想发生的文化背景，也是孔子文学思想最为切近的来源。研究孔子文学思想，周代礼乐文明不仅是其产生的重要历史背景和文化资源，而且在某种程度上甚至是其文学思想的一部分，正因为有作为历史源头的西周礼乐文化，春秋末期遂有孔子以礼乐为价值取向的儒家文学思想因素。因此，对孔子文学思想的研究，不能不从这里开始。

（一）礼乐溯源

"礼乐文明"虽然是人们对周代文化的特定称谓，但礼乐并非周人所创，而有其更为遥远的源头。究竟源头在哪里，大家的说法并不一致。孔子曾经感叹说"礼云礼云，玉帛云乎哉！乐云乐云，钟鼓云乎哉！"这些或多或少地都反映了古代礼仪活动可能就是用玉帛、钟鼓为代表物的。从字源上看，古时的"礼"，指的是行礼之器，后来推而广之，凡"奉神人事通谓之礼"，这样"礼"与祭祀就有着不可分割的关系。《礼记·礼运》载："夫礼之初，始诸饮食，其燔黍捭豚，污尊而抔饮，蒉桴而土鼓，犹若可以致其敬于鬼神。"虽然这里认为礼始诸饮食，但它又说即使在污尊抔饮的阶段，也是蒉桴而土鼓，礼乐并用，致敬鬼神的，可见"礼"的终极目的仍与祭祀密切相关。

虽然我们不能具体考订礼、乐起于何时何地，但却可以知道，在人类文化发展的过程中，礼、乐都曾经与原始祭祀有关，是原始祭祀中不可或缺的环节。礼最初指祭祀时的行礼之器，乐指祭祀时的乐舞。礼器的作用是示敬，乐舞的作用是娱神，而礼、乐在原始祭祀中所呈现出的这种相辅相成的文化功能，也正是礼、乐后来被政治所用，并逐渐成为一种文化模式的根本原因。

礼的观念从周初时便显示出来，周代的文化系统是在对前代文化批判继承的基础上发展而来的："殷因于夏礼，所损益，可知也。周因于殷礼，所损益，可知也。"（《论语·为政》）礼在周代不再是单纯的仪式、仪节，而是将礼典、道德伦理融为一体，成为周代政治、文化的核心，其影响遍布于意识形态和社会生活各个领域。在周人那里，"乐"的作用也不仅是娱神，而是作为"礼"的外在表现形式，广泛地应用于贵族阶级各种典礼仪式，一方面将等级差别用"乐"的差异表现出来，另一方面又借助乐的"异文合爱"（《礼记·乐记》）的和合作用，以巩固政权、规范贵族生活。人们所说的"礼乐教化"对于孔子来说既是他的文学思想发生的文化历史背景，也是他的文学思想的构成元素。孔子的这些文化教育思想对当今传统的道德审美文化具有深远的借鉴作用。

（二）礼乐文化的文学意义

西周的礼乐文化，一方面，使作为区分社会等级秩序和社会行为规范的"礼"，成为周代文化的核心；另一方面，又使在原始祭祀中与礼并立、用于娱神的"乐"，转向治人，形成了礼本乐用，乐以礼制的文化格局。"乐之为乐，有歌有舞"（《左传·襄公二十九年》孔注），古时的乐是诗（祷辞）、乐、舞三位一体的综合艺术。

从这个意义上说，周公制礼作乐的过程，既是政治体制、社会秩序的建立和规范的过程，也是文学思想、文学观念的强化过程，因而有着重要而深远的文学意义。西周时期，作为礼制载体的乐被称为"雅乐"。但"礼乐相须以为用"的文化格局并非就意味着"礼"与"乐"在文化地位上是一致的，"乐"的作用是辅"礼"，周代的雅乐除作为礼制象征之外，还承担着德育教化的政教功能。西周时代"乐以礼制，礼本乐用"的文化格局，使"乐"作为"礼"的载体，将强调贵贱尊卑的"礼"通过"乐"的不同形式展示出来。一方面，"礼"就是国与家的秩序，在家里面，父子、夫妻、兄弟要长幼有序、尊卑有别；在庙堂上，君臣要有义，贵贱要有别，这就是"礼"。"礼"就是最高的人伦道德，所以诗和音乐就是这种人伦道德最显著的体现。另一方面，"礼"指"体要""大体"，指文体的内在规定性。"礼"也就是内在的、本质的人格道德。在西方大多文学理论中，"体"的"风格"和"形式"词义各异，在理论上分工也比较明确，但是在中国古代却很难统一在"文体"上，"体"是本体与形体的统一。中国古代文体学的综合性极强，包含了文类学、风格学与相关审美形式等理论。文学作为一种活动，是人类社会所特有的现象。很多人物也被人们直接或者间接地描写。文学是直接或间接地写人的，很多时候也都是为了人们的需要而写的。所以，在很大程度上人显然是文学活动的出发点和归宿。文学是以活动的方式而存在的，是整个人类活动的一种高级的特殊精神活动，因此文学活动的发生也即文学思想的产生，是与人类的活动息息相关的。

二、儒家文学观念

（一）中庸的文学追求

"中庸"是儒家重要的思想范畴，孔子将其概括为"过犹不及"。这也成为儒家哲学的最高准则，中庸之道表现在文学上，形成了以"中和为美"的文学观。《论语·八佾》载:"《关雎》乐而不淫,哀而不伤。"这是因为它恰如其分地表现了人的情感:快乐而不至于毫无节制,悲伤而不至于伤害身心,情感与理智达到了完美的统一。《论语·八佾》载:"子谓《韶》,尽美矣,又尽善矣。谓《武》,尽美矣,未尽善矣。"《论语·雍也》又载:"质胜文则野,文胜质则史。文质彬彬,然后君子。"这些都是孔子"中庸"思想的表现,这一思想直接影响了后世文学理论的发展。

《礼记·经解》引孔子语云:"其为人也温柔敦厚,《诗》教也。"《礼记·中庸》中的"喜怒哀乐之未发,谓之中;发而皆中节,谓之和"提出了"致中和"的主张。《毛诗序》论述诗歌的言情特点时,提倡"发乎情,止乎礼义";汉代董仲舒出于维护封建专制统治的需要,在文学思想上将孔子的"思无邪"引申为"中和之美";唐代古文运动的代表韩愈和柳宗元都极力推崇"文以明道"。受中庸、平和的儒家思想的影响,中国文学崇尚美在其中而简朴于外、平淡而有实理、简约而有文采、温和而有条理、含蓄写意的美学风格,主张在文学作品中要有节制地宣泄情感,以"怨而不怒""婉而多讽"的方式来批判现实;强调文学所抒之情,要"以理节情",这对塑造中国文学艺术含蓄蕴藉、深沉内向的总体美学形象和民族性格起着重要作用。创作上不以表达纯情的文学作品为上品,往往是情理兼具,文质并重;崇尚从容、委婉、典雅,而缺乏直率、狂热、奔放、潇洒。儒家的"中庸"思想在文学表现方面似乎要在文学作品表现情感与表现理性之间寻找一个平衡点,创造一个情与理相统一的审美境界,目的是更好地发挥文艺作品对人的陶冶、净化作用。

(二)天人合一的文学理念

中国古代"天人合一"的思想传统,有一个逐渐演化的过程。中国人习惯把自然天地与人的道德精神结合起来,比如孔子的"智者乐水,仁者乐山"的说法。在他看来,智者和仁者各有不同的思想品格,他们从山水之中直观他们各自的德性,从而产生审美的愉悦感。儒家的自然山水之美,乃是一种德行之美,是一种自然美景与人的美德的统一,二者联系在一起,将"天人合一"的

71

观念贯穿到艺术创作和审美理想的追求中，所以"天人合一"亦即"天人合德"，也就转化为艺术创作和欣赏中的"情景合一"，有此"情"乃有此"景"，有此"景"乃有此"情"，"情"（人）和"景"（天）缺一不可，并且情景相互交融为"一"，才能产生充满道德精神的"圣贤意境"。

"天人合一"的思想发展到了汉代，演变成董仲舒的天人感应论，董仲舒认为人是天的副本，人的一切都是效法于天的，包括人的生理结构。这里显然有滥用的成分，并且从某些方面来说很消极，但其中心意思是，人与宇宙是一个和谐的整体，一个系统，人的活动应遵从宇宙的规律。"天人合一"是儒家从先秦到宋明以至现代一个重要理论特点。天人合一不是把人所居住的自然界仅仅当作征服的对象，也不是在它面前盲目崇拜而无所作为。儒家思想中的"天人合一"更重要的是人与人之间的和谐。儒家的核心——三纲五常，就是在承认社会等级制度、承认人的位分差别的基础上，使人与人的关系变得和谐。宋明理学强调人的位分，人在不同的地位有不同的义务和责任，但人皆可以成就理想人格，皆可以在自己所处的位分上进行道德实践。

综上所述，儒家思想对于中国文学的影响是巨大的。儒家思想渗入中国人的生活、文化，从而对中国文学产生影响的，也恰恰是儒学中最具本质意义的东西。

第三节　老庄哲学与道家的文学观念

一、老庄的思想渊源

（一）老子的思想渊源

老子约生活于公元前 571 年至前 471 年之间，是中国古代伟大的哲学家和思想家，是道家学派创始人，被唐朝帝王追认为李姓始祖。老子乃世界文化名人，世界百位历史名人之一，存世有《道德经》（又称《老子》），其作品的精华是朴素的辩证法，主张无为而治，其学说对中国哲学发展具有深刻影响。在道教中老子被尊为道教始祖。《老子》在政治上是积极的。

老子尚柔守雌，其思想起源于商朝的《归藏（坤乾）》。老子关于"道生一，一生二，二生三，三生万物"的宇宙论体系，是其思想的精髓。《童子问易》指出："《太玄》应是扬雄模仿《周易》'两仪生成模式'对老子'三（才）生万物'命题构建的新的宇宙图示和理论体系。"

（二）庄子的思想渊源

庄子是战国中期道家学派的代表人物，著名的思想家、哲学家、文学家，道家学说的主要创始人之一。庄子祖上系楚国公族，先人避夷宗之罪迁至宋国蒙地。庄子生平只做过地方漆园吏，因崇尚自由而不应同宗楚威王之聘。庄子是老子思想的继承和发展者，后世将他与老子并称为"老庄"。他们的哲学思想体系，被思想学术界尊为"老庄哲学"。代表作品为《庄子》以及名篇《逍遥游》《齐物论》等。

庄子思想主要有两个来源，一是老子，一是《易经》。《周易》本经始终未体现阴阳二字，可庄子洞察到"《易》以道阴阳"。庄子的"天籁、地籁、人籁"

思想就是《易经》"三才"思想的别称。庄子尊重天道，主张"天地与我并生，而万物与我为一"，强调"天人合一"。

庄子善作儒家的反命题。儒家主张"天人有分"，庄子在《庄子·山木》篇中则说"无始而非卒也，人与天一也"。李学勤先生指出："庄子《山木》这一章在天人关系认识上正好与孔子'天人有分'思想相反，这正是庄子一派习用的手法。"

二、道家的文学观念

（一）老子的文学观念

在老子的时代，文学是供贵族奴隶主表现权威、满足欲望的，而百姓却处在饥寒交迫的境地，文学被礼乐文明异化了，所以老子对当时的文学采取了全面否定的态度。老子认为正是礼乐文学使人们变得虚伪狡诈，失去了人性纯真的本质，为了"去欲"，老子在文学上提倡"绝圣弃智""绝仁弃义""绝学无忧"，在精神上追求"无知无欲"。他还说："五色令人目盲，五音令人耳聋。"这里"五色""五音"就是指文学艺术，这些文学形式刺激人的欲望，让人发狂，百姓不复慈孝，难以生存，所以"圣人为腹不为目"，文学艺术不符合社会实用的标准，有害人心，应该被排除在外。同时，老子对"言"和"辩"也进行了评价，指出"美言不信"，否定了文学的形式美；"善者不辩"，否定了文学的思想内涵。所以，在老子看来，"文学"应该是以人的生存为目的，以人的精神无欲为追求的，而最好的实现方式就是对文学艺术与文化教育的不作为。

老子的文学观以"道"为本，道是"自然"的，是虚无缥缈、不可言说的，是无限与有限、混沌与差别的统一。自然之道是可以应用于一切事物的，无论是用于政治还是用于文学都一样，老子的自然之道强调"无为"，即"文学"应合乎自然规律，言语修辞要顺应自然，不强求、不泛滥。在这种认知的基础上，老子提出了一种新的文学境界："大音希声，大象无形。"有声有象的美不是"全美"，全美是"道"的体现，要想感受自然的这种完美深厚、多变圆融之"道"，老子认为要在心境上做到"涤除玄览"。"道"是玄妙莫测、无中生有的，所以只有排除外部干扰，达到致虚守静的状态，使精神集中来体察"全美"的"道"，只有满足以上条件的文学，才是符合自然之道的文学。

老子强调"道法自然"、反对文学的原因是当时的文学充斥着泛滥的情感。虽然老子为文学设定了境界，但这种境界是不可言说的，不过老子给出了"文学"应有的特质，比如在心境上要做到"致虚境，守静笃"，这虽然是感悟"道"的途径，但是也可以引申为文学所需要的创作状态与赏析前提，甚至可以说是一种审美标准。因而其而被后世吸收，广泛地应用到文学观念里。

（二）庄子的文学观念

庄子继承了老子对礼乐文明的看法，他认为文学所带来的文化知识是社会混乱的根源，文学扭曲人的本性、扰乱秩序，他要求"灭文章，散五采"，毁灭一切文学文化，希望回到原始的朴素社会中。而且，庄子还指出了一直被追捧的文化典籍的弊病，文献不过是文字的记录，是僵化的学问，文字没有办法表达出学术的全部内涵，人也无法理解文字背后的真实意义，从这一方面讲，文学也是没有存在价值的。

庄子主张"自然无为"，反映在文学审美上就是对自然之美的追求，庄子反对人为的文学形式，并将其作为文学的创作要求与审美理念。真正的美是"天籁"，人为的丝竹之音最低，更不要说被礼乐束缚的文学了，庄子消解了文学活动中人为的创作与修饰，反对文学创作中对言辞的繁复雕琢，明确讽刺礼乐文明以道德仁义为美。庄子崇尚自然，在《庄子》中，像庖丁解牛、轮扁斫轮这样的小故事不胜枚举，庄子希望通过这些故事来引出文学应该尊崇自然的法则，即使是人为的艺术，也应该在精神上顺应自然，只有这样才能够使文学与自然同步，从而达到浑然天成的境界。

庄子给出了如何追求"道"中的自然之美的方法，一是虚静，二是物化。庄子认为"道"就在万物之中，想要观"道"，就要"心斋""坐忘"，提高主体修养、摒弃欲望，然后才能做到"天地与我并生"，达到"万物与我为一"的状态。当主体精神与外物同化，观察到"道"的美，人就想描述出来，于是，庄子对"言"和"意"的关系进行了说明。他认为，"言"是表达"意"的工具，"言"是手段，"意"才是目的，二者不可混淆。庄子提出了几种"言"的方式：寓言、重言、危言。当这些手法也表达不出"意"的时候，可以借助"象"来实现。庄子的言、象、意渗透到文学观念中，扩大了文学的范畴，文学成为具象与抽象、有限与无限、经验与超经验的统一。

第四节　法家的思想渊源和文学观念

一、法家的思想渊源

法家是中国历史上研究国家治理方式的学派，提出了富国强兵、以法治国的思想。它是诸子百家中的一家，是战国时期以提倡法治为核心思想的重要学派。

《汉书·艺文志》将法家列为"九流"之一。其思想源头可上溯至春秋时的管仲、子产。战国时李悝、吴起、商鞅、慎到、申不害等人予以大力发展，遂成为一个学派。战国末韩非对他们的学说加以总结、综合，集法家之大成。法家强调"不别亲疏，不殊贵贱，一断于法"。法家是先秦诸子中对法律最为重视的一派，而且提出了一整套理论和方法。这为后来秦朝建立中央集权制度提供了有效的理论依据。法家作为一种主要的思想派系，他们提出了至今仍然影响深远的以法治国的主张和观念，这就足以见得他们对法律高度重视，把法律视为一种有利于社会统治的工具，这些体现法治建设的思想一直被沿用，成为统治者稳定社会的主要手段。当代中国法律的诞生就受到了法家思想的影响，法家思想对于一个国家的政治、文化、道德方面的约束还是很强的，对现代法律制度的影响也很深远。

在中国传统法治文化中，齐国的法治思想独树一帜，被称为齐法家，古代大家和近代学者一致认为其为道家分支。齐国是"功冠群公"的西周王朝开国功臣姜太公的封国，姜太公的祖先伯夷辅佐虞舜，制礼作教，立法设刑，创立了礼法并用的制度。太公封齐，简礼从俗，法立令行，礼法并用成为齐国传承不废的治国之道。管仲辅佐齐桓公治齐，一方面将礼义廉耻作为维系国家的重要手段，宣传礼义廉耻、道德教化的重要性；另一方面强调以法治国，君臣上下贵贱皆从法，成为中国历史上第一个提出以法治国的人。至战国时期，齐国成为中国历史上第一次思想解放运动和百家争鸣的策源地，继承和弘扬管仲思想的一批稷下先生形成了管仲学派。管仲学派兼重法教的法治思想成为先秦法家学派的重要理论。

战国是一个大变革的时代。铁制工具的普及大大提高了生产效率，使个体家庭成为基本的生产单位。战国时期法家先贤李悝、吴起、商鞅、申不害、乐毅相继在各国进行变法，废除贵族世袭特权，使平民可以通过开垦荒地、获得军功等渠道成为新的土地所有者，让平民有了做官的机会，瓦解了周朝的等级制度，从根本上动摇了靠血缘纽带维系的贵族政体。平民的政治代言人是法家，法家的政治口号是"缘法而治""不别亲疏，不殊贵贱，一断于法""君臣上下贵贱皆从法""法不阿贵，绳不挠曲""刑过不避大臣，赏善不遗匹夫"。

法家在法理学方面的研究十分深入，对于法律的起源、本质、作用以及法律同社会经济、时代要求、国家政权、伦理道德、风俗习惯、自然环境以及人口、人性的关系等基本问题都进行了探讨，而且卓有成效。

但是法家也有其不足的地方，如极力夸大法律的作用；强调依法治国，"以刑去刑"，不重视道德的作用。他们认为人的本性都是追求利益的，没有什么道德的标准可言，所以，就要用利益、荣誉来引导人民坚持道德标准。比如在战争中，如果有人立下战功就给予很高的赏赐，包括官职，以此来激励士兵与将领奋勇作战（这也许是秦国军队战斗力强大的原因之一）。这就引发了一个问题，即一个君王，如果他能给予官员及百姓利益，官员和百姓就会拥戴和支持他，同时这个君王还擅长"术"的话，那么这个国家就很有可能繁荣昌盛；但如果这个君王不具备以上的任何一条的话，这个国家就很可能走向衰落，甚至是灭亡。所以，法家理论的一个主要的缺点在于过度依赖君王个人的能力。但秦能灭六国，统一中国，法家的作用还是应该肯定的，尽管它有一些不足。

二、法家的文学观念

法家代表新兴的地主阶级的利益，韩非作为法家的集大成者，他的文学观念带有明显的反儒学性质。法家的政治哲学与墨家相似，都强调以现实利益与实际效果作为评判优劣的标准，这就导致法家不会认同儒家关于文学是积极的劝导的观念。法家着眼于法律，法律的特点是限制，在劝导的过程中会出现差错，所以法家主张排斥一切文化学术，消除一切文献制度，实行文化专制政策。

韩非师承荀子，他继承了荀子人性恶的观点，法家的文学观念是以人性趋利避害为依据的。韩非认为人与人之间的关系是利害关系而不是伦理关系，所以文学的教化作用是不可能在人际关系上实现的，这样文学的社会同化作用就不存在。国家应该放弃"六艺之教"，韩非认为如果像儒家一样教民众以学问，就会使百姓拥有自己的想法，造成私下议论政事、私自抵抗政令的局面，从而破坏国家的稳定统治和法令的顺利实施。如果统治者允许文学对政治进行干预，就会造成国家秩序的混乱，韩非预见了"文学者非所用，用之则乱法"的恶劣后果，所以才会那么激烈地排斥文学。不仅如此，韩非还强调要对人民的思想、言谈进行控制，对民众的言谈举止有具体的要求，并通过法令条文来规范不轨言行。一切文学活动都要"以法为本"，包括对言辞的表达与修辞手法的运用，矫揉造作、不合法令的文章内容与文学形式应该被禁止。

韩非认为当时社会有"今修文学，习言谈，则无耕之劳而有富之实，无战

之危而有贵之尊”的不良风气，人们向往学术文化不利于耕战的推行。他主张
“不期修古，不法常可”的“变易”发展观，反对学习古代的文化制度，应以
现实为根据进行创新。所以韩非在《韩非子·五蠹》里对理想社会有这样的设
想：农民、战士、管理者，其他的职业是不必要的，“学者”对提升国家实力没
有帮助，所以学者是应该被消灭的蠹虫，学者掌握的“文学”自然也应该被消
灭。韩非在政治上否定文学，因为“儒以文乱法”，明确要求“息文学而明法
度”，坚持“以法为教”“以吏为师”，主张摒弃文学中的文化制度和典籍学术。
法家排斥文学带来的不利于统一的自由思想，认为文学最不应该去宣传那些仁
义道德。法家需要的是完全作为政治统治工具存在的耕战文学，文学不需要任
何华丽善辩的言辞、曲折隐晦的思考、独立自由的意志，“文学”只是为君主歌
功颂德、操控人民的手段。

　　法家的文学观是建立在“以功用为之的毂”的基础上的，一切评判标准都
以政治统治为最终目标，文学作为精神文明的组成部分是不利于实现国家物质
繁荣的，法家需要的“文学”是法令文书。所以，法家的文学观反对一切文学
的内容和形式，认为文学不仅不利于耕战，更不利于统治阶层的统治，企图通
过文化专制的法律政令来取代文学所代表的意识形态。

第四章　中国古代文学创作理论

第一节　中国古代文学的创作发生论

优秀文学创作的发生虽然具有一定的偶然性，但其中的规律和刺激文学创作发生的物和情值得我们去学习和研究。

一、文学创作与物情相关

文学创作与物情相关，这种观点历史悠久。《乐记》中的"凡音之起，由人心生也，人心之动，物使之然也"开了这种观点的先河。陆机《文赋》讲："遵四时以叹逝，瞻万物而思纷，悲落叶于劲秋，喜柔条于芳春。"刘勰《文心雕龙·明诗》讲："人禀七情，应物斯感，感物吟志，莫非自然。"钟嵘《诗品序》讲："气之动物，物之感人，故摇荡性情，形诸舞咏。"这些言论清晰地勾画了"物—情—辞"的生成路线，奠定了这种观点的基础。此后，这种观点则成为共识，而为历代文人所引述。如唐代的白居易说："大凡人之感于事，则必动于情，然后兴于嗟叹，发于吟咏，而形于歌诗矣。"宋代的朱熹说："人生而静，天之性也；感于物而动，性之欲也。夫既有欲矣，则不能无思；既有思矣，则不能无言；既有言矣，则言之所不能尽，而发于咨嗟咏叹之余者，必有自然之音响节奏，而不能已焉。此诗之所以作也。"明代的蔡羽说："辞无因，因乎情；情无异，感乎遇。遇有不同，情状形焉。是故达人之情纾以纵，其辞喜；穷士之情隘以戚，其辞结；羁旅之情怨以孤，其辞慕；远游之情荒以惧，其辞乱；

去国丧家者思以深，其辞曲。此无他，遇而已矣。"清代的尤侗说："文生于情，情生于境。"

作为文学本源的"物"，要义有二。一是指自然景物，古人常称"景"。如刘勰《文心雕龙·物色》说："献岁发春，悦豫之情畅；滔滔孟夏，郁陶之心凝；天高气清，阴沉之志远；霰雪无垠，矜肃之虑深。岁有其物，物有其容，情以物迁，辞以情发。"杜甫说："云山已发兴，玉佩仍当歌。"二是指社会生活，古人常称"事"。如钟嵘《诗品序》讲："嘉会寄诗以亲，离群托诗以怨，至于楚臣去境，汉妾辞宫，或骨横朔野，或魂逐飞蓬，或负戈外戍，杀气雄边，塞客衣单，孀闺泪尽，或士有解佩出朝，一去忘返，女有扬娥入宠，再盼倾国。凡斯种种，感荡心灵，非陈诗何以展其义？非长歌何以骋其情？"

文学是表情达意的，而情意的产生又基于对现实事物的感触，有什么样的生活遭遇，就有什么样的思想情感及其表现，因而古代文论有"不平则鸣"说。司马迁在《史记·太史公自序》中曾深有体会地指出："夫《诗》《书》隐约者，欲遂其志之思也。昔西伯拘羑里，演《周易》；孔子厄陈蔡，作《春秋》；屈原放逐，著《离骚》；左丘失明，厥有《国语》；孙子膑脚，而论兵法；不韦迁蜀，世传《吕览》；韩非囚秦，《说难》《孤愤》；《诗》三百篇，大抵贤圣发愤之所为作也。此人皆意有所郁结，不得通其道也，故述往事，思来者。"韩愈则把这种现象总结为"大凡物不得其平则鸣；草木之无声，风挠之鸣；水之无声，风荡之鸣。其跃也，或激之；其趋也，或梗之；其沸也，或炙之。金石之无声，或击之鸣；人之于言也亦然，有不得已而后言。其歌也有思，其哭也有怀。凡出乎口而为声者，其皆有弗平者乎！"人处于富贵、平安的顺境时，感受不深、不真；处于穷苦、坎坷的逆境时，不仅情真意切，而且能感他人所不能感，思他人所不能思，发他人所不能发。所以常有这种现象："夫和平之音淡薄，而愁思之声要妙；欢愉之辞难工，而穷苦之言易好也。"（韩愈《荆潭唱和诗序》）这就叫"诗（文）穷而后工"。欧阳修曾揭示过其中奥秘："凡士之蕴其所有，而不得施于世者，多喜自放于山巅水涯之外，见虫鱼草木、风云鸟兽之状类，往往探其奇怪，内有忧思感愤之郁积，其兴于怨刺，以道羁臣、寡妇之所叹，而写人情之难言。盖愈穷则愈工。然则非诗之能穷人，殆穷者而后工也。"举例说来，"李陵降胡不归而赋别苏武诗，蔡琰被掠失身而赋《悲愤》诸诗，千古绝调，必成于失意不可解之时。惟其失意不可解：而发言乃绝千古。下此嵇康临终，杜甫遭乱，李白投荒，皆能继响前贤。"（费锡璜《汉诗总说》）"使七子不当建安之多难，杜陵不遭天宝以后之乱，盗贼群起，攘窃割据，宗社虺虺，民众涂炭，即有慨于中，未必其能寄托深远，感动人心，使读者流连不已如此也。"（归庄《吴余常诗稿序》）这正如陆游曾戏谑而不无自嘲地感叹的那样："天恐文人未尽才，常教零落在蒿莱。"

因此，作家的生活经历、人生际遇对创作具有一定的影响，"身之所历，目之所见，是铁门限"（王夫之）。有鉴于此，古人强调作家"伫中区以玄览"（陆机）、"读万卷书，行万里路"（董其昌）、"多历名山大川，以扩其眼界"（王渔洋），要像杜甫、白居易那样"身入闾阎，目击其事"（刘熙载），了解民生疾苦，反对作家纸上谈兵、闭门造车，正所谓"纸上得来终觉浅，绝知此事要躬行""山思江情不负伊，雨姿晴态总成奇。闭门觅句非诗法，只是征行自有诗""眼处心生句自神，暗中摸索总非真，画图临出秦川景，亲到长安有几人？"。

在"物—情—辞"的文学创作论中，如果再追究一下："物"是从何而生的？古人便会回答：是由"道"派生的。这样一来，就出现了中国古代另一种形态的文学创作论："文肇自道"。

显然，这种"道"在古人的思想中，是离开心灵乃至人心之外而存在的，是派生天、地、人"三才"乃至万物众生的宇宙本体，是"天道""太极"。

按照老庄的宇宙观，天下万物"有生于无"，这个从"无"到"有"的生成图式是"道"（"太极""无"）生"一"（"气"，气已属于"有"），"一"生"二"（"阴阳"），"二"生"三"（天、地、人，"三才"），"三"生"万物"。孔子、孟子重日用实际，对宇宙生成问题不喜欢多作追究。不过诞生于战国时期的儒家经典《易传》杂取道家宇宙生成学说，揭示了宇宙生成图式："是故易有太极，是生两仪（阴阳、天地），两仪生四象（四时），四象生八卦。"（《易传·系辞上》）这虽不是在讨论文源，但也不言而喻地包含了文源论：既然天下万物都源生于"道","文学"这种现象自然也起源于"道"。因此，刘勰《文心雕龙·原道》提出："人文之元，肇自太极。"

二、文学创作的发生源自内心的渴求

在"物—情—辞"的文学生成论中，也有人不追究"物"的生成原因，而且连"物"这一环节都给切断并舍弃了，这就形成了另一形态的文源论：文本心性。

以心灵为文学的本源，这在中国文学表现论中已初露端倪。按照文学表现论，文学既然是对心灵的表现，而非对现实的模仿，所以外物不同于在艺术模仿中那样作为文艺的反映对象而成为文艺本源，而是作为心灵意蕴的刺激物、激发器，文学所要表现的不是外物而是外物所点燃的心灵火花，当外物点燃了心灵火花后，便完成了使命，退出文学表现舞台，这很容易让人得出"诗本性情"的文源观。而且，外物作用于人的心灵可以产生思想情感，作用于其他生物则不能生出思想感情的事实，也促使人们把文学表现的情思之源归结为"人"这个"禀有七情"的"有心之器"之"心"，而不会归结为作为情思激发器的"物"。所以，当扬雄说"言，心声也"，陆机说"诗缘情"，欧阳修说"诗原乎心者也"时，已包含了"文本于心"这样一个不言而喻的文源论。

宋以后，"万法唯心"的禅宗认识论逐渐深入人心；在禅宗影响下形成的宋明理学把"天道""太极"从人心之外移植到人心之内，认为"吾心便是宇宙""人人心中一太极""心外无物"。如此，则"文本心性"的观点正式提出，并蔓延开来，势力也不算小。如宋代理学家邵雍说："行笔因调性，成诗为写心。诗扬心造化，笔发性园林。"这是典型的"文本心性"论。同时代的家铉翁说："序诗者即心而言志，志其诗之源乎！"他明确指出"志"是"诗之源"。明代李贽指出诗文之本原即童贞不昧之真心，这"童心"有着陆九渊、王阳明心学的烙印。清代深受理学、禅学濡染的儒学大师刘熙载指出："文不本于心性，有文之耻，甚于无文。"他把这种"本于心性"的文源论发扬光大。

三、文学创作的发生源自经典的启发

今天的文学理论教材认为，书本只是文学创作用来借鉴的"流"，而不是文学创作赖以发生的"源"。中国古代文论则认为，书本，主要是经书，可以是文学创作取之不尽、用之不竭的源泉，所谓"六经者，文之源也"。

细看一下，持这种观点的论者还真不少。北齐颜之推就指出："夫文章者，原出五经。诏、命、策、檄，生于《书》者也；序、述、议、论，生于《易》者也；歌、咏、赋、颂，生于《诗》者也；祭、祀、哀、诔，生于《礼》者也；书、奏、箴、铭，生于《春秋》者也。"他认为文出"五经"，并分析了每种经典派生的文体。唐魏颢《李翰林集序》将历代文学演变的源头推到"六经"："伏羲造书契后，文章滥觞者六经。六经糟粕《离骚》，《离骚》糠秕建安七子。七子至白，中有兰芳，情理宛约，词句妍丽。白与古人争长，三字九言，鬼神出入，瞠若乎后耳。"唐代古文家独孤及在给人的集子作序时总结说："公之作本乎王道，大抵以五经为泉源。"宋代李涂则在前人所说的"五经""六经"之外加上经过朱熹注的"四书"，他说："《易》《诗》《书》《仪礼》《春秋》《论语》《大学》《中庸》《孟子》，皆圣贤明道经世之书，虽非为作文设，而千万世文章从是出焉。"明代茅坤仍以"六经"为文之"祖龙"。宋濂则主张文学创作在"以群经为本根"之外还要以"迁、固二史为波澜"。另外，有一些人把文源从经书扩展到一般书籍，如刘克庄指出"文人之诗"是"以书为本，以事为料"。元代杨载说："今之学者，倘有志乎诗，须先将汉、魏、盛唐诸诗，日夕沉潜讽咏，熟其词，究其旨，则又访诸善诗之士，以讲明之，若今人之治经，日就月将，而自然有得，则取之左右逢其源。"

古代的中国人为什么以经、书为文之渊薮？一来，文学必须"原道"，而"道沿圣以垂文"。故"原道"就是"征圣""宗经"。汉代立《诗》《书》《易》

《礼》《春秋》于官学，钦定为"五经"。唐初，以《周礼》《仪礼》《礼记》"三礼"，《春秋左氏》《公羊》《谷梁》"三传"合《诗》《书》《易》为"九经"。唐文宗开成年间于国子学刻石，又加《孝经》《论语》《尔雅》为"十二经"。至宋，列《孟子》于经部，为"十三经"。于是，人们对此奉若神明。"文出五经"乃至"群经"，正是这种"宗经"观念。把古代圣贤的载道之经规定为文学创作的源泉，可以从根本上保证文学创作不偏离儒道基础。二来，在中国古代，由于文人、学者合一，文章、学术不分，故书卷、学问一直是文学的代表，就像清代学者总结的，文学作品是"学问、义理、辞章"三者的统一，这也自然使文论家们从书本中寻找文学源泉。三来，中国古代的文人学士大都过的是书斋生活，他们的创作往往不是得自"江山之助"，而是得自书本的感发，所谓"若诗思不来，则须读书以发兴"，这也促使他们把书本视为文学创作的一大来源。

第二节　中国古代文学的创作构思论

一、"静思"说

文学构思是一种高度专注、集中的思维活动。当创作主体进行构思时，内心专注于审美意象，甚至整个身心都投入审美意象，从而达到物我两忘的境界。据传，贾岛"当冥搜之际，前有王公贵人皆不觉"；韩干"画马而身作马形"；"与可画竹时，见竹不见人；岂独不见人，嗒然遗其身"。正如谢榛所说："思入杳冥，则无我无物。"这种"无我无物"的境界，乃是一种虚空的心灵状态。

由此可见，"杳冥寂寞"的"静"境与"无我无物"的"虚"境是艺术构思达到出神入化境地时必然出现的两种心理状态，也是艺术构思得以顺利进行的保证。因此，刘勰说："陶钧文思，贵在虚静。"苏轼说："欲令诗语妙，无厌空且静。""虚静"是构思主体必须具备的心态。

那么，如何获得"虚静"的心态呢？简单地说，就是"去物我"以得"虚"，"息群动"以得"静"。

"去物"，不是把作为客观存在的外物去除掉，而是指感官在接触外物时不在心灵中留下任何物的影像。它的要义有两个，一是"遗物""忘物"。怎样才能"遗物""忘物"呢？就是像庄子说的那样"闭汝外"，关闭你所有外部感官的大门。用陆机《文赋》的话说即"收视反听"。这样就能对外物"视而不见，听而不闻"，使"心能不牵于外物"，从而给心灵留下一片空间。二是不"执物""滞物"。外物从现象上看是"有"，从实质上看是"无"，因此，感官所感觉到的物象不过是物的"末""用"，那超以象外的"空无"才是物的"本""体"。所以，对于感官所感知的物象，切不可过分滞留于它。只有空诸物象，才能洞悉到物的本体、神韵。在这个意义上，恽寿平《瓯香馆集》说："离山乃见山，执水岂见水！"苏轼《宝绘堂纪》说："君子可以寓意于物，而不可留意于物。寓意于物，虽微物足以为乐，虽尤物不足以为病；留意于物，虽微物足以为病，虽尤物不足以为乐。"苏轼不取的"留意于物"，即"滞意于物"。通过对"执物""滞物"的否定，创作者可以进入虚静的状态。

需要说明的是，"去物"，并不意味着把心灵中所有的物象都去除掉，艺术构思所要创造的审美意象是不可"去"的。"去物"的确切含义是去除心灵中与艺术构思所要创造的审美意象无关的一切物象。同样，"去我"，也不意味着把作为构思主体的"我"也否定掉，而是指把与构思无关的各种欲念、情绪排除掉。心灵不空，不仅因为外界物象会通过感官进入心灵，而且因为人的各种内在的本能欲求会源源不断地自动涌入心灵。因而心灵归于虚空，不仅要外空诸相，而且要内空诸念。这种功夫，就是"绝虑"的功夫、"澄神"的功夫、"万虑洗然，深入空寂"的功夫，"疏瀹五脏，澡雪精神"的功夫。通过"去物""去我"，心灵如广阔的大漠，为审美意象的构建准备了偌大空间，如冰壶水镜，为艺术构思提供了独鉴之明。

如果说"虚"侧重从空间而言，"静"则侧重从时间而言。《增韵》曰："静，动之对也。"得"虚"的方法是"去物我"，得"静"的方法则是"息群动"。"息群动"也包括主、客体两方面。从客体方面来讲，"品物咸运，主之者静""动以静为基"，客观方面"息群动"，就是要透过变化无常的现象，把握事物寂静贞一的本体。从主体方面讲，"息群动"就是要平息各种欲望、情感、意念的活动，恢复心灵寂然不动、至性至静的本性。主体的"息群动"，包括"雪其躁气，释其竞心""整容定气……毋躁而急，毋荡而嚣"。中国古代文论中，批评家们为了促使创作主体的心灵进入静寂的境界，往往告诫创作主体选择净室高堂，面对明窗净几进行构思创作，如明代杨表正说："凡鼓琴，必择净室高堂，或升层楼之上，或于林石之间，或登山巅，或游水湄，或观宇中。值二气高明之时，清风明月之夜，焚香静室，坐定，心不外驰，气血和平，方与神合……"为的是用外界的静寂引发内心的静寂。

"虚"与"静"、"空"与"寂"是相互关联的。时间和空间作为物质存在的基本方式，当心灵从空间方面"去物我"达到了虚空，也就必然会带来"万动皆息"式的寂静，这是"虚而静"；当心灵从时间方面"息群动"达到了寂止，同样会带来"物我皆去"式的虚空，这是"静而虚"。因此，古人总是将"虚静""空寂"放在一起，正揭示了二者相辅相成的关系。

经过"去物我""息群动"的修养功夫，心灵进入了一片"虚静"的状态。这个"虚"不是纯然的空无一物，它包藏着无限的"有"，这个"静"也不是绝对的静止，它蕴含着最大的"动"。因而这个"虚静"，是包含着最大"势能"与"动能"的一种心理状态。

从"虚静"的"势能"方面说，"虚"可以"观物"，亦有助于"载物"。在中国古代人看来，"物"的本体是"道"，"道"的实质是"无"。要能够透过物的现象"有"关照到物的本质"无"，观照主体的心灵就必须出之以"虚"。此则古人所谓"虚则知实之情""虚其心者，极物精微""离山乃见山"。反之，如果心灵不空，感官、欲念都在活动，就会执物为有，被物的现象所迷惑，背离物的真实面目，这就是古人讲的"执水岂见水"。所以，"虚心"犹如澄澈的"冰壶"、明亮的"水镜",它可以为"观物"提供"独鉴之明"。

"虚心"不仅可以"观物",也有利于"载物"。这个"物"就是主体在对外物的观照中通过有限把握无限,通过有形把握无形,通过客体见出主体所产生的审美意象。主体只有"虚心",把其他各种物象和欲念从心灵中驱逐出去,审美意象才有生存的心理空间。所以古人讲"虚心纳物""空故纳万境""必然胸中廓然无一物,然后烟云秀色与天地生生之气,自然凑泊,笔下幻出奇诡"。"虚心"好比一口"空筐",它可藏纳万物;"虚心"好比漠漠大荒,它可让审美意象纵横驰骋;"虚心"又好比辽阔的太空,它允许审美意象上天入地,"精骛八极,心游万仞"。

从"静"的"动能"方面说,"静"可以"观动",亦有助于"载动"。按照古代中国人的观点,"运动"只是事物的现象,"不动"才是事物的本体,所谓"飞鸟之景未尝动也"(庄子),"动以静为基"。因此,主体只有"以静观动",才能"以不变应万变",进而洞悉到"动"的主宰——事物寂然不动的本体。所以,古人说"静则知动之正""静故了群动""盖静可以观动也""素处以默,妙机其微"。运动是事物恒常不变的本体的即时表现。主体通过以静观动从而由动观静,实际上乃是在刹那间领悟永恒,即在运动的刹那之景——静景中观照恒常不变的本体。

"静心"不仅可以"观动",也可以"载动"。这种"动"就是神思的运行,审美意象的运动。主体只有使各种杂念归于寂止,才能确保艺术构思的正常进行。就是说只有静心,方可最大限度地载动。所以古代文论家每每告诫作者,要"澄神运思"(虞世南),"罄澄心以凝思"(陆机)。在审美意象的构思运动中,"静"不只可以"载动",而且可以"制动""驱动"。如刘勰说:"寂然凝虑,思接千载;悄焉动容,视通万里。"郭若虚说:"神闲意定,则思不竭而笔不困也。"反之,若出之以躁竞之心,则构思不是进入一片无序态,就是被迫中断,就不会像春蚕吐丝那样"思不竭而笔不困"。

二、"神思"说

王昌龄说:"欲为山水诗,则张泉石云峰之境,极丽绝秀者,神之于心,处身于境,视境于心,莹然掌中,然后用思,了然境象,故得形似。"艺术构思作为创造"意象"的思维活动,它是作者"处身于境,视境于心"的产物,是客观境象与主观情思的统一。司马相如讲"赋家之心,苞括宇宙,总览人物",陆机讲构思是"精骛八极,心游万仞",刘勰讲"思理为妙,神与物游",胡应麟讲"荡思八荒,游神万古",黄钺讲"目极万里,心游大荒",都包含主体("精""心""神""思""目")与客体("宇宙""人物""物""八极""万仞""八荒""万古""万里""大荒")相统一的意思。

由于"神思"是客观与主观的统一,而在客观方面参与构思的主要是物象,主观方面参与构思的主要是情感,所以"神思"又表现为形象性与情感性的统一。关于"神思"的形象性,陆机"物昭晰而互进"已有提及,刘勰则把这种现象精辟概括为"神与物游",明确指出"神思"达到极致时表现为一种形象思维。以后皎然、司空图、严羽、叶燮等人都从不同角度出发论及文学创作的形象思维特征。

关于"神思"的情感性,陆机"情瞳胧而弥鲜"亦已论及,刘勰在《文心雕龙·神思》中把"神思"说成是"情变所孕",徐祯卿在《谈艺录》中则把构思之初"朦胧萌坼"的阶段说成是"情之来"的情况,把构思达到"汪洋漫衍"之盛说成是"情之沛"的状况,把构思中"连翩络属"的现象说成是"情之一"的表现,更突出了"情"在构思中的地位。构思中的"形象"与"情感"是相互引发、相互推进的。陆机讲"情瞳胧而弥鲜,物昭晰而互进",二语互文见义,即指"情"与"物"在相互引发中走向鲜明。刘勰讲"神用象通",即指出了主体之"神"因物象激发而畅通的现象。物可生情,而情亦可生物,所谓"登山则情满于山,观海则意溢于海",如此物象亦可为情变所孕。

"虚构性"意指对现实规定性的突破,它包含两个方面。一是超越现实的时空限制，在时间上达到永恒，在空间上达到无限。这就是古人讲的"观古今于须臾，抚四海于一瞬""恢万里而无阂，通亿载而为津""寂然凝虑，思接千载；悄焉动容，视通万里"。汤显祖说："天下文章所以有生气者，全在奇士。士奇则心灵，心灵则能飞动，能飞动则能上下天地，来去古今，可以屈伸长短生灭如意……"胡应麟说，七言律要对得好，"非荡思八荒，游神万古，功深百炼，才具千钧，不易语也"。辛文房说贾岛"冥搜之际……游心万仞，虑入无穷"。叶燮讲文士之"才"，可"纵其心思之氤氲磅礴，上下纵横，凡六合以内外，皆不得而囿之"。刘熙载说"赋家之心，其小无内"。其实都讲到了虚构性想象的超时空性。二是通过对创作主体规定性的否定，把"自我"化为"非我"的艺术形象，站在艺术形象的角度进行虚构性想象。这也就是金圣叹、李渔所讲的，通过"设身处地"地"神游""代人立言、立心"，过剧中人的心灵生活。

由于艺术构思是虚构性的，不受现实规定性制约，因而它具有一定的创造性。

创造性构思一方面表现在"想落天外""思补造化"的奇妙想象上，如刘熙载说司马相如："一切文，皆善于架虚行危。其赋既会造出奇怪，又会撇入窅冥，所谓'似不从人间来者'，此也。"另一方面又表现为"务去陈言""自铸伟词"的语言创造活动，所谓"谢朝华于已披，启夕秀于未振"。

在文学构思中，艺术媒介就是语言。构思作为主客体的统一，从主体方面看不只是情思，而且包括语言。作家的构思始终伴随着语言。构思从一开始就将意象翻译为语言。这种语言与日用语言不同，它是艺术语言，这一点在诗人的构思中体现得最明显。诗人的构思要顺利进行，必须不时地完成意象向一定长度、格律的诗歌语言的置换。因而文学构思又表现为一种语言思维活动。刘勰说："物沿耳目，而辞令管其枢机。"陆机说："倾群言之沥液，漱六艺之芳润。"在创作构思中，常常会意外地出现"不以力构"而文思泉涌的现象，这种现象就是灵感，古人通常把它叫作"兴会"。

"兴"，是"感兴""情兴"。在中国古代文论中，它本指"触物起情"的"起"，后来演变为"触物起情"的"情""意"。刘勰《文心雕龙·体性》："叔夜俊侠，故兴高而采烈。""兴"即思致。唐人殷瑶推崇"兴象"、陈子昂推崇"兴趣"，刘禹锡讲"兴在象外"，刘熙载讲"赋之为道，重象尤宜重兴，兴不称象，虽纷披繁密而生意索然"，其"兴"为"意"义明矣。正像贾岛《二南密旨》指出的那样："兴者，情也。"在这个意义上，产生了"兴致"一语。严羽《沧浪诗话·诗辨》："且其作多务使事，不问兴致。""兴致"即思致。"会"即"钟会""聚会""集中"。"兴会"，语义即"情兴所会也"，古人用它来指称思如泉涌的灵感现象，是再适合不过的。

因为灵感是构思中"思若有神""思与神合"的状态，因为灵感飘忽不定，来去无踪，"神而不知其迹"，所以古人亦称之为"神思"（神妙之思）、"妙想"。关于灵感这种现象，晋代的陆机早就注意到了。他在《文赋》中描述道："若夫应感之会，通塞之纪，来不可遏，去不可止；藏若景灭，行犹响起……"但对于灵感的奥秘，他则陷入了不可知论："虽兹物（指灵感）之在我，非余力之所戮。故时抚空怀而自惋，吾未识夫开塞之所由。"从陆机以后到中唐，人们始终停留在对灵感现象的描述上，没能深入分析。如梁代萧子显《自序》云："每有制作，特寡思功，须其自来，不以力构。"唐代李德裕《文章论》云："文之为物，自然灵气，惚恍而来，不思而至……"这种情况直到中唐诗僧皎然手中才有所改变。皎然《诗式·取境》曰："……有时意静神王，佳句纵横，若不可遏，宛如神助。不然盖由先积精思，因神王而得乎？"宋代，参禅悟道的风气为人们认识灵感奥秘提供了相似的心理经验，清代王夫之、袁守定等人则对"兴会"说进行了进一步的研究。

灵感是在倏忽之间到来、展开的。这方面，古代文论家有许多极为生动的表述。南齐袁嘏说："我诗有生气，须人捉着，不尔便飞去。"宋代苏轼说："作诗火急追亡逋，清景一失永难摹。"清代徐增说："好诗须在一刹那上揽取，迟则失之。"王夫之说灵感："才著手便煞，一放手又飘忽去。"张问陶说："……奇句忽来魂魄动，真如天上落将军。"王士禛说："当其触物兴怀，情来神会，机括跃如，如兔起鹘落，稍纵即逝矣。"如此等等，不一而足。

灵感不是作者苦心思考的结果。恰恰相反，苦心思考往往会使灵感离得更远。如元代方回说："竟日思诗，思之以思，或无所得。"因而，灵感的诞生是不自觉的、无意识的。沈约说谢灵运："至于高言妙句，音韵天成，皆暗与理合，匪由思至。"萧子显《自序》："每有制作，特寡思功。"李德裕说："文之为物，自然灵气，惚恍而来，不思而至。"宋代戴复古说："诗本无形在窈冥，网罗天地运吟情。有时忽得惊人句，费尽心机做不成。"方回说："……佳句惊人，不以思得之也。"这些都是对灵感的无意识性的说明。灵感就是这样一种"率意而寡尤"的构思活动。因此，灵感是不受意识控制、支配的。

灵感的到来是一个自然而然的过程，不是人力所能勉强的。唐人贯休云："几处觅不得，有时还自来。"清吴雷发说"作诗固宜搜索枯肠，然着不得勉强。故有意作诗，不若诗来寻我，方觉下笔有神。"王士禛讲："故《十九首》拟者千百家，终不能追踪者，由于著力也。一著力便失自然，此诗不可强作也。"这些都论述了灵感的自然性、非人力性。灵感的这种自然性，古人又叫作"天成""天机自动"，所谓"天机启则律吕自调"。包恢在《答曾子华论诗》一文中说："古人于诗不苟作，不多作。而或一诗之出，必极天下之至精，状理则理趣浑然，状事则事情昭然，状物则物态宛然，有穷智极力之所不能到者，犹造化自然之声也。盖天机自动，天籁自鸣，鼓以雷霆，豫顺以动，发自中节，声自成文。"着眼于"兴会"的自然性，古人要求作者"兴来即录""乘兴便作""兴无休歇""似烦即止"。

所谓"客观性"，指灵感必有待于某种外物的刺激才能产生。如张旭学草书，"见担夫与公主争道及公孙大娘舞剑而后顿悟笔法"，如果没有"担夫与公主争道"及"公孙大娘舞剑"的触发，"顿悟笔法"的灵感也不会产生。因此，古人反对闭门造车，一心内求，主张"兴于自然，感激而成"，指出"诗不可凿空强作，待境而生自工""作文兴若不来，即须看随身卷子，以发兴也。"

第三节　中国古代文学的
创作方法论

一、活法说

"活法"的概念是南宋吕本中首先提出来的。他说："学诗当识活法。所谓活法者，规矩备具，而能出于规矩之外；变化不测，而亦不背于规矩也。是道也，盖有定法而无定法，无定法而有定法。知是者，则可以语活法矣。"吕氏所论，本针对诗歌创作而言，南宋的俞成发现它具有普遍的方法论意义，便把它引入整个文学创作领域："文章一技，要自有活法。若胶古人之陈迹，而不能点化其句语，此乃谓之死法。死法专祖蹈袭，则不能生于吾言之外。活法夺胎换骨，则不能毙于吾言之内。毙吾言者，故为死法，生吾言者，故为活法。""活法"提出后，在宋、元、明、清文论界引起了巨大的反响。张孝祥、杨万里、严羽、姜夔、魏庆之、王若虚、郝经、方回、苏伯衡、李东阳、唐顺之、屠隆、陆时雍、李腾芳、邵长衡、叶燮、王士禛、沈德潜、翁方纲、章学诚、姚鼐、袁守定等人，或要求文学创作要遵循"活法"，或通过对"死法"的批评从反面肯定"活法"的地位。他们从不同角度、不同层面丰富了"活法"理论，为我们全面理解"活法"的内涵提供了充分的依据。

那么，"活法"究竟是什么方法呢？

"活"即"灵活""圆活""活脱"，作为呆板、拘滞、因袭的对立面，其实质即流动、变化、创造。"活法"简单地说即变化多端、"不主故常"的创作方法。清代的邵长蘅指出："文之法，有不变者，有至变者。"姚鼐指出："古人文有一定之法，有无定之法……无定者，所以为纵横变化也。"邵氏讲的"至变"之法，姚氏讲的"纵横变化"之法，指的就是"活法"。

　　"活法"作为灵活万变之法，在不同的创作环节有着不同的表现形态。在创作过程的起始，"活法"要求"当机煞活"，切忌"预设法式"，反对创作之先就有"一成之法"横亘胸中，主张文思触发的随机性。魏庆之《诗人玉屑》载，仆尝请益曰："下字之法当如何？"公曰："正如弈棋，三百六十路都有好着，顾临时如何耳。"何以如此呢？因为"诗人之工，特在一时情味，固不可预设法式也"。

　　如谢灵运的名句："池塘生春草，园柳变鸣禽。"叶梦得评价说："此语之工，正在无所用意，猝然与景相遇，借以成章。"

　　那么，引发文思的"机缘"是什么呢？就是气象万千、瞬息万变的大自然。

　　以"活法"作诗著称的杨万里在《荆溪集序》中曾这样自述创作体会："步后园，登古城，采撷杞菊，攀翻花竹，万象毕来，献予诗材，盖麾之不去，前者未应，而后者已迫，涣然未觉作诗之难也。"大自然是"体有万殊，物无一量"的，因而文思的触发也就光景常新、变化无常了，故"当机煞活"联系到"机"的内涵来说即"随物应机"。

　　这种"随物应机"的方法直接从现实中汲取文思，给审美意象带来极大的鲜活性。这种文思触发的随机性，也给艺术创作带来了"鸢飞鱼跃""飞动驰掷"的流动美。古人形容这种美，往往以流转的"弹丸"为喻。

　　在艺术表现的过程中，"活法"要求"随物赋形""因情立格"。这种方法，用今天的话说即给内容赋予合适的形式。内容有内外主客之分。相对于外物而言，"活法"表现为"随物赋形"（苏轼）。用清代叶燮的话说，就叫"准的自然"之法、"当乎理（事理）、确乎事、酌乎情（情状）"之法。相对于主体而言，"活法"表现为"因情立格"（徐祯卿）。由于"向心"文化的作用和表现主义文学观念的渗透，"活法"更多地被描述为"因情立格"、表现主体之法。如吕本中在《夏均父集序》中界说"活法"，认为其特征之一是"惟意所出"；王若虚认为文之大法即"词达理顺"；章学诚指出"活法"即"心营意造"之法。他们都论述了"法"与主体的连带关系，从另一侧面揭示了"活法"的心灵表现特色。

　　"活法"根据特定内容赋予相应的形式，因而是"自然之法"（叶燮）。对此，古人曾屡屡论及。如沈德潜《说诗晬语》说：“然所谓法者，行所不得不行，止所不得不止，而起伏照应，承接转换，自神明变化于其中。”他从内容对形式的决定性方面论证了“活法”的内在必然性。

既然“活法”主要表现为“因情立格”之法，那么，“情无定位”，法随情变，艺术创作自然不能被“一成之法”所束缚。这里有两个要点：一是“情无定位”说，它揭示了“活法”是变化无方之法的动力根源。它由明代徐祯卿在《谈艺录》中提出：“夫情既异其形，故辞当因其势。譬如写物绘色，倩盼各以其状，随规逐矩，圆方巧获其则。此乃因情立格，持守圆环之大略也。”二是法随情变。既然“情无定位”，所以法无定方，文学创作没有一成不变的法式可循。“活法”所以强调“不主故常”，否定“文有定法”，因此，王若虚《文辨》说：“夫文岂有定法哉？意所至则为之题，意适然殊无害也。”他又在《源南诗话》中指出：“古之诗人，虽趣尚不同，体制不一，要皆出于自得。至其辞达理顺，皆足以名家，何尝有以句法绳人者？”章学诚《文史通义·文理》说：“文章变化，非一成之法所能限。”他又在《〈文格举隅〉序》中指出：“古人文无定格，意之所至，而文以至焉，盖有所以为文者也。文而有格，学者不知所以为文，而竞趋于格，于是以格为当然之具而真文丧矣。”

在艺术表现的终端上，“活法”追求“姿态横生，不窘一律”：既然艺术表现是“随物赋形”“因情立格”，其结果自然是“姿态横生”“了无定文”“莫有常态”。因而在作品创作上，“活法”最忌讳千篇一律，雷同他人，而崇尚“自立其法”，强调“法当立诸己，不当尼（泥）诸人”。

衡量“自立其法”的一个重要标准是法在文成之前还是之后。“法在文成之前，以理从辞，以辞从文，以文从法，资于人而无我，是以愈工而愈不工”“法在文成之后，辞由理出，文自辞生，法以文著”“不期于工而自工，无意于法而皆自为法”。所以古人强调：“文成法立。”张融《门律自序》云：“夫文岂有常体，但以有体为常。”根据“自得”之意赋予相应的表现方法、形态、格式，就是合理的、美的。意象各别，姿态万千，美的表现方法、形态、格式就多种多样，它存在于“因情立格”、创作完成后的各种特定作品中，没有超越特定内容、离开具体作品可以到处套用的美的"常体";只有根据"自得"之意写出的作品之法式才是属于自己的,才是"自立之法"。

除此之外,"活法"还表现为"圆活生动"、变通无碍之法。这主要是在"活法"与具体的创作手段、方法、技巧的关系中体现出来的。这里要交代一点,古人讲"文有大法无定法","定法"若指一成不变的美的创作方法、模式,那是没有的;但如果指"可授受"的"规矩方圆",指文学创作基本的技巧、具体的手段,它还是存在的,所以古人在肯定文有"无定之法"的同时又肯定文有"一定之法"。那么,"活法"这个"文之大法"与之有什么关系呢?

首先,它表现为从"有法"到"无法",既不为法所囿又不背于法自由特性。这一点,活法说的提出者吕本中说得很清楚。"活法"是一种领悟了"必然"的"自由",一种"无规律的合规律性",以古人之言名之即"从心所欲不逾矩"。"活法"排斥"定法",只不过是为了提醒人们不要用僵死的观点对待"法","泥定此处应如何,彼处应如何",帮助人们破除对"法"的精神迷执,所谓"法既活而不可执矣,又焉得泥于法",对于具体的手段、基本的技巧,它并不排斥,恰恰相反,"活法"主张长期地学习、充分地掌握创作方法,并把这作为创作走向自由的关键,正像韩驹《赠赵伯鱼》诗形容的那样:"一朝悟罢正法眼,信手拈出皆成章。"

其次,"活法"作为一种注重变化、流动的思维方法,它用因物制宜的态度对待事物,从而使它在驾驭各种具体的方法手段时变得圆融无碍。如"起承转合,不为无法",但依"活法"之见,"不可泥""泥于法而为之,则撑柱对待,四方八角,无圆活生动之意"。又如"字法","有虚实、深浅、显晦、清浊、轻重"等,但"第一要活,不要死。活则虚能为实、浅能为深、晦能为显、浊能为清、轻能为重"。屠隆指出:"诗道有法,昔人贵在妙悟。""妙悟"之后就活脱无碍、左右逢源了,所谓"新不欲杜撰,旧不欲抄袭,实不欲粘滞,虚不欲空疏,浓不欲脂粉,淡不欲干枯,深不欲艰涩,浅不欲率易,奇不欲谲怪,平不欲凡陋,沉不欲黯惨,响不欲叫啸,华不欲轻艳,质不欲俚野"。

由于"活法"是"随物应机""当机煞活""因情立格""随物赋形""姿态

横生、不窘一律""圆活生动"、变通无碍的创作方法，换句话说，由于"活法"是根据个别的独特意象因宜适变地状物达意的方法，所以它充满了蓬勃的生机和旺盛的创造力，能给人类文化的长卷带来属于作者所有的美的作品和法式，从而与毫无生机的蹈袭模仿形成了鲜明对比。俞成说，"专祖蹈袭"的"死法""不能生于吾言之外"，是"毙吾言者"，只有"夺胎换骨"的"活法"才不会"毙于吾言之内"，是"生吾言者"。因此，"活法"是创新之法，而不是蹈袭之法、拟古之法。

以上，我们围绕"活"字，从诸环节、角度考察了"活法"的具体内涵。此外，"活法"还有两大特点。

其一，由于"活法"没有示人以具体可循的创作方法门径，因而是"无法之法""虚名之法"。"虚名"，虚有"法"之名也。

其二，由于"活法"是驾驭各种"定法"的主宰，因而是"万法总归一法"的"一法"，是"执一驭万"之法。

二、定法说

关于文学创作的方法，古代文论既提出"活法"，又提出"定法"。所谓"活法"，即辞以达意、"随物赋形""因情立格""神明变化"之法。这种"法"只示人以文学创作的大法，并无一成之法可以死守，所以叫"活法"。它徒有"法"之名而无"法"之实，故叶燮《原诗·内篇下》云："法者，虚名也，非所论于有也""活法为虚名，虚名不可以为有"。所谓"定法"，是状物达意时具体的技法，它可以传授和学习，所以叫"定法"。"定法"积淀了文学创作成功的审美经验，为进入文学堂奥之门径，不可或缺。叶燮《原诗·内篇下》云："又法者，定位也，非所论于无也。""定位不可以为无"，即是指此。章学诚《文史通义·文理》指出："学文之事，可授受者规矩方圆，不可授受者心营意造。"这"可授受"的"规矩方圆"就是"定法"，"不可授受"的"心营意造"即"活法"。尽管"立言之要，在于有物"，作为"言有物"的"活法"更为重要，但作为"言有序"的"定法"亦不可偏废。

"活法"本身虽然由内容决定，灵活万变，不同于"定法"，但在状物叙事、表情达意时又不得不借助在创作实践中积累起来的一定的章法、句法、字法。这样，"活法"实际上离不开"定法"，并包含"定法"。而一定的章法、句法、字法如果离开了"当乎理、确乎事、酌乎情"的"活法"，就会沦为令人不齿的"死法"。方回《景疏庵记》将这种"死法"喻为毫无生机的"枯桩"。

由此看来，在古代文学创作方法理论中，"定法"是与"活法"并行不悖、相辅相成的，并为"活法"所统辖，为"神明变化"所服务。这便决定了"定法"与"死法"的区别。不同于"活法"又不离"活法"，有一定之法可以恪守而又不落入死守成法的僵化窠臼，这就是"定法"的基本内涵。

"文以意为主"，先秦时期，文章道德不分，立言从属于立德，文学创作无"定法"可循。《论语·卫灵公》中孔子的一句"辞达而已"，揭示了这一时期文学创作的根本大法，亦为后世"活法"说所本。

汉代，令人赏心悦目的诗赋逐渐从广义的文学中脱颖而出，引起了理论家的关注。扬雄《法言》中揭示的"诗人之赋丽以则，辞人之赋丽以淫"，标志着汉人对诗赋"丽"的形式美特征的最初自觉。

魏晋六朝时期，文学的创作取得空前发展，文论家们在"诗赋欲丽""绮靡浏亮""绮裁纷披""宫徵靡曼"等文学自身形式规律的审美自觉的指导下，对文学创作的具体技法进行了深入的理论总结，标志着"定法"论的正式登场。尤其值得注意的是刘勰的巨著《文心雕龙》。这部"体大虑周"的文学理论专著在《总术》《附会》《熔裁》《章句》《丽辞》《声律》《练字》《比兴》《事类》《夸饰》《隐秀》《指瑕》等篇目中论述、概括了谋篇布局、遣字造句的一系列审美规则，实开后世"篇法""句法""字法"理论的先河。

唐代是一个律诗辉煌的时代。诗人们既不忘风雅美刺的道德担当，也以前所未有的热情打造诗律之美。如"为人性僻耽佳句，语不惊人死不休"（杜甫），"吟安一个字，捻断数茎须"（卢延让），"二句三年得，一吟双泪流"（贾岛），与此相应，唐代涌现了许多探讨诗律的诗论著作。如元兢的《诗髓脑》、崔融的《唐朝新定诗格》、齐己的《风骚旨格》等。

宋代，由于佛教禅宗的影响，使得谈"文法""诗法"的用语多起来，"定法"作为与"活法"相对的术语诞生。人们不只抽象地谈论"定法"，而且具体地落实到"章法""句法""字法"层面。尤其是江西诗派，"开口便说句法"，不仅掀起了一股"活法"热，也掀起了一股"定法"热。

明代是一个拟古的时代。在前后七子"诗必盛唐，文必秦汉"口号的倡导下，宋人提出的诗文"章法""句法""字法"问题得到进一步探讨和强调，如王世贞《艺苑卮言》卷一指出："首尾开合，繁简奇正，各极其度，篇法也。抑扬顿挫，长短节奏，各极其致，句法也。点缀关键，金石绮彩，各极其造，字法也。""篇法，有起，有束，有放，有敛，有唤，有应。大抵一开则一阖，一扬则一抑，一象则一意，无偏用者。句法，有直下者，有倒插者……篇法之妙，有不见句法者，句法之妙，有不见字法者，此是法极无迹。"

清代是一个善于综合、总结的集大成时期。叶燮、邵长衡、徐增、毛宗岗、脂砚斋等人对诗文小说的创作法则都发表过很有价值的意见，古代文论的"定法"说达到了空前丰富和深入的程度。

三、用事说

"用事"，又叫"用典"。刘勰说："事类者，盖文章之外，据事以类义，援古以证今者也。"（《文心雕龙·事类》）据此可知，用事（用典），是引用古事、古语含蓄地表达自己的思想感情、证明自己观点的正确性的一种修辞方法和论证方法。王勃倾吐"怀才不遇"的牢骚，却说"冯唐易老，李广难封"（《滕王阁序》），就含蓄多了。萧统提出自己的诗学观点，则说："诗者，盖志之所之也，情动于中而形于言。《关雎》《麟趾》，正始之道著；桑间濮上，亡国之音表。"（《文选序》）第一句和后面一联对偶的上半联引自《毛诗序》，下半联引自《礼记·乐记》，自己观点的正确性就不证自明了。

从典故的成分来看，典故有"事典"与"语典"之分。"冯唐易老，李广难封"，用的是事典。上面萧统说的那一段，用的是语典。刘勰《文心雕龙·事类》列举过"明理引乎成辞，征义举乎人事"两类情况，"引乎成辞"以"明理"就相当于用语典，"举乎人事"以"征义"则相当于用事典。

当用古代的人事隐喻自己的真情实感时，"用事"就与"比喻"的方法重合了。正如清代李重华《贞一斋诗说》指出："比，不但物理，凡引一古人，用一故事，俱是比。"比如"冯唐易老，李广难封"，既是"用事"，又是"比喻"。王勃是说自己像西汉的冯唐一样，人生易逝，他希望明主能趁着自己年轻任用自己，千万不能像西汉名将李广那样，战绩赫赫而终身不得封侯。

古人用语典，往往不指明出处，讲究剪裁融化。剪裁即裁取合乎自己句式需要的古语，融化即把裁取的古语加以改易，用以表达自己的意思。这时，用语典就与"点化"的方法重合了。杜甫云："春水船如天上坐，老年花似雾中看。"这里语出沈佺期诗："人如天上坐，鱼似镜中悬。"这既属于"用事"，也属于"点化"（"脱胎换骨""点铁成金"）。

作为"援古证今"的论证方法，"用事"出现在散文中，尤其是论说文中乃势所必然；作为表情达意的含蓄方法，"用事"出现在辞赋、骈文乃至诗歌中也很自然。从文学史上看，先秦时期诗赋中用事并不多见，散文，尤其是诸子散文中引用古言、古事表述意见的倒不少见。《文心雕龙·事类》上溯到《周易》，它是这样描述的："昔文王繇《易》，剖判爻位。《既济》'九三'，远引高宗之伐；《明夷》'六五'，近书箕子之贞：斯略举人事，以征义者也。至若《胤征》羲和，陈《政典》之训；《盘庚》诰民，叙迟任之言：此全引成辞，以明理者也。"《周易》常常采用古代故事示人休咎，刘勰将用事的历史上推到《周易》，用心可谓良苦。汉代的散文出现了骈偶化倾向，奏疏策论也丰富完备起来，逞辞大赋也出现了，文章中用事比先秦更多。刘勰的描绘可见一斑："贾谊《鵩赋》，始用鹖冠之说；相如《上林》，撮引李斯之书。此万分之一会也。及扬雄《百官箴》，颇酌于《诗》《书》，刘歆《遂初赋》，历叙于纪传，渐渐综采矣。至于崔、班、张、蔡，遂捃摭经史……"魏晋南北朝时期，经过汉代的酝酿，骈体文到这时已正式形成并在创作上达到鼎盛期。骈文要求典雅、精练、含蓄、委婉，故用典成为其主要的创作方法。用事作为与比喻相通的含蓄的表情达意的方法，本来就适合诗，这时候经过在句式、语音、用词方面与诗很接近的骈文的浸淫渗透，便在诗歌创作（主要是五言诗）中蔓延开来。像颜延之、谢灵运，都是著名的代表。然而就在同时，问题出现了。按照《尚书》《毛诗序》开辟的"言志述情"的诗学传统，诗歌只要表达了真情实感就可以成为好诗，而典故的运用常常造成读者的不理解，阻碍情志的传达。

那么，诗到底可不可以用事？再连带起来，文中用典也存在着读者不理解的问题。文可否用事？钟嵘《〈诗品〉序》提出了一种意见，他认为诗不可用事，而文可以并且应当用事，所谓"若乃经国文符，应资博古；撰德驳奏，宜穷往烈"。什么原因呢？因为"文"与"诗"具有不同的使命。"诗"须"吟咏情性""文"却不必；"文"要尽到"经国"的使命，也应该从古言、古事中找到根据，如果不理解，可去查类书。钟嵘的后一种意见，代表了古代批评家的普遍主张，他的前一种意见，则是他的一厢情愿。在他之后，文中用事作为一种共识而不再有批评家去争论它，而诗中用事，一方面在唐有杜甫、韩愈、李商隐，在宋有苏轼、黄庭坚、陆游、辛弃疾，在明有前后七子，在清有"宋诗派"为其代表，历代不乏其人；另一方面，每一个时代的批评家都卷入进来，对此厘定是非，臧否得失，从而构成了中国古代"用事"说的主体。

中国诗歌批评史上关于"用事"的四次大讨论，在不同的历史阶段由不同的创作实际所引起，然后按照正、反、合的顺序不断朝前推进（清代吸取前人经验，省去了"反"这个环节，直接从"正"走向"合"）。在"合"的环节，"用事"论否定了"正""反"环节各自的片面性，而取得了折中、圆满的意见。不同历史阶段"合"的用事论的重合、相通之处，它们有这样一些要点：

关于诗歌用事的态度：既不一味强调用事，也不简单排斥用事，而是主张诗歌要"善于用事"，用得恰到好处。

关于诗歌用事的方法，主要有：

"正用"，即"故事与题事正用者也"。

"反用"，即"故事与题事反用者也"。如林逋诗："茂陵他日求遗稿，犹喜曾无封禅书。"这里反用了司马相如的故事。司马相如退职居家，临死前还写《封禅书》讨好汉武帝。林逋"反其意而用之"，表明如果皇帝他日来求遗稿，他自喜没有《封禅书》一类的作品讨好皇帝，以此表示他高洁的品格。

"借用"，即"故事与题事绝不类，以一端相近而借用之者也"，亦叫"活用"（用事不泥）、"化用"。

"暗用"，即"故事之语意，而不显其名迹"。古人讲"虽用经史，而离书生"，用事要如"水中著盐，不著形迹"，亦是此意。

"泛用"，即"于正题中乃用稗官、小说、俗说、戏谈、异端、鄙事为证，非大笔力不敢用，变之又变也"，也就是融化经史子集以为语。从某种意义上说，人类使用的语言无不是建立在对前人语言的广采博收之上的，因而"泛用"实际上算不上"用典"。

上述诸法，不限于诗，文中用事亦然。

那么诗如何用事才算"恰好"呢？一切以不妨碍性情的传达接受为目的。

用事不可多（忌繁、忌堆积）。用事是为表达情意服务的，用事太多，则反客为主，我为事使，"使读者迷于使事用典之繁"，而转忘其"所欲譬喻之原意"，且使事过繁，"多有难明"。

用事不可僻。用事过僻，就会在作品与读者之间设置一道隔膜，影响语言的明白晓畅，使作者"嗫不能读"，如非用不可，则须"僻事实用""隐事明使"，也就是要直接、详尽、明白地使用冷僻的典故。

那么用事可以太明白吗？也不可。因为太明白了，不能给读者留下回味想象的余地，所以必须"熟事虚用""明事隐使"。

诗用故实，以"水中著盐，不露痕迹"为高，因为它既然用得"有而若无"，使读者"浑然不觉"，说明用事并未阻碍诗的传达接受。

诗歌用事，又尚"融化不涩"，不"拘泥古事"，那也是因为这是"我来使事"而非"我为事使"的表现。

这些意见，包含若干的审美价值和现实意义，足见"用事"这一古代文学创作方法并未过时。

第五章　中国古代文学的
当代性意义

第一节　中国古代文学理论的
当代性问题

如果说"一切历史都是当代史"的话，那么，古代文学思想在本质上都具有当代性，理当属于当代文论的范畴。问题在于，古代文论的"当代性"并非在任何历史与文化状况下都是特别凸显的，而其凸显显然有着现实和理论等诸多方面的深刻原因。本节将"当代性"作为一个问题提出来，并明确地将"当代性"作为古代文论的应有品格加以研究，是由于这一问题关涉到对古代文论乃至传统学术的生命力及其当代性呈现的基本认识，关涉到西方文论乃至西学传统在当代中国文论研究领域的中国成像及其发展前途。因此，在现实和理论两个方面，中国古代文论的"当代性"问题，理当引起学界同仁的广泛关注和深入研讨。

一、从理论和现实层面看中国古代文学理论的当代性问题

　　首先，从现实层面看，"当代性"的凸显与当代人文研究所处的新语境，所出现的新情况、新问题，以及传统文化在当代的境遇密切相关。自20世纪90年代以来，世界历史出现了许多令人瞩目的变化，政治格局的巨变，高科技的飞速发展，全球化的迅猛发展，使整个世界处于一种频繁交往的时代，这一交往当然也包括人文方面的思想价值学说的对话交流，以及相互碰撞和相互渗透。同时，随着中国经济力量的日益强盛与文化自信心的逐步提升，当代中国的经济、政治、文化正在世界范围内产生日益明显的影响。现实生活情境的重大变化，使包括文学在内的传统人文研究面临着一个新的历史机遇，古代文论在当代的生命力和阐释方向，也即古代文论的当代性质和当代意义问题，自然便成了学界关注和讨论的焦点，促使学者对其重新审视。

　　与一味守成的排拒变化姿态、缺乏学理依据的"创新"姿态相比，"当代性"问题恰恰触及了当前文学理论研究如何与新的时代氛围、文化语境同步的问题。这也意味着这种"当代性"的最终实现也必须是对新的时代语境的科学理性的认识和驾驭。自20世纪90年代以来，中国古代文论研究的学术理念和方法论原则逐渐呈现出一种多元化的走向。应当承认，在这种多元化发展的过程中，学人们的视野比以前宽广多了，学术空间也比以前大多了，这对于学术研究的推进和深化而言，其意义自不待言。但是，总体上来说，相关研究在参与时代重大主题这一点上却仍然存在着很大的欠缺。其重要原因之一就是，研究者真正从当代中国学术文化、学术建设的内在使命出发，关注新世纪中国文学理论"当代性"品格塑造的意识不强。因此，需要强调的是，在新世纪中国文学理论"当代性"问题上，无论文化批评的出场，还是马克思主义文论的重建，以及中国古代文论的现代转化，既是文学理论研究的内部学术自律和理论学术独立发展的必然要求，也是在外部语境发生改变的情况下，文学理论研究

为了适应社会历史情境变化所做出的一种应有姿态。

必须指出，在"当代性"引领下的新世纪中国文学理论研究，其旨趣并不在纯粹的思维和概念、范畴的拼接，它的思想落脚点最终应该是生活和社会历史。我们应该清醒地看到，当前的文学理论批评对当下的文学现象的理论反映和学理阐释能力还亟待改进和提高。面对我们所处的这个急速变革和发展的时代所不断生成的理论批评方面的新问题、新课题，我们的文学理论批评难免会显现出"捉襟见肘"的窘态。

在"创新""和谐"等已成为当今时代最响亮口号的背景下，当代中国文学理论研究必然会在不远的将来形成自己的"当代性"。但是任何理论的创新过程首先都必须对自己所依赖的理论思想，包括文学理论研究学术史在内的整个思想史进程，以及当代社会历史条件和文化语境变迁等重大问题进行审视，这是一个无法回避的问题。人文思想研究的历史已经证明，一个学科如果缺少基础理论构架，其就不会得到长远发展。因此，在回答当前中国文学理论研究如何融入和谐社会建设这一问题时，我们必须首先反思研究中的价值思维方式和具体的学术理念，通过文学理论研究的"当代化"来实现文学理论的"当代性"，从而促进新世纪中国文学理论研究的进一步发展。就此而言，"当代性"或者"当代意识"对于中国古代文学理论研究而言，既是一个充满激励性的口号，也是一个富有挑战性的问题。

再从理论层面来看，"当代性"问题的提出，其根本目的首先在于消除古代文论研究中的种种误区，以期从学术立场阐发和彰显其当代意义，并为现代人所遭遇的生存困境和文学困境寻找一条可能的解决路径。长期以来，囿于西方近代哲学及文艺学观念的局限，学界往往将古代文论置于近代知识论和知性科学的背景下加以观照，导致人们对古代文论的本体论价值和当代意义认识不足，古代文论的知识特性、表达方式乃至学术担当与价值意义一度被人们误读。长期以来的置于西方近代哲学范式中的古代文论研究，在总体上并不能展现传统文论的知识宗旨与精神特质；而以"通史"模式书写的传统文艺理论教科书，又并不以历史材料本身状况为根据，而是从现实政治需要出发，从意识形态的各种结论中提炼、拼接出各种主义和体系，然后套用到对传统文论经典文本的阐释上。基于这样的误读而建构起来的古代文论研究体系，在历史依据与理论逻辑两大基础性问题上并没有得到真实有效的论证，其知识合法性存在很大问题。凡此种种遮蔽与误读，使得古代文论在当代被看作过时的理论，缺乏对当代问题的回应，所以古代文论的"当代性"问题的提出，首先是针对这种对于古代文论的近代误读，并导致其当代意义被遮蔽而言的。

纵观一个世纪以来的中国古代文论研究的学术史，几代学人不仅在具体的理论阐释观点方面越来越趋于"当代化"，而且在学科理念和方法论方面求新、求变的自觉意识也越来越强。这对于中国古代文论研究的进程产生了极大的推进作用。事实上，中国古代文论研究的百年学术史，从研究理念、研究方法、价值目标，一直到研究中所具体运用的知识工具，乃至于研究范式的形成与嬗变，都是促进学术创新和学术范式生成的最为直接和有效的驱动力量。所以，在当代思想文化和学术语境下研究传统文论的"当代性"，使传统文论研究在历史和逻辑两个层面达到既满足当前学术文化和理论话语建构所需，又符合深化传统文论研究的自身的学理要求，对于推动中国古代文论研究的进一步深化具有关键的意义。更为重要的是，中国古代文论"当代性"的建构，是与中国传统文化在当代的发展密切相关的，它理当成为 21 世纪中国文化新秩序建设的重要组成部分。

中国古代文论对于当代文论话语建构具有重要的意义，对于这一基本性质判断，学界并无异议。但是，在如何理解古代文论的当代性及其基本内涵等问题上，研究者从不同角度，发表了不同的看法。这些不同的意见，涉及古代文论"当代性"问题产生的历史和现实语境，以及实现古代文论当代性价值的具体路径。

二、从哲学和历史角度看中国古代文学理论的当代性问题

从哲学上来说，时间与空间乃是一切事物基本的存在方式。因此，我们考察古代文论的当代性问题，也同样可以从时间和空间两方面展开。我们先从文化时间，也即历史的角度，来看古代文论的当代性问题。古代文论"当代性"的提出，首先是为了突破中国文学理论进一步发展的瓶颈，而这种瓶颈又突出表现在中国当代文艺学的文化无根性危机与古代文论的知识合法性危机两个方面，也正是在对这双重危机的超越中，古代文论的"当代性"获得了其独特的意义。只有首先将其纳入对中国当代文艺学文化无根性危机超越的进程中，古代文论知识合法性问题或可有望得到解决。

中国文学理论学科发展到当下遭遇到了瓶颈。从 20 世纪 90 年代初开始，重新获得生机不久的中国当代文学理论就又面临着双重的挑战：一方面，中国文学理论面临着来自现代西方的文学、文化理论以及美学、哲学观念的挑战，蜂拥而至的各种名目的新"学说"、新"主义"开始在思想和知识两个层面上冲击着我们原有的文学理论；另一方面，中国市场经济的深入推进所引发的社会转型，也在对包括文学艺术在内的整个人文活动领域提出挑战，当然同样也对文学理论提出了挑战。以历史的眼光来看，在中国现当代文学产生初期，西方文学及其理论被视为先进、现代化的典范，为了迅速实现现代化就必须不断接受这些理论，在相当长的时期内，这似乎是个毋庸置疑的问题。但在经历了几十年的现代化发展之后，加之国际环境的重大变化，单纯地接受西方理论似乎越来越不符合我国社会的发展：在对西方新潮文化疲于奔命的一轮又一轮的追逐中，我们的文化焦虑越来越强烈，文化认同感的缺失给我们带来了巨大的精神压力，此即中国当代文艺学的文化无根性危机。古代文论"当代性"问题的凸显，即与此危机密切相关，更为重要的是，充分重视并发挥古代文论的"当代性"价值，乃是克服长期存在的中国当代文艺学文化无根性危机的重要方法

之一。

从文学发展的整体脉络来看，古代文论的当代性问题确实是一个开放的、可期待的研究领域。从我们所面临的当代文艺学的文化无根性危机问题来看，从当下各种阐发古代文论当代意义的基本路径来看，古代文论的"当代性"仍然有待于通过回顾、对话、重新提问才能被重新发现和理解。古代文论的当代意义需要不断地生成，它不是一个现成的结论体系，而是一个始终处于阐释过程之中的问题。例如，我们说发挥古代文论在当代文艺学理论建构中的作用，并不意味着强调要服中"药"以排除西"毒"。虽然在中国现代文论的发展过程中，出现了严重的传统断裂现象，但是古代文论作为某种精神基因，依然潜隐在中国现代文艺学之中。如果把古代文论设想成早已完全剥离于中国现代文艺学肌体的某种要素，似乎未免太低估了我们文化传统深厚的精神力量。同样，我们也应该看到，中国文艺学经历了一个世纪的现代化，西学因素也已成为其肌体中无法剥离的基因，而非某种可以通过"外科手术"切除的"附属物"。随着新世纪中国综合国力的进一步提升，我们的文化自信将不仅表现在大力发扬我们悠久的文化传统上，同样也表现在我们将以更加开放、包容的胸怀对西方及一切有益于我们的文化的充分吸收上。

从积极的一面来看，现在许多学者宁愿把"古代文论"称为"中国文论"，而这种提法的变化，虽然不乏后殖民语境的色彩，但是，我们从中也可以了解到当代学者不但在文化的自信心上较之 20 世纪的学者有大幅的提升，而且对于传统文论的当代性质和当代意义，似乎也已经达成了相当程度的共识。我们应当看到，无论是惊呼当代文论之"失语"，还是提倡古代文论之"现代转换"，既有深刻的历史和现实的文化背景，也体现了当下中国极其复杂的时代文化和学术环境。这种时代文化和学术环境近年来得到了学界同仁的普遍关注，尽管对其进行现象描述和实质分析很不容易，甚至是一件很艰难的事，但是大致说来，其是近代以来中西文化碰撞和冲突的历史延伸，既与全球化思潮所引发的文化自省和自觉意识等相关，又与改革开放以来中国经济腾飞给我们带来的逐渐提升的文化自信密切相关。这一方面体现了文论研究领域面对当下文化、文学语境现实问题时束手无策的窘迫困境，另一方面却又表现为口号式的、学术上的浪漫主义，有着极强的功利性。这种时代文化和学术环境对当代文艺学的影响是长期而深刻的，也是当前文艺学研究所处的语境和面临的主要问题。

在西学的不断冲击下，古代文论的知识合法性危机一次比一次更突出地表现出来，遂成为长期以来学界不断商讨的中心议题之一。总体来说，古代文论知识合法性危机在当下不是缓解了，而是更加凸显了。一个不可回避的事实是，百余年的西学东传，对我们的生活方式，进而对经验方式、审美感知、言说方式乃至知识结构的改造，事实上形成了对古代文论经验方式的严峻挑战，并在某种程度上早已改变了古代文论既有的文化品格。

所谓的知识合法性问题，隐含的前提问题就是：谁合法？谁立法？对此，学界大体有两种视域或立场。一种情况是，认同西方文化的学者深受西方中心主义、黑格尔主义的影响，以古希腊，尤其是亚里士多德诗学以来至近代西欧诗学、美学的范型为主要参照，以"五四"以来的科学、理性、进步为尺度，认为中国古代充其量只有文学思想，而没有严格意义上的文学批评理论；另一种情况是，支持传统文化的学者认为，近百年来，我们所受的均为西方文论的熏陶，即使是主观感情上认为自己在弘扬传统文化，但解释框架都在西方文化之内，因此在实际操作上，仍然是用西方的话语工具来宰割中国本土文论，形成了"以西释中"的解释传统与思维定式，并没有发掘出中国文论的精髓。以上两种情况尽管立场不同，但有相通之处，它们都认为在百年来的传统文论研究历史中，"立法者"始终是西方文化，我们的阐释话语中的传统文论的知识合法性，始终是从西方文论那里获得支持和验证的。而问题恰恰在于：古代文论研究能否仅仅从西方文化尤其是从其文论中直接获得应有的知识合法性？

古代文论研究作为一门现代学科得以建立和发展，主要是依赖当时所移植进来的西方现代学术制度，而其合法性则主要受到了同样源自西方的科学主义的支持，在当时指导所谓现代化的"新文学"的主要是新输入的欧美文学思想，而中国文学批评史研究与"新文学"的创作批评实践并没有多少直接关联。让古代文论远离中国现代文学的创作实践，这近乎是一种"去势"的做法，但似乎也正是这种"去势",使古代文论的现代研究反而获得了合法性,进而也获得了相对平稳的发展。在科学主义思想的保护之下,加之学科构建,古代文论第一批现代研究者似乎还没有时间来反思所谓的知识合法性等问题。相应地,他们也没有我们今天如此严重的文化焦虑。

最近几年越来越凸显出来的古代文论知识合法性危机,具体表现在古代文论研究的基本方法论和理论框架中。在讨论借鉴西方文论的观点、方法解释中国古代文论这一问题时,多年来一直被反复提倡因而成为一种主流研究方法的是,用西方文论的学术范式、理论框架、概念和观点来选择和梳理、阐释中国传统文论思想。现在最为关键的一个问题是:这种学术方法在知识和思想两方面是否具有合法性?近年来,一些研究者对此提出了一些质疑。毋庸讳言,自20世纪80年代以来,中国古代文论作为一门学科的合法性即不断遭到质疑,其研究范围与边界,研究方法与理论体系,理论资源与价值标准,批评史观与叙述范式一直是研究者争论的焦点。实际上,从20世纪初,中国古代文学批评学科的建立,到20世纪80年代的重写文学史理念的提出,再到世纪末的重建中国文论的呼声的出现,中国古代文论研究所取得的进展,总是与自身合法性危机意识联系在一起的,只是这种危机意识在全球化语境中更为突出罢了。由于古代文论的研究对象似乎远离了人们的当下存在意识与审美体验,对于它所存在问题的研究梳理,是否可望从一个侧面联结中国文化的过去、现在和未来,对此,学界还是存有疑虑的。

历史地看,在用西方文论话语作为知识工具来解读和阐释中国古代文论时,自然会产生新的话语,并且以这些新话语为连接点,组成了有别于传统诗文评话语系统的新的现代批评史话语系统。在这些新话语的产生过程中,传承与重构双向交织的现象必然非常突出,有意和无意以及两者之间的误读所造成的话语系统中名词术语方面的文字标识的置换,也就成为必然。但是,关于这一问题,我们仅仅注意这种置换中所产生的文字标识和言语外壳是远远不够的,更应该沿着思想、文化史的学术理论,深入分析其深层所发生的两种处于不同时空以及民族性方面也截然有别的文化之间交流和融合的实质,而不能表面地、片面而极端地认为古代文论的现代研究就只是西方文化向古代文论单向输出的结果。只有这样才可以接近问题的实质，才能获得对于问题本身的深刻理解。

三、从国内外新的时代状况看中国古代文学理论的当代性问题

以上主要是从学术思想的内在理论展开分析的，除此之外，我们还应关注国内外新的时代状况对古代文论研究的影响。伴随着改革开放以来中国社会的发展，思想文化领域也出现了从"政治中心"到"经济中心"到"文化中心"的巨大转变，中国古代文论的研究也经历了从意识形态化到学术化的研究范式的转变。当然，这也是当代中国人文科学研究的一种共同倾向。实际上，从更大的范围来说，中国文论研究的这种变化，也是整个中国当代人文社会科学发展变化的一个部分。因此，它与人文社会科学研究的整体性转变是具有内在一致性的，而这又大体上可以从内部语境与外在语境两个方面来分析。

从内部语境看，中国现代文艺学的建立，是与国人引进西方社会科学的知识运动同时进行的，这不仅表现在其学科性质、理论框架、研究范围是从西方知识范式中直接移植过来的，而且在深层次意义上还意味着，西学中这一系列的理论预设与研究方法在中国文艺学场域中被赋予了合法性。中国现代文艺学的这种天生"舶来性"与意识形态"宰制性"，在一定程度上自然形成了对于古代知识系统的排斥，这也是导致古代文论话语系统被迫边缘化的重要原因之一。不过，从更深一层看，这是与整个人文社会科学生长的现代社会环境休戚相关的。

随着现代社会整体结构的转型，人类知识的增长方式也发生了根本性的变化。古典时代文史哲一体化的智慧型知识系统，已经分化为专业化、工具化的科学与技术知识，根据康德的划分，就是"纯粹理性"与"实践理性"；按照现

代学者的说法，就是"可编码的知识"与"意会性的知识"，或者"科学知识"与"非科学知识"，这也是对科学知识与人文知识巨大分野的一种现代表述。在数字化、定量化、可通约性、可重复性成为超级意识形态的今天，作为一种特殊的人文知识，古代文论本身并非现代意义上的科学知识或可编码的技术知识，其知识宗旨首先是一种价值与意义，而非客观的普遍真理。因此，在现代社会对于知识需求发生总体改变的状况下，古代文论与其他传统人文学说一样，被边缘化的命运不可避免。因而，我们可以说，现代社会知识结构的分化，也正是造成整个人文研究边缘化的内在根源。

从外部语境看，近年来，世界范围内的人文理念、文化立场与出发点均发生了不同程度的范式转变。文化已经从单一的西方或欧洲中心论转变为多元立场、多极世界，黑格尔式的一极世界文明观业已被雅斯贝斯式的多极世界文明突破论所取代。因此，一向被视为具有普遍世界意义的西方价值标准也就转变为中国文化的参照系统和可资利用的对话资源了。同时，西方近代二元对立的思维模式也在逐渐转变，如主体与客体的对立，人与世界的关系，也由认识自然、征服自然和改造自然转变为人与自然的和谐相处；传统与现代的不相容，也逐渐转变为双向互动、视野融合的立场，或者说从传统叙事与启蒙叙事的价值冲突转向两者紧张关系的缓解；强调抽象概念、普遍意义的历史价值观也开始转向注重古今相通的整体意义，注重具体性、地方性的差异。

在这种背景下来重新审视古代文论当下的研究状况，总体上可以说，古代文论的研究正在进行自我文化身份的重新认同，可以说这一认同过程同时也是古代文论研究者自身文化身份和本土意识的一个重新回归过程。通过分析我们可以发现，西方近代以来专业化、工具化的"可编码的知识"或"科学主义"，其知识霸权已越来越受到当代人文知识分子的质疑和挑战，而这无疑也正是与此异质的古代文论重获知识合法性的重要契机，也为古代文论获得当代性价值提供了一个新的生长点。

综上所述，究竟何谓传统文论的"当代性"？我们将其概括为："当代性"是传统文论的资源价值意义与当代文论话语建构的理论资源诉求相适应的一种理论视域；"当代性"是传统文论参与当代文论话语建设的切入点；"当代性"是传统文论与当代文论互相融通的内在结合点。"当代性"实际上体现、渗透在对古代文论的现代阐释之中。因此，从古代文论的经典文本和原始意义出发，发掘和阐明古代文论经典文本的当代意义，应该成为一项基础性的工作。

　　历史地看，古代文论经典文本的原生形态是真正代表古代文论精神实质的理论表述，它与再生的现代文论形态存在着重要区别，其经典性和原创性经受了数千年历史文化的检验，其学科知识谱系的呈现连贯而完整，文本自身的思想影响力持续而长远。因此，在研究过程中，我们应该重新认识古代文论的原初性，回到体现古代文论精神本真的原初形态与历史情境中，并以之作为我们继续前进的出发点。从本质上看，经过系统的整理与阐释，回到古代文论的原生形态，寻找其新的理论视野和理论生长点，既能超越百年来学界谈论古代文论的"合法性"危机问题，又可以克服当前文艺学研究繁荣景象背后所隐含的文化无根性困境，其意义和价值是不言而喻的。同时，这也是与当代中国的精神文化建设方向相一致的。进一步说，作为时代文化精神的彰显，充分发挥古代文论的"当代性"价值，有利于我们对时代问题的本质性进行反思，对时代文化症候进行解释。因此，立足于时代特有的文化问题，充分挖掘和发挥古代文论的当代意义，就成为新世纪中国古代文论研究的关键。

第二节 中国古代文学理论
与现代文学理论的主要内容及其异同

一、中国古代文学理论的主要内容

（一）以文兴邦

中国古代文学作品中最常见的一种形式，就是用文学作品来讽刺当时的政局，并且通过文章对君主进行劝谏。司马迁的《史记》，司马光主持编撰的《资治通鉴》等史书，被古代历代君主当作治世之道而研读和学习。同时，在国家昌盛的时代，君主也会鼓励文学家们撰写文章，发扬其统治时期的文化以及统治理念。由此可见，在中国古代文学理论中，对文学价值的一个评判标准，就是看其是否能够对政局的发展产生影响。

（二）以文言志

文学作品中文学家抒发的情感，是通过对社会观察所得到的领悟和感触，这是文学理论中关于文学来源的研究成果。古代文学家在进行文学作品创作时，显示出了"以文言志"的理论风格。屈原在《离骚》中言明了自己对国家和对君王的热爱，曹操在《观沧海》中言明了自己的宏图伟业，陶渊明在《归去来兮辞》中表达了自己"不为五斗米折腰"的士大夫情操。

（三）以文载道

"道"在古代文人的思想中既代表了对国家和对社会的责任，又代表了文学家们对自身修为发展的要求。虽然不同时代的文学家对"道"的定义不同，但纵观我国古代文学作品，无一不是对个人思想以及社会、家国精神的表达。文不能载道，文学家的思想以及精神就不能得到传承。因此，在古代文学理论中，研究文学作品背后的精神价值，是文学理论发展的一个主要方向。

二、中国现代文学理论研究的主要内容

（一）文学理论的文艺价值

探讨不同的文学理论的文艺价值，始终是文学理论研究的热门话题之一。在网络成为人们生活的主要工具之一的今天，文学理论研究对网络文学进行了一系列的艺术价值方面的评论和分析。在 20 世纪 80 年代，人们由于对网络等新兴事物的抵触而造成对网络文学的批判，现在已经转为对网络文学发展的客观评价。并且，有研究者也指出：网络文学对当代人类社会的发展状况进行了文化层面上的阐述。

（二）"自我批评"性质的反思

文学理论研究者们对文学理论自身开展了反思性的研究。这主要表现为对文学理论的学科历史、发展模式、流派、学科范式、知识体系、研究方法等基础性问题进行了较深入的探讨。同时，产生了一些相关著作，如《文学元素学：文艺理论的超学科视域》（郭昭第）、《中国现代文学理论范畴》（马建辉）等。有些论文也属于这方面的内容，如《试论文学的系统本质》（陆贵山）、《反思社会学视野中的文艺学知识建构》（陶东风）等。此外，文学理论研究者们还对文学理论研究的社会学意义进行了反思。

（三）文学理论与社会发展之间的关系

文学理论来源于文学创作，并高于文学创作，而文学创作则来源于社会生

活。因此，探讨文学理论与社会发展之间的关系，是现代文学理论研究的前沿话题之一，其中被讨论得最为激烈的，就是文学理论与政治的关系、文学理论发展与教育发展的关系、文学理论中所表现出来的人类生存哲学意义。有研究者对"文化政治"这一新概念和关键词进行了研究，还有研究者致力于探讨文学理论教材的发展，而生态文学则成了文学理论发展的前沿。

三、中国古代文学理论与现代文学理论的区别

（一）"文"与"人"之间的区别

提及中国古代的文学理论，无论是专业的文学理论研究者还是文学爱好者，对文学理论的理解都建立在某个文学大家的学说和作品上，例如，屈原的《九歌》和《离骚》所承载的爱国和忠君的"君子哲学"；曹植《洛神赋》所承载的浪漫主义情怀以及唐代李白诗歌中对这种浪漫主义情怀的继承；南北朝时期陶渊明、谢灵运等人"出世"的清高思想；等等。古代文学理论是复杂的，但是古代文学理论的代表人物却是十分突出的，提到某个文学理论，我们总能想到这些文学理论的"创造者"和"承载者"，这是因为，古代文化发展的程度不如现代这样普及，而能够成为文学家的人屈指可数。因此，古代文学理论偏重某家之言，也就是以"人"作为划分文学理论的范畴。中华人民共和国成立后，我国大力发展教育，涌现出的文学创作者多如辰星，而且由于言论自由以及文化的交流和沟通，文学理论发展出现了真正的"百家争鸣"的景象。如今，对我国文学理论进行范畴划分，绝不能以文学家为标准，而是必须以文学理论流派的实际价值和意义为标准。

（二）文学的"服务对象"不同

古代的社会政治、经济具有高度的集成性，这与我国古代社会制度息息相关，文学作为对社会文明高度综合和升华的产物，在其思想表达方面也具有极

为明显的社会政治和文化意义。无论古代文学理论是偏重文学家对自身和内心的内省，还是偏重对社会政治和文化的批判，抑或是对自然万物、山川河流的赞美，对人类美好情感的抒发，都少不了对当时统治者的评价或者对当时政治局势的影响。从唐代李白和杜甫两位著名诗人的文学思想中体现的理论观点来看，李白在作品中展示的观点与盛唐时期的统治是十分契合的，其文华丽而浪漫，正显示了盛唐的政治和文化风貌；杜甫是在寂寂无闻中去世的，他的诗赋在半个世纪后才被世人称颂，而杜甫的文章，则多是对当时社会经济、政治以及底层平民生活的写照。

对于现代文学理论来说，文学的实际作用在于服务群众。因此，文学理论多是对群众精神文明发展的探讨，是以群众为基础的。

四、中国古代文学理论与现代文学理论的同一性

（一）文学理论的社会价值相同

文学发展具有其独特的社会职能，这是文学作为社会上层建筑对社会发展的独特作用。文学理论的社会职能表现在两个方面。一是对教育发展的指导意义，即文学理论发展促进教育的发展，而教育的发展又反过来促进文学理论研究的蓬勃发展。因此，文学理论研究使文学对教育的促进作用越来越强。这一点，无论是中国古代文学理论还是现代文学理论，都体现得十分明显。孔子的三千弟子，无一不是从孔子的文学思想中继承了"修身"和"治世"等观念，而现代文学理论的发展，则对高校文学教育影响巨大，体现为教材的变革以及研究热点的变革等。二是对社会文化发展的促进作用，文学作品中所包含的生态思想、人权呼吁等元素通过文学理论研究被独立出来，这是文学理论对文学作品的精神意义进行再加工的过程。通过这种再加工，文学作品的时代价值被进一步升华，更容易被大众认识到，文学作品对社会文化发展的促进作用也就更加明显。

（二）古代文学热点与现代文学研究趋势相符合

文学具有何种精神意义，是每个时代、每个国家和每种文学思潮发展都需要面对的问题，也是文学发展的最终使命。通常情况下，一种文学思潮即是当时社会最尖锐的社会问题的映射，而目前全球最尖锐的问题，究其根本，都可以用"生态"两个字来概括。发源于美国的生态文学，其研究已经逐渐从文学作品研究上升到文学理论研究层面，随着世界环境保护活动的发展以及人类社会的自由、平等、博爱思想的发展，未来的生态文学将成为未来人类社会的"生态精神"的代表，人们能够更加客观地认识自然，能够对自身的行为进行彻底的反思，能够将人类社会的种种行为视为生态环境发展的一部分。这是未来生态文学所要表达的主要思想。

目前我国文学理论中的生态文学思潮发源于美国，但是分析生态文学的作品形式以及思想，却不难发现，现代的生态文学理论与我国古代多数描写自然之美，以景抒情的文学作品中包含的对山川大河的赞美是十分一致的，无论是"落霞与孤鹜齐飞"还是"北风卷地百草折"，抑或是"霜叶红于二月花""人间四月芳菲尽，山寺桃花始盛开"，都是对自然景观的欣赏、敬畏、赞叹，这些表达与现代生态文学对自然的客观认识以及对自然景观中包含的自然哲学理论的反思是一致的。

（三）文学理论中的批判思想相同

很多研究者都认为，我国的文学理论研究在表面上看起来内容丰富，但实际上具有较高社会价值的文学理论思想却比较少。这是文学理论研究的批判思想之一，也是文学理论中的批判性对文学理论发展所起到的实际作用之一。有研究者认为，文学理论研究与已经高度体制化了的学术环境密切相关，并且提出"与体制保持距离，将是理论自身良性发展的必经之途"。这就意味着，对文学理论继续进行自我批判，从自我批判中寻找文学理论研究的创新之路，是文学理论研究的发展趋势之一。在目前文学理论研究中的批判思想的基础上，进一步寻找创新的可能性，使文学理论既与生活实际交融，又能够展示出其作为文化发展指导理论的独特性，这是现代文学理论中的批判思想发展的目标。

无独有偶，古代文学理论中也包含了很多批判思想，文学家们在表达这些批判思想的同时，也在寻求通过批判进行创新以及促进文学自身发展的途径。明清时期对元代以及之前的戏曲、杂剧进行的在批判、分析的基础上的再创作，使宋元戏曲和杂剧演变成小说以及杂文，即是在文学批判的基础上进行的创新，这是值得现代文学理论研究学习的。

我国古代文学理论的内容与我国现代文学理论研究的基本方向有很大的区别，体现在"文"与"人"之间的区别以及文学的"服务对象不同"两个方面。我国古代文学理论具有十分明显的政治意义和价值，对社会的阶级性划分是十分明确的，文学家本身所代表的"理论"价值有时候超过了作品本身，这是由于中国古代文化的"私有性"特征而决定的。但是，我国古代文学理论与现代文学理论又有着同一性，可以说，现代文学理论研究中的主要内容，实际上是对古代文学理论的继承、发展和延伸，例如文学批判、生态文学以及文学理论的社会价值等。由此可见，我国古代文学理论对我国古代文学的价值进行了全面的解释，而现代文学理论的发展既有对古代文学理论的继承，又有着与现代社会发展相符合的方面，这进一步说明了文学理论发展的时代性。

第三节　中国古代文学对当代社会的
影响与价值

中国是诗歌大国、文章之邦，不仅诗文创作历史悠久，作品数量至为繁多，而且"赋诗作文"堪称中国古代文化人的基本素养和传统标志。从诗骚辞赋、诸子史传、唐诗宋词，直至明清小说，传世名篇数不胜数，是当代中国人极为宝贵的文化遗产。对于这一点，国外学者也深有感触。如日本的松浦友久就说道：有两个世界十分显著地矗立在中国文学史上，一个是读平声的世界，另一个是读上声的世界。对以五万首唐诗为代表的诗歌的爱好，和对以浩博的《二十四史》为象征的历史的珍视，这两点不仅在文学史上，即使从中国文明的广阔背景上考虑，也是非常重要的。

一、中国古代文学蕴含的价值体现

文学作品一经创作出来并流行于世，总会产生一定的功用和价值。对于文学的价值功用，自古以来中国文论就有观风、刺上、化下、明麒、经国、劝想、载道、自娱、娱人等多种说法。现代人一般也承认古代文学在记载历史、传承文化、启迪思想、陶冶情操、交流情感、享受艺术、丰富人们的精神世界、提升中华民族凝聚力、推动社会文明进步等方面发挥了重要作用。

我们认为，作为一种意识形态，文学的本质特点是具有审美性。一切文学作品都是通过对对象的艺术描写，创造出完美的艺术形象，表现出作者丰富的感情以至深邃的思想，从而给人赏心悦目的审美快感的。离开了审美感染力，文学作品就没有了存在的必要。正是以审美价值、审美作用为基础，或者说与审美价值、审美作用融合在一起，中国古代文学蕴含着极为深厚的文化、认识、教育以及应用价值。举其大端，略述如下：

（一）文化价值

一部文学史就是一部民族的心灵史，民族的文学经典是民族的基本世界观、人生观和价值观的形象反魄，作为文化的重要组成部分，中国文学凝聚着这个民族对于世界的认知和对于生命的感受，因此也可以说是我们民族的血脉和灵魂。早在 60 多年前，朱自清在其慨典常谈一开篇就说："在中等以上的教育里，经典训练应该是一个必要的项目。经典训练的价值不在实用，而在文化……做一个有相当教育的国民，至少对于本国的经典，也有接触的义务。"

由此可见，经典的首要价值在于民族文化的积累和传承。如果不想完全抛弃自己的民族文化传统，那么阅读代表自己文化传统的典范性文本，是承继传统的一种必要方式。著名学者葛兆光先生说：现在，我们还要读经典吗？我总觉得，阅读经典，本来是传统接续的一个途径，不要说古代中国思想常常是通过经典的解释与再解释来传续的，就是现代思想，又有多少是天生石猴似的原创版本，而空无依傍呢？所以，阅读经典并不仅仅是历史与文化的普及，常常也是传统和思想的提炼。中华民族有悠久的文明史，虽坎坷多难，仍屹立于世界民族之林，文化的薪火传承居功至伟。在文化传统中，最活跃、最有影响力的，首推文学。优秀的古代文学是民族精神最典型的载体，闪烁着中华民族特有的精神基因，具有很高的艺术性，很强的创造性，是不可重复、无法替代的，具有永远的魅力。经典教育包括古代文学经典的阅读与欣赏，是对中华传统文化血脉的尊重、体认和发扬，是走向中华民族共有精神家园的必经之路。

（二）认识价值

文学作为对现实生活的审美的反映，是以真实性为基础的。这又决定了它往往具有一定的认识作用。文学作品可以帮助读者形象地了解人类社会生活的有关内容、人性的历史形态，人的情感、心理、命运等，使他们了解到人类社会生活的真实本质，在不经意之中给他们以历史知识、文化知识、审美知识。有鉴于此，美国学者说："我们相信文学研究能够让你对一种文化有更多的了解，它可以让你了解你所置身世界的多样性，增长你方方面面的见识，让你用不同的角度看待问题，用全新的方式去体验你的生活。"当然，文学作品有着鲜明的特点。它不是历史的复制品、政治的衍生物、道德的传声筒，而是对人生的一种呈现，是丰富的人生世界和鲜活的生命展示。文学阅读和欣赏的意义就在于它唤起我们对命运的思考，加深我们对人生的认识。进入中国古代文学的世界，看塞外风烟、江南云水，听古人低吟长叹，引吭高歌，经典中蕴藏着的普世情感，字里行间的忧思与深情，拨动了我们的心弦，湿润了我们的心灵，使我们的心态安详平和，我们的生命才得以展开，变得绵长而美好。

（三）教育价值

就个人而言，阅读经典，是每个人教养的一部分。阅读经典文本是使阅读者经历一番文化濡化的过程，它可以改变人的气质，提高人的境界，净化人的灵魂。受过经典教育的人，其言行举止、立身处世，其胸襟气度、情怀志趣，都与没有受过这种教育的人截然不同。学习古代文学，可以陶冶情操，提高审美品位；增强爱国主义感情，浸渍平等的民主意识；唤起纯洁美好的感情，培养对大自然的热爱。一句话，古代文学有助于熏陶人文气质、积淀人文底蕴、提高人文素养、完善我们的人格。直言之，学习和传承中华古代优秀文学的最大现实意义在于它有助于提高人们的人文素质，而提高人的素质是国家发展、社会进步的重中之重。

文学最基本的要素是什么？是情感和想象。著名作家白先勇曾说："文学经典的功用，主要是情感教育，有了文学的教育，一个民族、一个人的感情要成熟得多，看过、看通、看透《红楼梦》的人，的确要比没有看过《红楼梦》的人高出一截。文学很重要的一点就是教育人要有同情之心、悲悯之情……还有一点，文学教人懂得欣赏美。如何看夕阳，如何看月亮，如何看花开花落，潮来潮往？什么是'泪眼问花花不语'，什么是'一江春水向东流'？教人如何用诗人的'眼睛'去看大千世界。"著名学者叶嘉莹也曾说："至于说到学习中国古典诗歌的用处，我个人以为也就正在其可以唤起人们一种善于感发的、富于联想的、活泼开放的、更富于高瞻远瞩之精神的不死的心灵。"她还说："我之喜爱和研读古典诗词，本不出于追求学问知识的用心，而是出于古典诗词中所蕴含的一种感发生命对我的感动和召唤……现在有一些青年人竟因为被一时短浅的功利和物欲所蒙蔽，而不再能认识诗歌对人的心灵和品质的提升功用，这自然是一件极可遗憾的事情。"阅读本民族的文化经典，在个人，可以完善人格；对社会，则可以转移风气。有学者曾经撰文论述中国未来十年的七大挑战，其中之一是"社会道德的退化和社会价值观的紊乱"。传统经典固然不可能解决所有的现实问题，但是，经典在当代社会主流价值观的构建中仍有其作用，因为经典教育传递的不是别的，恰恰是价值观。古代文学蕴涵了具有普世意义的"常道"，蕴涵着人文精神、思想境界和处世智慧等，有助于改变现代人过度功利与片面发展的心理生态，为我们提供面对人生各种境遇的精神支柱。整个民族文化素养的提高，既需要今天的文化建设，也需要伟大遗产的哺育，这种吸收对于提高民族文化素养有着更为基础的作用。

（四）应用价值

中国古代文学除了具有上述内在的、看似无用、超越功利的精神性价值外，还具有外在的、实用的、功利性的价值，即古代文学可以帮助并促进经济建设和社会发展。仅以旅游事业来说，古代文学就有着不可低估的文化资源价值。首先，古代文学能够大大增强名胜景观的文化内涵和知名度，具有或隐或显的广告宣传功能，激发人们的游览愿望，这种事例举不胜举。例如武汉黄鹤楼、南昌滕王阁、湖南岳阳楼之所以成为名震天下的"江南三大名楼"，千百年来屡毁屡建，吸引了无数人参观游览，唐宋文人王勃的《滕王阁序》、崔颢的《黄鹤楼》和范仲淹的《岳阳楼记》功不可没。又如杭州西湖闻名中外，2011 年 6 月被列入《世界遗产名录》，不仅得益于秀丽的湖光山色，而且得益于深厚的文化底蕴，得益于以"欲把西湖比西子，淡妆浓抹总相宜"等为代表的中国历代诗文的无穷魅力。其次，古代文学还可以促成名胜景观、旅游景点的产生与繁荣。如湖南常德有"桃花源"、湖北十堰有"桃花源"、安徽黟县有"桃花源"，江苏宿城、江西庐山、河南南阳乃至宝岛台湾也有"桃花源"，据称全国各地的"桃花源"有三十多处，全赖东晋陶渊明留下的一篇《桃花源记》。其他如由《水浒传》而生成的"梁山泊"，由《红楼梦》而生成的"大观园"，皆为因虚为实的典型。杭州著名景点断桥残雪、雷峰夕照、万松书院与中国四大民间传说中的《梁山伯与祝英台》《白蛇传》有不解之缘。而"浙东唐诗之路"的命名、兴起则以唐代诗人的探访和吟唱为文化支撑。古代文学对景观、旅游、城市形象的巨大价值，促使不少地方依托古代文学中的故事、传说，开发新的景点、景观。于是，河北正定建有"封神演义宫"，安徽合肥建有"三国遗址公园"，江苏无锡建有已成为 5A 级景区的三国城、水浒城，山东阳谷县和临清市争抢建设金瓶梅文化旅游区。

除了促进经济建设和社会发展外，古代文学是否还有其他应用价值呢？世界上非常有影响力的国际时事刊物之一的美国《外交政策》曾发表耶鲁大学教授查尔斯·希尔（Charles Hill）的《文学经典与治国理念》一文。该文举了世界上很多政治家，从亚历山大大帝、托马斯·莫尔（St.Thomas More）、伊丽莎白一世、胖特烈大帝、约翰·亚当斯（John Adams）、亚伯拉罕·林肯（Abraham Lincoln）、格莱斯顿（William Ewart Gladstone）直到中国的毛泽东喜好文学经典的例子，继而进行了深入的分析和阐述："在所有艺术和科学的门类中，唯文学经典，其内容和方法上，无拘无束。文学之自由，可探幽入微，无穷无尽；可展现想象中的人物之万般思绪；可用精致的情节演示出宏大的主题，使它几近于'世界原来如此这般'的现实。战略家所必须具备的，正是文学的这种虚构的层面。战略家无论是否准备充分，但在必须做出决断的情境中，倾其所能，都不可能知悉所有事实、所有考虑、所有潜在的后果。而文学正是应宏大战略领域的诉求而生的，它超越理性的算计，以想象得其事功……为什么文学洞见对治国艺术至关重要，是因为这两件大事都涉及一些单靠理性思维解决不了的最大课题。"

二、中国古代文学对当代文学的影响

中国当代文学的发展得益于传统文学的滋养，中国古代文学对当代文学的影响，可以从以下几个方面体现出来。

（一）诗歌方面

中国是诗的王国，传统诗歌成就辉煌，遗产丰富。"五四"新诗运动以反传统的姿态出现，但它却得到过传统文学的滋养和启迪。胡适认为初期白话诗人，

"除了会稽周氏兄弟以外，大都是从旧式诗词曲里脱胎出来的。"他的《尝试集》旧体诗词痕迹十分明显。沈伊默的《三弦》带有古乐府的色彩。文研会诗人在诗歌的意境刻画、表现手法、情调韵味等方面，都继承了古典诗歌的优良传统。俞平伯的诗、词句和音律大都是从旧诗和词曲中得来的。王统照的诗渗透着古典诗歌的音节美。小诗派的冰心、宗白华继承了中国传统短诗形式，带有唐人绝句的神韵。冯至的现代叙事诗采用了中国民间传说，音圆调美、技巧纯熟。湖畔派诗人也写过一些格律体的诗。郭沫若的诗采用了中国古代神话。闻一多格律诗的主张和创作则是受了古代律诗的启发。即使是新月派的李金发，他的诗里也夹杂着不少文言词语。中国诗歌会提出向民歌学习，要求诗歌与诗人的大众化，现代派诗人戴望舒的诗也带有中国古典诗歌的情韵，其象征体系大多是东方式的，如丁香、残月等。汉园三诗人的创作也受到古典诗歌的影响。何其芳《预言》就受到了晚唐五代诗词的影响。卞之琳的《鱼化石》则充满了古代文学典故。抗战时期老舍从曲艺中吸取养料来创作新诗，如《剑北篇》等。解放区则出现了大规模搜集、整合和学习民歌的运动，并涌现出以李季《王贵与李香香》为代表的大型民歌体叙事诗。在中国现代文学史上，擅长写旧体诗词的作家更是不乏其人，如鲁迅、郭沫若、茅盾、柳亚子、毛泽东、陈毅等，他们用旧体诗词表现现代生活达到了很高的艺术水平。如鲁迅的《自题小像》、毛泽东的《沁园春·雪》、陈毅的《梅岭三章》等。

（二）散文方面

中国古典散文的历史源远流长，产生过群星灿烂的散文大家，他们脍炙人口的名篇，至今传诵不衰。我们从先秦时代起，就创立了叙事和议论两大散文体制，影响深远。汉魏之时，哲理文、政论文、史传文，名家卓立。唐宋以后，写景抒情尤为突出，大家迭起。明清之际，任性适情小品大放光彩。中国现代散文深受古典散文的滋养。鲁迅的杂文在表现方式和艺术风格上同魏晋文章有一脉相承之处。叙事散文和抒情散文与传统散文的联系更为密切。冰心的散文就体现了传统文化特有的美，是融合古文和西文的典范，所以风靡一时。周作人、俞平伯的散文吸收了明末公安派小品文的某些特点。林语堂的散文经常杂用文言词和句法。王力的杂文引用古典诗词和典故，并运用骈赋的对仗、排偶句式，更是深受古典文学的影响。

（三）小说方面

古典小说对现代小说的影响是十分明显的。鲁迅的小说和《儒林外史》存在着深刻的联系。在形式和结构上，两者有近似之处。《儒林外史》的讽刺艺术在鲁迅的小说中时时可见。鲁迅在《故事新编》里大量引用古代神话、历史传说等。鲁迅的小说行文简洁，这借鉴了传统画论中传神写意的手法。他的小说善于创造意境，如《在酒楼上》等，这借鉴了古典诗歌的美学传统。在鲁迅之后，出现了一大批抒情小说作家。如郁达夫、孙犁等人，他们的作品虽然有着不同的思想倾向和艺术风格，但都继承了传统诗歌的抒情特点。冰心的小说也受到古典文学的影响，如《斯人独憔悴》就借鉴和引用了杜甫的诗。庐隐爱好唐诗宋词，她的小说引用五代两宋词十余处。苏雪林后期的小说《蝉蜕集》采用了一些中国旧小说的手法，注重叙述带传奇性的历史故事。叶圣陶早期写过文言小说，如《玻璃窗内之画像》等。许地山的许多小说，如《命命鸟》等都带有传奇性，这与话本小说有相似之处。废名也常在小说中化用和引用古诗词，他的小说在艺术风格上与陶渊明的田园牧歌风格相类似。郁达夫的小说引用古诗词的地方更多，如《采石矶》等。他的小说还注重意境的营造，如《迟桂花》等。

（四）话剧方面

比起诗歌、散文和小说来，话剧同古典戏剧的关系要薄弱一些，但还是有着联系的。20世纪20年代中期，熊佛西等人在《晨报》上创办剧刊，发起"国剧运动"。他们提出糅合东西方戏剧的特点，在写意的和写实的两峰间，架起一座桥梁，并主张恢复旧戏的目的在于娱乐的"纯粹艺术倾向"。一些优秀的剧作家也充分吸收传统戏剧所积累的艺术经验。如田汉的《获虎之夜》、曹禺的《雷雨》、郭沫若的《屈原》都充分注意到中国观众重故事、重穿插的欣赏习惯，并巧妙运用戏剧冲突来推动情节发展，紧紧抓住观众。中国古典戏曲讲究情景交融，它的唱词实际上就是抒情诗。现代话剧中有些作品也以诗意浓郁著称，如曹禺的《家》、郭沫若的《屈原》以及田汉的早期剧作《南归》等。

三、中国古代文学对当代学生的教育价值

中国古代文学有一个漫长的发展过程。它与中国的历史、文化紧密相连，显示出特有的民族性、传承性、时代性的特征。它以汉民族文学为主，同时又兼容了其他少数民族的历史与文学，构成蔚为大观的中国古代文学。无论是中国古代的诗歌，还是散文、戏曲、小说都有着明显的可以追寻的历史。并且在创作和理论上不断发展、丰富，日臻完善。每种题材的演进都是一部历史，而且脉络清晰，充分体现并显示着它的历史与文化的博大精深，显示出以中国古代文字为载体的中国古代文学在内涵上巨大的张力。这些优秀的民族文化对当代大学生来说，是一笔宝贵的财富，它能在一定范围内极大地提高当代大学生的综合素质。

人文素质，是指人应具备的内在品质和人生的定位、在学识上的积累、获取和应用知识的能力，即关于人的情感、态度和价值观等人文精神以及个人能力。它追求人生和社会的美好境界，推崇人的感性和情感，是完美人格的体现。当代大学生民族精神淡化，理想信念模糊，心理素质欠缺，总的来说就是人文素质较低。这样的现状令人担忧，因此我们可以向古代文学寻求帮助。理想信念、民族精神是人文素质教育的重要主题，而古代文学正是其重要的文化阵地。古代文学作品是经过几千年的淘洗保留下来的，是历代作家人生信念、人文情怀的艺术外化。文学鉴赏的过程可以帮助学生去触摸我们民族的伟大灵魂。古代文学作品都出自一些优秀的作家，我们都或多或少听过一些相关的故事，他们是我们民族精神的化身，是激励青年坚定理想信念的楷模，他们的作品具有

无穷无尽的感染力。

古代文学作品是古人思想感情、社会生活、人生体验的缩影。无论社会怎样进步、科学如何发展，人生的哲理亘古不变，人生的处境也不外乎顺境、逆境、绝境。古人和今人都在探寻一种有意义的人生。古代文学的人文性特点决定着其对学生健全人格的培养有着深远的影响。文学作品中的一些典型事例，正是对学生进行人格教育的良好素材。当作家的情操和作品的精神以一种无法抗拒的力量渗入学生的灵魂深处时，他们也就能形成健康的道德感与审美感，树立起高尚的人格。作家在审视生活中的美的同时，还致力于创造文学作品的美，以提高受众感受美和鉴赏美的能力。绵延五千年的中国古代文学，为我们展示了一个绚丽多姿的文学世界。在欣赏的同时，我们的心灵世界得以净化，生命活力得以激发、文学品位得以提升，使审美教育取得"随风潜入夜，润物细无声"的艺术效果。总之，古代文化可以弥补我们人文素质中的众多缺陷，让我们在学习的过程中不断地完善自己。

中华民族以五千年文明和优良完整的伦理道德体系而著称于世，以"礼仪之邦"而自豪。中华民族的道德伦理说，是中华民族在长期发展过程中形成的一个民族的重要精神力量之一。随着社会经济的不断发展，大学生在物质水平方面有了极大的提升，像以前一样求学艰辛和困难的事基本成为了历史，按理说在物质极大丰富的条件下，精神文明也应该处于一种高度发展的状态，但事实并非如此。物质世界让人失去了基本方向，有些人慢慢迷失了自己。这个时候我们不妨回归中国古代文学，让它带领我们重温中国传统伦理学，来对我们的心灵进行一次洗礼。

面对外界的喧嚣，有些人始终无法控制自己的思想，容易被诱惑，然后走上一条错误的路。面对这种情况，古代文学提倡修养心性。儒家学说认为一个人只有通过不断地提高自己的道德境界，才能真正做到修身、齐家、治国、平天下。我们不祈求成为一个圣人，作为大学生，我们只希望能保持自己一片澄澈的心。

古代文学对我们当代大学生来说意义非凡。我们不仅单纯地在学习一种文化，同时我们也在学习更好地做人，更好地做一个对社会有用的人。在古代文学学习的过程中，我们能不断地吸收知识，不断地提升自己的综合素质，更好地挖掘自我的价值。

四、中国古代文学对当代审美文化的影响

审美文化学是研究审美文化及发展规律的科学，审美文化是指用美学的观点观察、分析、研究人的生活及生活领域中美的问题。这是一个极富现实意义和理论空间的学科命题与研究领域，文学只是审美文化涉及的学科之一。历经了朝代更迭兴衰的中国古代文学像一颗璀璨而永恒的星辰，如果从审美文化的角度去重新观照和审视，相信它会显现横看成岭、侧看成峰的奇观。

（一）审美文化是一种生存论的哲学意向

先秦文学的最大特色是文、史、哲不分家，从审美文化学的角度去度量，先秦文学中的许多光辉思想都给人以生存论的启示。以孔、孟为代表的儒家和以老、庄为代表的道家是中国传统思想文化的两大支柱，这里分别以其代表作《论语》和《庄子》为例。

《论语》中孔子对"中庸"的生存处世哲学进行了反复阐述。"中庸之为德也，其至矣乎！民鲜久矣。"（《论语·雍也》）《说文解字》中说："中，正也；庸，用也。""中庸"即用一种正确的原则处理事物发展的诸多关系。子曰："礼之用，和为贵。"（《论语·学而》）"和"为恰到好处，生存哲学中把握度的原则是何等的重要！这种适度原则表现在人际关系上应当"周而不比"（《论语·为政》）、"群而不党"（《论语·卫灵公》），表现在待人接物上为"君子尊贤而容众，嘉善而矜不能"（《论语·子张》）。"中庸"即"中和庸常"之道，也即执其两端而叩其中。"子贡问：'师与商也孰贤？'子曰：'师也过，商也不及。'曰：'然则师愈与？'子曰：'过犹不及。'"（《论语·先进》）"过犹不及"即"中庸

之道"的真谛。孔子的"中庸"思想对中国封建伦理宗法道德既有积极的影响，又有消极的影响，褒贬不一。但毋庸置疑的是它在以儒家思想为主体的中华传统文化中根深蒂固，它至今影响着中国人民的生存处世方式。

《庄子》反复阐释了"顺应自然""无为而治"的处世及治国哲学。由于自然的伟大和美，人不能逆自然而行，不能"以人助天"（《庄子·大宗师》），也不能"以人入天"（《庄子·徐无鬼》），更不能"以人灭天"（《庄子·秋水》），而只能顺应自然之性。所以得道之人、有德之人和一切"至人""真人"无不是顺应自然的。顺应自然而处世、游世，是庄子人生哲学的重要内容。它主要包含以下几方面的内容：游心于道德，无为而尊；笑对生死，淡然物化；与道为一，养生保真。顺应自然，小而言之，无为而无不为可以安身立命；大而言之，可以治国。庄子发挥老子的思想，认为"天地虽大，其化均也；万物虽多，其治一也；人卒虽众，其主君也。君原于德而成于天，故曰，玄古之君天下，无为也，天德而已矣"。人类理想的生存状态不正是顺应自然的规律，向着美好的方面复归吗？

（二）审美文化是一种广泛的文化观念的渗透

文学并不是一个孤立的概念，它和时代、政治、科技生产、人口资源等诸多因素浑然不可分割。从审美文化学这个观点出发，把古代文学也放到一个更宽泛的视域中去考察，收获远远超出想象。这里以魏晋时期的古代文学为例。魏晋在中国历史上是一个变化重大的时期，经济上，汉代商品经济十分兴盛，到了魏晋南北朝时期，不少城市遭到破坏，商业一度萎缩，商品经济发展缓慢，北魏以后才有所恢复；政治上，战乱频繁，分裂割据，世族门阀各自为政，世代相沿，等级森严；在意识形态上，两汉时期的儒家经学衰微，取而代之的是玄学。党锢诸名士遭到政治暴力的摧残与压迫，转而探究玄理。一方面，这为人的精神世界的开拓和张扬清除了障碍；另一方面，解放了的人没有了思想依托，在为自由欢呼的同时又陷入了更深的焦虑。在这样的复杂背景下产生的魏晋文学具有完全不同的文化风貌，魏晋时期成了真正的人的觉醒的时期，李泽厚先生在《美的历程》中说："在人的活动和观念完全屈从于神学目的论和谶纬宿命论支配控制下的两汉时代，是不可能有这种觉醒的。但这种觉醒，却是通由种种迂回曲折错综复杂的途径而出发、前进和实现，文艺和审美心理比起其他领域，反映得更为敏感、直接和清晰一些。"

（三）审美文化是一种审美意识的洞察

中国古代的文学作品文本对境界的营造有其独到的一面。我们以盛唐著名山水田园诗人王维的诗作为例来探讨。在中国诗史上，王维以"诗佛"著称。在他生前，友人就曾评论他"当代诗匠，又精神理"。"似禅""入禅"乃是后人评论他的诗作的口头禅。王维的山水田园诗直接继承了陶渊明明净淡泊而深远的艺术风格，以观察细致、感觉敏锐著称。苏东坡曾言："味摩诘之画，画中有诗；观摩诘之诗，诗中有画。"他的诗往往融诗情画意于一体，创造出耐人寻味的艺术境界，风格清新淡雅，意境悠远，带有参禅悟道的气息。"空山新雨后，天气晚来秋。明月松间照，清泉石上流。竹喧归浣女，莲动下渔舟。随意春芳歇，王孙自可留！"迷人的景象与怡然陶醉的心境嵌合无间，营造出清明、澄澈、玲珑剔透的诗的境界。皎皎明月，纯洁空明；幽幽清泉，潺潺流淌；森森翠竹，修直挺拔；婀娜浣女，秀丽可人……透过审美文化之窗观照中国古代文学，其理摄人心魄，其情至真至纯，其境韵味无穷。

五、古代文学在当代社会的呈现形态

正因为中国古代文学在当代社会仍然具有多重价值和功用，所以古代文学并没有一去不复返，而是以各种不同的形式存在于当代社会，尤其是当代文化建设中。古代文学的当代呈现大致可以概括为"重现（再现）"与"转换（变换）"两种基本形态。

（一）重现

重现是指古代文学以其原有的面貌呈现在人们的面前，这里有多种形式：首先，最为常见的一种形式是各类古代文学作品、著作的不断出版。例如中华书局先后整理出版了《先秦汉魏晋南北朝诗》《全唐诗》《全唐五代词》《全宋词》《全金元词》《全明词》《全清词·顺康卷》，陆续出版了《中国古典文学基本丛书》近百种。上海古籍出版社陆续出版了《中国古典文学丛书》百余种，还有《中华古籍译注丛书》《中华活页文选》以及《古本戏曲丛刊》《古本小说集成》等。至于各地方古籍出版社编辑出版的历代文学作品，更是不胜枚举。《唐诗三百首》《宋词三百首》《古文观止》等无疑是目前印刷量最大的书籍。其次，各类古代文学作品在大中小学课堂上的宣讲，中国古代戏曲在当代舞台上的演出、在影视中的播出，各种文化场所，尤其是在名胜古迹、旅游景观和广告宣传中古代诗文的抄录、镌刻、引用等，都是古代文学的直接呈现。

（二）转换

转换是指古代文学作品经当代的改编、重写之后，通过各种包装呈现，诸如传统戏曲的新编重排、根据古代文学名著制作的影视作品、融入古典文学元素的广告宣传等。广义的转换不仅包括当代人对古代文学的内容（主题、情节、形象等）的吸收与发展，也包括当代人对古代文学的形式（体裁、语言、手法等）的继承与发扬，即人们常常将现实内容利用古代文学的原有形式表现出来，抒发当代人的思想情感。例如，自"五四"新文化运动以来，古典诗词逐渐淡出文坛，但是，中国当代旧体诗的创作一直没有断绝，近年有越来越多的人热衷于旧体诗词的创作。

六、实现古代文学当代价值的思考

中国古代文学在中华文明数千年的衍生和发展中一直扮演重要的角色。进入 20 世纪以后，风云变幻、时移势迁，社会生活日益多元化，古代文学昔日的辉煌渐趋暗淡。然而，古代文学在当代社会并没有、也不可能完全消失。究其原因，一是作为华夏民族的珍贵遗产，古代文学的不朽魅力吸引着千千万万的读者和受众，为人们万般钟爱、反复鉴赏；二是古代文学内容丰富、形式多样、技巧精湛，犹如一座蕴藏丰富的艺术宝山，为当代文化建设者提供了永远汲取不尽的源泉。正是在人们对古代文学宝藏欣赏、开发和利用的过程中，中国古代文学获得了新的生命力。为更好地实现古代文学的当代价值，本书认为应在不断拓展途径、准确把握尺度、着力提升层次三方面下更大的功夫。

（一）不断拓展途径

中国古代文学过去主要是以语言文字为物质媒介，靠口头和书面形式来传播和传承的。随着现代科技的发展，特别是在互联网、数字技术、多媒体视频技术等一系列高新技术的推动下，古代文学的传播、传承方式已悄然生变。新的传播方式给古代文学的重现和转换带来了新的机遇。与现代科技相结合的传统文学在获得新的活力的同时，也使人们可以从更多的侧面进一步认识古代文学的经典价值和无穷魅力，进而获得更多的艺术享受。这也告诉我们，以现代激活传统，传统便能融入现代而获得永生，古代文学的重现和转换应当不断寻找新的方式、开拓新的途径，以使古代文学的价值历久弥新。

（二）准确把握尺度

中国古代文学的经典之作，经过历史上的长久积淀和广泛流传，其典型形象、幽远意境和主体内容、基本意义已经成为民族的共识、传统的要素、社会

133

的财富。每一个民族成员对古代文学经典都应怀有敬畏之心。古代文学的重现和转换也就应当建立在把握原作精髓、坚守社会价值观准则的基础上。适当地调整、增删一些元素只是为了更好地实现转换。而为取悦世俗、扩大市场，一味解构经典、对古代文学经典名著进行"颠覆性"改编之类的做法，则放弃了对民族基本精神的传承，并非我们所说的重现与转换。

（三）着力提升层次

中国古代文学博大精深、涵养深厚，当代文化建设中已有的重现与转换成果，与之相比，还只能算是冰山之一角，而且不少仅流于表面形式。应当着力提升古代文学呈现的层次，力求形神兼备地实现古代文学的重现与转换。其中，如何深入一步，在更高的层面上继承和弘扬中国文学的精神内涵（仅以伟大诗人屈原和杜甫为例，就包括"路漫漫其修远兮，吾将上下而求索"的执着追求、"亦余心之所善兮，虽九死其犹未悔"的坚强意志、"苏世独立，横而不流兮"的独立人格、"带长剑兮挟秦弓，首身离兮心不惩"的英雄气概、"上感九庙焚，下悯万民疮"的忧患意识、"致君尧舜上，再使风俗淳"的入世态度、"安得务农息战斗，普天无吏横索钱"的人文关怀、"不为困穷宁有此？只缘恐惧转须亲"的博爱精神，等等），使优秀传统文学成为新时代鼓舞人民前进的精神力量，是今后重现与转换的努力方向。

总之，现代化和西方文化的猛烈冲击，一方面使本民族传统文化受到挑战和挤压，另一方面又使本民族传统文化处于与外国文化、现代文化的对话交流中，并获得广阔发展的机遇。在此背景下，作为中华民族优秀文化遗产重要组成部分的古代文学如何成为现实生活中起作用的传统？换言之，古代文学的当代传承及其价值实现问题，已经成为一个极具现实意义的课题。这一课题亟须社会各界充分关注。当代文化建设者如能对此坚持不懈地进行探讨和实践，定当有益于全国各地文化强省的建设，推动社会主义文化事业的大发展、大繁荣。

第六章　中国古代文学
经典化机制的运作

第一节　文学经典生成初始阶段机制
运作的多元建构

　　规律是事物发展过程中内在的本质联系，决定着事物发展的必然趋向。规律具有普遍性的形式，其本质联系则具有客观性和稳定性，不以人的主观意识而改变，能够反复出现。事物的特点是事物所具有的独特和突出之处，是人们把握事物的本质特征、认识事物发展规律的重要切入点。多元建构，或互渗借力，或彼此制约，是中国古代文学经典化机制运作的重要规律和特点，因而是我们重点研究的对象。

　　作为完整的文化运作系统，中国古代文学经典化机制由不同领域、不同层面的文化要素共同建构，就其基本构成要素而言，除了作家的创作活动以及文学自身发展演进规律之外，还涵盖政治、教育、经济、学术、艺术、道德伦理、文化传播乃至宗教等不同领域。经典化机制内部诸要素具有自成一体的存在状态，它们"各司其职"，以显著的功能差异而相互区别。所谓"各司其职"指的是各子系统功能的主要指向及其实现的路径之间具有一定的区分度，这种区分度的形成，受制于各子系统的内在结构、功能及其运作方式和运行原理自身存在的明显差异，最终结果表现为对经典形成的影响不尽相同。各子系统可以共存合力，但不能混淆和彼此替代。由于作用的力度与方向的差异，最终将导致在政治、道德、经济、教育、文化、文学等不同领域存在多条具有鲜明特色的经典化路径，它们的区分度必然要在作用的大小、力度的强弱、效果的显隐等方面体现出来。

同时，经典化机制内部的诸建构要素并非静止、孤立地存在着，它们又在彼此的联系中相互渗透、相互影响，甚至彼此牵制，形成一个由多重作用力共同建构的"网络"体系，共同推动古代文学经典化的发展历程。刘悦笛认为"文学经典有赖于'共同体'"，强调这是经典化机制内部各建构要素协力合作的运作特点。文学经典化具有时间向度，作为一个时间流程，始于文学家的创造性写作活动，建构于经典文本传播和接受过程中的各个环节。从文学文本的生成，到文本的传播与使用，再到经典效应的显现与持续保持，社会文化系统始终以富有协作性的运作方式发挥着作用。

由于中国古代文学经典化机制建构多元性与开放性特点的存在，对于古代文学文库中的经典作品，为其找到一条甚至多条经典化路径，并非难事。例如，陶渊明诗歌的经典化既借助于道德平台，也受益于名人效应的辐射；杜甫诗歌经典化路径除了存在于道德领域之外，属于文学批评领域的宋代诗学家的遴选与评点，更是构成了传播领域的另一条十分重要的路径；以金圣叹为代表的小说评点家为开辟《水浒传》经典化路径做出了杰出贡献，而经济领域内文化市场的拓展与推动作用同样不可忽视。种种事例表明，实现文学经典化的多样路径既相互联系，又相互区别，同样是传世的优秀作品，实现经典化的具体路径或多或少地具有不同之处。由于不同经典文本在内涵和外部表现形式方面存在着差异，它们的社会价值（或曰"满足接受者的精神需求"）绝非千篇一律，而"路径分明"恰好能够彰显这种差异。事实上，文化内涵越是丰富、价值取向越是多元的文学文本，在经典化的过程中，参与建构的文化因素也就越多，呈现的经典化路径的数量与此则呈现着正比关系。通过多条路径完成经典化的文学作品，具有社会传播面广、历史影响大的经典效应。

为了方便论述，我们将经典化机制的运作过程分为经典生成初始阶段与经典传播及其定位阶段这两个部分，就此分别探讨其运作特点。

文学经典化的过程，始于经典作家的文学创作活动，我们将经典文本创作这一环节称为"经典生成的初始阶段"（或曰"起始时期"）。在文学经典化机制构建系统里，文学创作始终居于中心和基础的重要地位。尽管不同时代、不同阶层的广大受众对于经典的接受具有选择性，而这种选择所具有的多元化取向，必定造成接受者的接受态度及其最终评价的差异。但是，文本所具有的文学价值，或曰"文本的经典本质规定性"，始终是影响广大受众接受选择和产生价值认同最为重要的元素。没有文学文本的产生，文学的经典化便无从谈起。这里，我们需要强调和阐释的是，决定文本经典价值的有无，或影响文本经典价值高低的因素，绝不仅仅是作家的个人天赋和才华（当然，这一点十分重要，不容忽视）。作为文化的创造物以及社会关系的总和，包括文学家在内的任何个体都无法脱离一定的文化环境以及相应的社会关系而独立地生存和发展，他们的任何行为都要受制于所处的环境与关系。具体到个体的文学创作活动，经典化机制建构的诸要素均可能通过不同的方式、在不同程度上影响创作者的思想意识、价值取向、创作心态、审美情趣、文学表达方式等，进而影响他们写作时的精神状态与艺术构思，并由此决定其作品质量的高低和价值的大小。多元参与、分别发力，是中国古代文学经典化机制运作的鲜明特色，就发挥作用的大小而言，政治权力、道德传统、社会教育、经济环境、文学批评这几方面力量的交错汇集，产生的效应当最为突出。

一、教育、经济领域产生制约政治权力的思想文化因子

如第二章所述，封建国家政治权力在经典生成阶段的强势介入属于常态，在特定的历史条件下对文学经典的生成会产生阻碍作用。不过，这种强势的介入和阻碍绝不意味着政治权力在任何时候和任何条件下都可以为所欲为，畅通无阻。在经典化机制运行过程中，至少有两种力量对政治权力的介入和干预发

挥着制约甚至对抗的作用。

其一，来自教育领域的力量。中国传统教育拥有极其丰富的文化资源，其中不乏可以转化为受教育者与皇权和专制主义相抗衡的思想武器的内容。

首先，儒家道德至上的教育理念，有助于培养作家"以德抗位""杀身成仁，舍生取义"的反抗精神和蔑视权贵、视金钱如粪土的浩然正气。中国古代那些儒家思想的笃行者以大济苍生的胸怀和大无畏的勇气直面政治压力和政治迫害，他们将满腔浩然正气灌注在笔尖之时，便是经典作品诞生之日。白居易的讽喻诗、刘禹锡《再游玄都观》、方孝孺的《临终诗》、文天祥的《正气歌》等经典诗篇的问世，均足以显现儒家思想教育与经典生成的关系。

其次，道家天人合一、回归自然的哲学观，以及"无以人灭天""无以得殉名"的价值取向，经过代代传承，通过各种教育方式（尤其是受教育者的自主选择性学习活动），成功地渗透进中国古代文人士大夫阶层的人格建构之中，成为他们对抗专制主义、追求身心自由的另一重要思想支柱。《庄子·秋水》云：

> 庄子钓于濮水，楚王使大夫二人往先焉，曰："愿以境内累矣！"庄子持竿不顾，曰："吾闻楚有神龟，死已三千岁矣，王巾笥而藏之庙堂之上。此龟者，宁其死为留骨而贵乎？宁其生而曳尾于涂中乎？"二大夫曰："宁生而曳尾涂中。"庄子曰："往矣，吾将曳尾于涂中。"

庄子对来自政治权力的诱惑坚决拒绝的态度，建立在他对乱世之中政治权力运作残酷、肮脏本质的清醒认识的基础之上，故具有深刻的批判性。庄子的人生体悟与人生选择经过历史的淘选，作为远离官场、保持独立、洁身自好的样板而成为古代作家名副其实的教科书。受其影响者或向往自由的人生境界，标举"越名教而任自然"的思想旗帜，拒绝与专制主义者合作，魏晋名士嵇康的传世经典散文《与山巨源绝交书》，正是在这样的思想背景下产生的；或为求独善其身，保持人性的本真，远离权力中心，走向山林田园，以疏离的态势避免政治压力和迫害，并且获取身心的相对自由，陶渊明即是其中的代表人物，他创作的以《归园田居》组诗为代表的田园诗，也因此成为经典。

最后，佛教思想也是中国古代重要教育的资源。毋庸讳言，中国古代没有产生完整意义上的宗教教育，国家教育系统从整体上是排斥佛教进入的。然而，佛教自东汉末年传入中国后，经过与中国本土文化的逐渐融合，在民间的影响力可谓日渐深远。文人士大夫阶层中，自觉学习佛理的成员不在少数，在佛教思想浸润下逐渐形成的宗教情怀，往往成为他们远离政治权力，拒绝名利诱惑，避免"与狼共舞"的精神底线。唐代白居易中晚年皈依佛门，研习佛理，尽管冷却了一腔济世热血，但也增加了承受政治压力的心理能量，他中晚年创作的诗歌不乏蔑视上层权贵、鄙弃世俗价值观的内容，贡献了不同于《新乐府诗》的另一类经典作品。北宋大文豪苏轼同样接受了佛教思想的洗礼，"乌台诗案"发生后，他在狱中借助佛教理论彻悟了官场的浮沉与人生的苦乐。贬谪黄州的经历，使他进一步参透佛理，达到了得失不挂于心的精神高度，创作了诸如《定风波》这类千古流传的经典名篇。"回首向来萧瑟处，归去，也无风雨也无晴"，词人笔下的"风雨"和"晴"已经不再是自然现象变化的纪实性描写，而是自身宦海沉浮的形象写照。在苏轼面对人生晴雨变幻，尤其是政治迫害泰然处之态度的背后，是他任天而动、忧乐两忘的旷达胸怀和人生境界，此乃《定风波》能够成为经典的重要思想原因。

其二，来自经济领域的力量。经济的发展具有自身的独立性，政治权力不可能完全左右和掌控它。经济对政治权力的制约以及对权力影响的消解作用，主要通过改变创作者的生活环境与思想意识来实现。具体而言，商品经济的力量一旦参与作家的人格建构，影响他们的价值观和人生追求，将有助于他们淡化权力意识，弱化奴性人格，强化自主意识，拓宽创作视野，更新创作观念，这种情况在明代中后期的江南地区的文坛上体现得尤其明显。当时，传统的农业经济已发展至高峰，继续发展的空间极为有限，商品经济由此在江南地区获得迅速发展的先机。市民阶层日益崛起，队伍不断壮大，从商品经济土壤中滋生和成长的商品意识开始对根深蒂固的官本位主义发起冲击。经济发展的新格局导致哲学思想领域出现重大调整，从而促进了社会文化思潮的嬗变，社会成员的价值取向、审美趣味以及文学观念亦随之发生相应的变化。以明武宗正德年间（1506 年—1521 年）为界，明代思想文化界呈现出迥然不同的两种风貌。前一阶段，朱明王朝肆无忌惮地扩张皇权，大力加强中央集权，专制主义达到登峰造极的地步，人们的思想受到严重的束缚和禁锢。因此，文学创作领域显得较为沉寂，难见大批高质量的精品产生。后一阶段，整个社会出现了追求个性自由、个性解放的文化氛围，且日益浓厚，那些率性自为、狂狷悖俗的文人士大夫的精神人格明显具备了离经叛道、对抗皇权禁锢的异质元素。清代著名学者赵翼在论析明中叶才士傲诞之习时，充分注意到经济发展与士风嬗变的关系，他认为"吴中祝允明、唐寅辈，才情轻艳，倾动流辈，放诞不羁，每出名教外"之类的行为，本足以取祸，却因"世运升平，物力丰裕，故文人学士，得以跌荡于词场酒海间，亦一时盛事也"。反传统的诸种异质文化元素发展至晚明，被李贽的《焚书》《藏书》发挥得肆无忌惮，故招致四库馆臣的口诛笔伐，《四库总目提要》卷五十李贽《藏书》云："贽书皆狂悖乖谬，非圣无法。惟此书抨击孔子，另立褒贬，凡千古相传之善恶，无不颠倒异位，尤为罪不容诛。其书可毁，其名亦不足以污简牍。"这集中反映了封建统治集团对异端邪说深恶痛绝的扼杀之态。与社会思潮的重大变革相对应，明代中晚期，具有新的时代特质的文学经典作品大量涌现：吴承恩《西游记》中那位扯起造反大旗、高喊"皇帝轮流做，明年到我家"的石猴，徐渭《四声猿》里那位在阴间面对曹操亡灵敢于再次"击鼓骂曹"的狂狷之士祢衡，汤显祖《牡丹亭》塑造的为情而生、为情而死的杜丽娘形象，拟话本小说《沈小霞相会出师表》描写的忠臣父子两代勇斗奸臣严嵩的故事，以及以书写"性灵"为灵魂的晚明小品文……凡此种种，无不折射出新的时代精神。文学观念的变革，众多离经叛道的文学形象的出现，经济的助力功不可没。

俗文学领域内经典文本的产生，使我们再一次将关注的目光聚焦于经济领域。郑振铎先生在《中国俗文学史》里对俗文学概念的界定是："俗文学就是通俗的文学，就是民间的文学，也就是大众的文学……凡不登大雅之堂，凡为学士大夫所鄙夷、所不屑注意的文体都是俗文学。"

　　当代学者在此结论的基础上，进行了进一步补充和完善，认为在中国文学发展史上，"除被上层文人学士视为正统的'雅'的诗文作品外，凡在民众中流传的神话故事、歌谣、谚语、俗行小说、民间戏剧、说唱文学等，都包括在俗文学范围之内"。明清是中国古代俗文学发展的全盛时期，除了《三国志通俗演义》《忠义水浒全传》《金瓶梅》等长篇经典小说外，在冯梦龙编撰的拟话本小说"三言"及其编刊的民歌集《挂枝儿》《山歌》中，也不乏传世的经典作品，例如《杜十娘怒沉百宝箱》《蒋兴哥重会珍珠衫》《挂枝儿·分离》等，无不体现出与传统的士大夫雅文学迥然不同的审美旨趣和风貌。考察冯梦龙的生活轨迹以及创作环境，我们可以进一步认识到商品经济的发展与通俗文学发展之间的密切关系。冯梦龙是苏州人，苏州这一特定的生活与成长环境为他的人生观与文学观涂抹上了浓郁的市民文化的色彩。明中叶以降，苏州属于新型的生产关系萌芽最早的地区之一，当时，作为丝织业中心和商业中心，苏州可谓作坊林立，商铺密布，日益发展的商品经济使这座历史文化名城焕发出新的活力。逐渐壮大的市民阶层，以空前活跃的姿态，出现在历史舞台上，通过各种反传统的方式表达属于自己的诉求，长期边缘化的俗文学之花受到市民文化的滋养，枝叶茂盛，越来越受到文人群体的关注。受时代和地域文化风气的影响，出身理学名家的冯梦龙，在科场失意之后，主动选择了一条反叛礼教、自由放纵的人生道路。征逐秦楼楚馆、与歌妓为伍的游冶生活，为冯梦龙的思想、情趣、爱好诸方面注入了市井文化的元素，培养起他对通俗文学的浓厚兴趣。民间通俗文学的哺乳和熏陶，成为他倾心尽力地从事收集、整理、创作、刊布通俗文学工作的重要原因。傅承洲在分析冯梦龙"为什么要去搜集整理民歌，并且获得了极大的成功"的原因时，认为首要的原因就在于城市经济的发展，市民阶层的壮大，民歌在城镇流行开来，至万历年间达到极盛时期，而苏州正是《山歌》创作和传唱的中心，生活在苏州的冯梦龙"搜集、整理《山歌》，有得天独厚的条件"，此为中肯之言。

二、教育通过政治、道德、经济、文学批评等领域 "借力"

既然创作者的文学素养和艺术才华亦是决定文本能否成为经典的重要因素，而中国古代经典作家之所以普遍具有较高水平的文学素养与杰出的艺术才华，仅用天资禀赋出众来解释又远远不够，那么，教育的功能及其运作方式就成为至关重要的因素。教育从来不是孤立存在的，它通常借助政治、道德、经济等文化要素的力量而发挥作用，故对"相互联系"以及"借力"的认知，成为我们进一步考察的理论之纲。当然，教育的借力可以是主动性的，例如教育对于道德的依赖；也可以是被动性的，例如国家政治权力对于教育的掌控。

国家政治权力要在宏观的层面上操控教育，尤其是国家教育的布局和发展方向，表现之一便是制定教育发展的总方针，根据统治阶级的需求确立人才培养的具体目标和选拔方式。因此，国家教育政策势必影响到教材的选用。当封建国家的治理需要大批忠臣、孝子时，"四书""五经"理所当然地成为整个社会学童和士人的主要学习教材，唐宋以后《文选》之所以能够成为应试性教材，并且长期而广泛地使用，同样与国家文化政策的引导有直接关系。在国家权力掌控下的中国古代教育，形成了国家教育、社会教育、家庭教育三个层面衔接紧密、目标高度统一的完整体系，对受教育者的思想观念的形成和知识结构的建立，具有不可忽视的重要影响。

在任何时代，道德教化功能的全面实施，始终离不开教育这一主要的途径，中国古代尤其如此。强大的道德力量同样会影响古代教育人才培养目标的制定以及教学具体内容的设置，德育始终处在教育的首要地位或核心地位，道德的力量将直接影响文学家观念世界的形成和人格形态的建构，最终会体现在他们描绘的文学图景之中。

中国古代教育在经典生成阶段的功能运作，集中体现在两个方面：一是以"树人"为首要任务的德育教育，致力于培养经典作家的道德观念、道德情感与道德思维品质，从而赋予经典作品鲜明的伦理风貌和道德特质；二是以读与写为主要载体的文学教育，通过培养经典作家的审美感知能力与驾驭语言文字的写作技艺，进而赋予经典作品尽善尽美、征服人心的审美风貌。当然，以上两个方面并非截然分离，而是紧密融合在一起，共同发挥陶冶情操、净化灵魂的育人功能。读书人通过熟读"四书""五经"以及经学大师们的相应阐释，从理论形态上比较系统地了解和认识儒家的政治观念和伦理思想，包括优秀作家在内的文化精英群体成功地将理论指导内化为自己的人生信念和精神动力。与此同时，他们又通过选择性阅读历代经典文学作品的活动，在反复吟诵揣摩中，既体悟到文章之美与写作之道，又经历精神的洗礼和道德的提升。诸葛亮的《出师表》乃传世经典，在长期传播的过程中，由文本呈现的忠臣品格打动了一代又一代有志之士。唐有杜甫在武侯祠中徘徊低吟，追思忠臣"三顾频烦天下计，两朝开济老臣心"（《蜀相》）的不朽业绩；宋有陆游于诗作里反复称道，如"出师一表真名世，千载谁堪伯仲间"（《书愤》）、"出师一表通今古，夜半挑灯更细看"（《病起书怀》）、"出师一表千载无"（《游诸葛武侯书台》）；民族英雄文天祥身陷囹圄，还高唱"或为出师表，鬼神泣壮烈"（《正气歌》）。他们无不被经典作家的人格魅力所折服，被经典作品所传达的正气与豪情所感染，实现了道德教育、情感教育、文学教育三位一体的成功融合。

教育活动是否具有系统性、目的性，是否有序进行，一个重要的评判标志便是有无教材使用以及教材质量的高低。中国古代各类教育活动使用的教材，大致可以分为两类：一类是属于思想经典的专书，如《诗经》《论语》《孟子》《礼记》等，此类教材主要承担道德伦理教育的任务；另一类是诗文选本，例如《文选》《千家诗》《唐宋诸贤绝妙词选》《万首唐人绝句》《唐诗三百首》《古文观止》等，文学教育的实施主要依赖于这类教材。在教育领域内，历代选家对于文学经典化的贡献具体体现为，将经过甄别、选择、分类甚至加以评点后的经典文学文本推荐给受教育者，使之在吟诵中感悟美文的魅力，在模仿中掌握写作的技法，不断提高文学鉴赏能力和写作能力。但凡古代经典作家，无不经历过这样的学习过程，各种选本为他们文学素养的养成以及创作才能的提升，提供了丰富的文学养分。

社会经济的发展是影响和推动教育发展的重要杠杆之一。良好的经济条件、富庶的经济环境可以为文学人才的培养奠定较为坚实的物质基础，其中包括教育条件的改善、教育规模的扩大（其中包括受教育对象扩大至女性），商品经济的发展甚至可以促进教育观念的嬗变。这一点在明清时期的江南地区，表现得尤为显著。正常态的经济发展不但不会构成对教育系统自身特点与功能的破坏，反而能够与教育发展的规律形成协同作用，由此决定它在经典化机制中不可或缺的地位。

在经典生成阶段，名人效应的作用同样不可忽视。名人（尤其是文学大家、文化名流）的社会效应主要通过道德楷模的树立、文学教材的选用、创作样板的树立以及对优秀文本的激赏而得以显现的。陶渊明一篇《桃花源诗并序》描写诗意栖息的理想境界，后世不止一位作家以之为典范，袭其意境，用其创意，进行创作。例如十九岁的王维作《桃源行》描写桃源风光，诗云："渔舟逐水爱山春，两岸桃花夹古津……遥看一处攒云树，近入千家散花竹。樵客初传汉姓名，居人未改秦衣服。居人共住武陵源，还从物外起田园。"借鉴、改写名人作品的痕迹甚为明显。据《鉴诫录》载，唐代诗人贾岛作《题李凝幽居》诗，炼字时有"推""敲"选择困难，后因韩愈认为"作'敲'字佳矣"，遂以"敲"入诗。元人方回《瀛奎律髓》云："'敲''推'二字待昌黎而后定，开万古诗人迷。"从这桩文坛公案中同样可见名人效应的存在。

"名人"效应的实现，一个重要的前提是，名人必须在道德领域做出表率，或者在文学领域成绩斐然，方可成为创作者仰慕和效仿的对象。潘岳乃西晋文学大家，尽管钟嵘《诗品》对他的诗歌创作给予了高度评价，将其诗列入上品，并引谢混语赞曰："潘诗烂若舒锦，无处不佳"，然不得不承认，潘岳的道德人格存在明显的缺陷，文化胸襟十分狭隘，政治奴才的气质直接影响了他的创作质量，除了《悼亡诗》外，鲜有为人称道的传世经典。所作《闲居赋》本有可圈可点之处，但其攀附权贵、"拜路尘"的行为导致后代读者怀疑该作品情感和理想表达的真实性，故历史影响严重受限，无法进入文学经典的殿堂。名人的政治身份对于经典生成的作用比较复杂，政治领袖的好尚在文学创作以及鉴赏领域所发挥的引领作用，具有催生经典的可能性，例如曹操的领袖身份及其创作实践对于当时诗坛"建安风骨"的形成具有举足轻重的影响，而"建安风骨"四字浓缩了建安时期经典诗歌的本质性特征，即情感的激昂慷慨，风格上的气爽风清。当然，这并不是一种必然规律，萧纲以东宫太子的身份身体力行地倡导宫体诗，宫体诗虽然可以在一时间盛行朝野，然因其内在蕴含的种种缺陷，终究不能成为深受广大读者喜爱的经典作品。

文学批评领域也存在极具文学价值的教育资源。长期以来，历代优秀的诗词歌赋文以文学选本的形式发挥着文学教材的功能，为学童们提供进行文学创作的成功范例，历代诗话、词话、曲话、文话以及小说评点本则能够指导受教育者去理解经典篇章的思想内涵，感悟其审美韵味，把握其写作技法，有利于经典作家深厚的文学素养的培养。这里再一次显现出共同建构的"合力"作用。

第二节　经典文本传播阶段
机制运作的多元建构

文学经典化的过程，首先是文学传播的过程。经典在传播中被建构，文学文本内涵的经典本质规定性只有在传播的过程中被广大受众发掘、理解，进而接受、欣赏，不断地实现和完善意义的共享，经典才能够从"潜在"的转化为"显在"的。在经典传播过程的意义共享系统中，存在若干子系统，各子系统的运作既具有相对独立性，路径分明，同时又具有互渗性，难以截然分开。统而言之，国家权力在一定程度上控制着经典文本的传播走势，甚至决定其传播面貌，在实施过程中不排除政治话语和道德话语同步使用、合二为一情况的出现。换言之，国家权力往往标举风化天下的道德旗帜来作为评判经典文本价值存在的标准。社会教育的贡献在于培养了一代又一代文学经典的接受者（其中包括文学的阅读者、欣赏者、精品推荐者、评论者），在经典被建构的体系中处于举足轻重的地位。道德伦理在经典文本传播阶段的功能实现，通常表现为或凭借政治权力来增加对受众的影响力，或通过教育的方式对受众的接受态度和接受心理产生潜移默化的作用。名人的赞赏、诗论家及小说家的点评、历代选家的遴选推荐，大体是在不脱离政治权力与道德舆论全面监控的情况下而发挥自身功效的，颠覆性的离经叛道案例并不多见。市场经济的作用则主要表现为成功地将文学经典传播的领域拓展至市井，造就了文学经典受众队伍以及接受路径多元化的格局。在经典传播阶段，居于经典化机制核心地位的始终是经典文本的本质规定性，无论教材的选用、名人的引导，抑或评论家的言说、广大受众的好恶，无不受到其支配和影响，经典具有的巨大魅力不仅可以对抗来自政治权力的恶性封杀，还能够战胜道德的偏见，最终保持着代代相传的旺盛生命力。

一、经典化机制运作的各司其职、路径分明

同一文本经由不同的多条路径实现经典化，是中国古代文学经典化的重要规律之一。侧重点的不同使路径的区分度比较鲜明，屈原、陶渊明作品的经典化，唐诗、宋词、元曲的经典化，《西厢记》《牡丹亭》《水浒传》的经典化皆如此。通过考察《三国演义》的经典化历程，我们可以更加清晰地认识到这一点。

《三国演义》成书后便在明清两代广为传播，受众甚多，尤其是清代，遥远的历史风云借助小说的流行成为激活人们现实情感的重要文化动因。三国故事家喻户晓，妇孺皆知，三国英雄人物成为社会广大民众的精神偶像，文化领域内的"三国热"持续不断，《三国演义》的崇高地位已不可动摇。在此基础上，出现了三国英雄崇拜的特殊社会精神现象，广大社会成员心理世界内蕴藏的强烈"三国"情结，标志着《三国演义》经典化的完成。明清两代的文学艺

术家通过具体生动的艺术描写，在从不同的角度揭示经典化机制各司其职、路径分明的特征时，充分体现了文学经典对社会影响的多样性和广泛性。

小说以图书传抄或印刷出版的方式进行完本传播，是《三国演义》经典化的首要路径，也是最基础的路径。

《三国演义》作为长篇章回体小说的文学身份，决定了文本阅读是其传播最为基本的方式，也是其经典化最为重要、最为基础的路径。我们之所以将其作为首要路径，原因有二。其一，《三国演义》具有史诗性的宏大结构，内容极其丰富，文本在叙述三国故事的同时，传递了大量经由历史积淀而累积的文化信息，小说的艺术成就体现在诸如人物形象塑造、故事结构安排、叙事角度运用等多个方面，如果没有完整地阅读小说文本，就无法真正领略《三国演义》作为经典的巨大魅力。正是这一身份特征，导致了它与诗词曲以及散文经典化路径的差异，后者可以通过受众的口耳相传或者进入选本的方式进行传播，长篇小说在这些方面显然受到限制。从理论上讲，广大受众无论是全面了解小说文本的内容及其价值，抑或重点欣赏其中的某些精彩情节和著名人物形象，都必须建立在完整的文本阅读的基础之上，民间的口耳相传不具有全面介绍小说内容的功能，而民间艺人舞台说唱的选择性表演，全面了解则是其实现的必要前提。其二，小说家对于《三国演义》经典化的巨大贡献。罗贯中对史传、说唱文学、戏曲以及民间传说所提供的纷繁复杂的材料进行了成功的取舍整合，提炼加工，创作出内涵丰富、结构庞大、气势恢宏、人物性格鲜明、情节引人入胜的文学巨著，《三国演义》凭借自身丰富的思想性与高超的艺术性赢得广大读者的认可与接受。罗贯中的写作的创新性和超越性集中体现在三个方面：一是使先前粗糙甚至模糊的艺术形象变得栩栩如生，呼之欲出。二是将人神合一的关羽、诸葛亮形象，生动、完整地呈现在广大读者面前，为古代文学经典人物画廊贡献了不朽的艺术形象。三是运用文学手法把忠勇、仁义等道德力量渲染到惊天地泣鬼神的地步，大量的"三国迷"正是通过阅读小说文本而具体感受到中国传统文化蕴含的巨大能量的。这里，我们通过清代小说家的相关描写来认识文本阅读与文学经典化之间的内在联系。

清代小说家运用文学叙事手法所描绘的社会生活中广泛存在的"三国热"现象，正是小说《三国演义》影响力的具体体现。其时，人们对于众多三国故事的兴趣与热爱，经过《三国演义》的描写和宣扬，已经达到无以复加的地步，社会生活的各个方面都渗透进"三国"文化元素。读书有"武侯兵书"，服饰有"诸葛巾"，用物有"诸葛扇""诸葛灯"，人称外号有"小诸葛""女诸葛""赛张飞"，用语有"说曹操曹操到"等。正月十五元宵节放烟火，几百样烟火架中就有"吕布戏貂蝉""华容道挡曹""张飞喝断当阳桥"数款，其中"孔明火烧战船"一款制作工艺尤其复杂，对此，小说家李绿园在《歧路灯》第一百零四回中作了详细的描述。小说的上述描写已经涉及民间习俗的层面，不可否认的是，民间习俗"三国"文化元素的出现，不少与《三国演义》小说的描写和传播有直接关系。

通过清代小说，我们还可以了解到《三国演义》深入人心的传播热潮。当时，文人之间的说笑，三国人物常常成为话题。吴趼人《二十年目睹之怪现状》第六十七回有友人聚会猜三国人名的情节，第六十一回还提到当时有店铺开张交易，为图吉利，"供了桓侯，还取他的姓是个开张的'张'字"。至于三国戏、三国评书更是为人们所津津乐道，《红楼梦》的两本续书形象地再现了这一历史场景。署名"嫏嬛山樵"的《补红楼梦》第四十七回《椿龄女剧演红香圃，薛宝钗梦登芙蓉城》写李纨介绍《南阳乐》传奇的内容，演的是诸葛孔明"有病禳星起，天遣华陀赐药，北地王问病"，最后"灭魏平吴，功成归卧南阳"的故事，戏名为《补恨传奇》。郭则沄《红楼真梦》第十回《应谶盆兰孙登凤沼，联辉仙桂妇诞麟儿》写王夫人、李纨、探春等人听说书的情况，"又说了一本《诸葛亮大破曹营》，直说到曹操割了胡须落荒而走，大家听得都笑了。湘云道：'曹孟德做了一世的奸雄，也有倒霉的时候。'"其中表现出的拥刘反曹倾向与《三国演义》完全一致。

从著名小说家文康《儿女英雄传》第三十九回的相关描写中，我们可以了解到《三国演义》纸质文本发行以及受欢迎的情况。小说写道："最奇不过的是这老头儿家里竟会有书，案头还给摆了几套书，老爷看了看，却是一部《三国演义》，一部《水浒传》，一部《绿牡丹》，还有新出的《施公案》和《于公案》。"所言多为经典小说。纪昀编撰的文言短篇志怪小说集《阅微草堂笔记》也反映了这种情况，卷二十四讽刺一鬼魅利用世人普遍具有崇拜文化名人的心理，假扮蔡中郎，行敛财之术，当被人"询以汉末事"时，其回答却因"多罗贯中《三国演义》中语"而露馅。连鬼魅也熟知小说的情节，这一故事从特定的角度折射出《三国演义》文本的普及程度。

从阅读文本到效仿、崇拜小说人物，《三国演义》首先通过征服阅读者而迅速迈进文学经典的行列，光绪年间举人、小说评论家邱炜萲在笔记《五百石洞天挥麈》卷十二中所描绘的情形非常典型："天下最足移易人心者，其惟传奇小说乎！……自有《三国演义》出，而世慕为拜盟歃血之兄弟、占星排阵之军师者多。"他通过具体的社会现象揭示了小说产生的巨大社会影响。吴趼人在《二十年目睹之怪现状》中的议论更为精辟：

我道："这些都是他们各家的私家祖师，还有那公用的，无论什么店铺，都是供着关神。其实关壮缪并未到过广东，不知广东人何以这般恭维他。还有一层最可笑的，凡姓关的人都要说是原籍山西，是关神之后。其实《三国志》载，'庞德之子庞会，随邓艾入蜀，灭尽关氏家'，那里还有个后来。"继之道，"这是小说之功。那一部《三国演义》，无论那一种人，都喜欢看的。这部小说却又做得好，却又极推尊他，好像这一部大书都是为他而作的，所以就哄动了天下的人。"

《三国演义》集中并整合了小说成书之前的各类材料，对关羽这一形象进行了具有创造性的阐释，小说家一方面有意识地遮蔽和消解了人物的某些历史真实性，另一方面又采取移花接木、踵事增华，甚至无中生有等艺术手法，成功地渲染和突出了英雄形象的神圣性与传奇性，关圣人在清代如此深入人心，备受推崇，罗贯中的创作功不可没。没有罗贯中在《三国演义》中的描写，关羽崇拜的历史面貌必将被改写。正是基于这一点，我们才将文本阅读作为《三国演义》经典化的首要路径。

文化市场的文艺演出是《三国演义》经典化的另一路径。

经过文化市场的路径新辟以及推波助澜，小说经典化的进程得以加速，具体表现为经典化效应的进一步扩散和强化。由于完整地阅读《三国演义》纸质文本对于明清两代广大下层民众而言，存在着文化（如识字不多或根本不识字）和经济（缺乏购买能力）两大方面的障碍，故其不可能通过纸质文本阅读来完成接受行为。然而，他们对《三国演义》讲述的精彩故事具有极其浓厚的兴趣，对小说宣扬的主要价值观念也多有认同。当渴望进一步了解成为大众迫切的内在需求时，小说的传播便不可避免地要开辟出其他路径，《三国演义》成书后文艺演出热的出现，就成为一种历史的必然。

明清时期，勾栏说"三分"，戏院唱"三国"，俨然成为时代风尚，以至于出现了"《三国志》有说书家本，人人悉能道"的现象。这里的《三国志》即小说《三国演义》的简称，小说成了说书人演出的底本。《三国演义》通过文艺演出的路径扩大和强化着经典效应。小说家陈森在《品花宝鉴》第一回《史南湘制谱选名花，梅子玉闻香惊绝艳》里描写了当时戏园里演出"三国"剧的盛况："人山人海坐满了一园""锣鼓盈天，好不热闹"。这一场面所反映的情况具有相当的普遍性。小说家特意标明"唱的是《三国演义》"，强调了小说文本与戏曲演出二者的关系。《醒世姻缘传》第九十七回于叙事中，特意提到某"衙内不顾上司住在间壁，就唱《鹦鹉记》，又唱《三国志》，绝无怕惧"，足见其对《三国演义》的喜爱程度。纪晓岚《阅微草堂笔记》卷十九则描写了某县令在吕城观看伶人演《三国志》杂剧的情景，从微观的角度展现了《三国演义》文艺传播的情形。在经典化机制运作过程中，文艺传播这一路径虽然居于辅助地位，但因其固有诸多优势而备受广大受众的欢迎：首先，运用大众喜闻乐见的文艺形式演绎英雄故事，普及三国知识，不同层面的观众均可由此获得精神满足和审美享受，并于潜移默化中接受其影响。早在明代，冯梦龙《警世通言·叙》对此已有描写，"里中儿代庖而创其指，不呼痛，或怪之，曰：'吾顷从玄妙观听说《三国志》来，关云长刮骨疗毒，且谈笑自若，我何痛为？'"清代钱大昕《潜研堂文录》卷一亦云："顷在京师，优人有演《南阳乐》传奇者，诸葛武侯卧病五丈原，天帝遣华佗治之，病即已，无何，遂平魏、吴，诛其君及司马氏父子。观者莫不抚掌称快。"拥刘反曹的政治倾向已深入人心。前文所引《补红楼梦》的相关情节也印证了这一点。其次，民间艺术家富有创造性的表演，尽情地渲染且夸大三国英雄的神勇性和传奇性，足以使观众在娱乐消遣中进一步加深和巩固已有的英雄崇拜情结。署名"静恬主人"的《疗妒缘》在第八回里介绍《王道士斩妖》一出的情节时，津津乐道于关帝挥舞大刀斩狐妖的场景，这一令观众"称奇不绝"的场面，在展示演员高超的搬演技艺的同时，也传递和强化了关帝乃为民除害之"神"的信息和身份。尽管该故事并不直接来自《三国演义》一书，不过，神化关羽的艺术效应足以与小说形成呼应。再次，舞台表演通过人物的外部造型带给观众具体而强烈的视觉冲击力，从而赋予人物形象以"呼之欲出"的立体感。对普通观众而言，通过观看演出，三国风云人物在他们心目中已不再是抽象的文字符号和遥远的历史记忆，纷纷具化为形象鲜明、特征突出、互不雷同、随时可以直接引发其喜怒哀乐的鲜活生命。李绿原在长篇小说《歧路灯》第一百零一回中，借剧中人物娄朴之口道出了舞台表演对于人物形象塑造的重要作用："张桓侯风雅儒将，叫唱梆子戏的，唱作黑脸白眉，直是一个粗蠢愚鲁的汉子。桓侯《刁斗铭》，真汉人风味，《阃外春秋》称其不独以武功显，文墨亦自佳。总因打戏的窠臼，要一个三髯，一个红脸，一个黑脸，好配脚色。"民间艺术家根据《三国演义》对张飞性格进行了具有脸谱化趋向的艺术处理，将其脸谱定格于"黑脸"，这一舞台形象可谓影响深远，今天的受众仍然可以在舞台或者银屏上看到。除了张飞，红脸的关公，白脸的曹操，均是民间艺术家贡献的艺术产品。它们可以帮助受众认识和把握小说家所刻画的人物形象的主要特征，与文本的传播相辅相成。

国家最高统治者运用政治权力倡导阅读《三国志》及《三国演义》，为提升小说文本经典化程度提供了另一条重要路径。

清朝统治者对于三国历史及其人物有着异乎寻常的兴趣，据《清史稿·沈文奎传》载，皇太极"喜阅《三国志》"，康熙曾问著名学者、翰林院编修叶方蔼："诸葛亮何如伊尹？"叶方蔼对曰："伊尹圣人，可比孔子。诸葛亮大贤，可比颜渊。"此言得到皇帝首肯。在祭祀历代帝王的大庙里，正殿有昭烈帝刘备，从祀功臣有诸葛亮、赵云，"云阳祀张飞"，对于关羽更是屡屡加封，境内普建关帝庙，朝廷祭祀礼节规格极高。清初，《三国志》多次译成满文，《三国演义》亦被用以教授旗人子弟。在清代小说家的创作视野中，清朝统治者不仅是全社会三国热潮最有力的推动者，而且跻身于《三国演义》传播者的行列，署名"兰皋主人"的《绮楼重梦》第十八回写道："圣驾往岳帝、关圣、吕祖各庙，虔诚谢祷。"第二十回又云："另有一道，敕各省省城内特建东岳、关圣、吕祖庙，赐名三圣祠，从京城先建起。"全国各地在朝廷要求下修建的大大小小的关帝庙，事实上就是传播《三国演义》的重要场所，《歧路灯》第十五回写众人为了互换帖子、拜把兄弟而选择地点，王隆吉提议"依我看，大约东街关帝庙里好。关爷就是结拜兄弟的头一个"。小说人物效仿的正是《三国演义》中刘关张"桃园结义"的行为，此乃《三国演义》在非文学领域传播的一种方式。

纪晓岚在《阅微草堂笔记·滦阳消夏录五》里提及"关帝祠中，皆塑周将军"这一现象，对于"其名则不见于史传"的周仓，他根据元代鲁贞《汉寿亭侯庙碑》中"乘赤兔兮从周仓"之语，考证出"其来已久，其灵亦最著"。尽管作为文学形象的周仓产生于《三国演义》成书之前，元代关汉卿《关大王独赴单刀会》杂剧中此人已有数句唱词，初显英雄本色，但作为一个人生经历清晰、性格独特鲜明、角色功能不可替代的艺术形象，却出自罗贯中笔下。清人小说通过描写周仓显灵来渲染普通民众对他的敬畏之心，反映的正是《三国演义》超越文学领域广泛传播的特殊效果。光绪年间付梓行世、署名"贪梦道人"的《彭公案》第二十九回描写了康熙爷观赏"八骏马图"的情形："头一匹马名为赤兔，乃三国吕布所骑，后来吕布被擒，此马归于曹操。汉寿亭侯被困曹营，曹操赠赤兔马，因为此马，关公给曹操下了一拜，真乃千里龙驹也。"小说家特意强调"那皇上只顾看画，边看边讲，那些太府宦官也听皇上讲说此画"。当代学者的研究成果表明，吕布伏诛后曹操将赤兔马转赠关羽，以达到笼络关羽的目的，这一情节出自罗贯中笔下，是《三国演义》对赤兔马十分合理的处理。康熙正是根据小说情节来讲解画中之马的，他无意中将皇宫变成了《三国演义》的传播场所。

清朝统治者倡导阅读《三国演义》，尤其推崇关羽，其用意在于维护和巩固自身的统治，他们企图借助神的权威把人间的权威神圣化，将效仿刘关张等三国人物作为笼络、征服人心的统治策略，通过强化等级观念和名分意识以达到根除臣民反清情绪的目的。

民间信仰助推《三国演义》进入经典殿堂。在文化心理的层面上，《三国演义》契合了广大民众的精神需求。

民间信仰又称民俗信仰，在中国，民间信仰是指流传于民间的"一种信仰心理和与这种信仰心理相伴随而发生的信仰行为，以及人们在信仰过程中所举行的各种仪式和活动"。中国的民间信仰有一个显著特点，即没有固定的教义和严格的教团组织，也没有正式的教职人员，属于非制度化的宗教信仰和崇拜，是地方社会共同体的大众的信仰，它以自发性、散漫性、地域性以及无组织性而区别于官方宗教。中国民间信仰的核心内涵乃是神明信仰，以"万物有灵""万物互渗"为主要思想基础。一般情况下，它是在共同地域环境中形成的拥有共同文化的民众的信仰，因而具有十分鲜明的地域特色，如东南地区的土著鸟崇拜，江南地区的防风神崇拜，青海土族的"插牌""鄂搏"（即山神崇拜），贵州侗族的"萨"（即始祖母）崇拜等。然而，关羽崇拜（外加孔子崇拜）却显得与众不同，它具有异常强烈的扩散性，足以突破空间区域的限制，其影响遍布全国各个地区，甚至扩展到海外异域。寺庙是中国传统社会重要的文化景观，唐宋以来，遍布全国城乡大大小小的关圣庙，构成了中国民间信仰的重要精神活动空间，这正是关羽成为全民信奉的神灵的具体标志。

如前所述，关羽崇拜作为一种民间信仰在《三国演义》成书之前早已存在，中国传统社会中同时存在着正统的组织宗教与非制度的民间信仰，二者的区别主要体现在不同的神明信仰与仪式行为之中。由于祠庙乃神明寄所，因此，正祀正祠与淫祀淫祠便成为区别国家宗教（或称精英宗教）与民间信仰的标志。唐肃宗上元元年（760 年）、唐德宗建中三年（782 年）诸葛亮、关羽、张飞先后以配享者身份进入武成王庙，获得享受国家祭祀的资格，从而同时成为国家祭祀与民间信仰的对象，其神化速度因此加快。清朝统治者进一步加大了国家祭祀的力度，提高了祭祀规格，随之而来的是，民间祭祀也更为普遍，《聊斋志异》卷十一说某地"居人敛金修关圣祠，贫富皆与有力"，便属于民间行为。《红楼复梦》第六回描写民间祭祀的情形："中间长桌上供着关圣帝君、三官大帝、金龙四大王、鲁班祖师、赐福财神、后土众神诸位神道"，众神同祭，正是民间信仰多元性、世俗性、功利性特征的具体体现。组织宗教与民间信仰的合二为一，使关羽彻底脱离"凡胎"，完全演变成拥有超自然力量的神明，关羽崇拜因此也达到登峰造极的地步。祭祀神明乃是祈求神明保佑，清代学者褚人获《坚瓠集》记载的一则"关圣免军"故事形象地揭示了下层民众信奉关圣的普遍心理动因：

> 耳谈万历间，解州俞保补戍腾越，妻王氏将粒米作信香，日夕恳祷关圣祠。岁余，保在伍，梦关圣呼曰："尔妇为汝虔祷，故来视尔，尔欲归乎？"保伏地愿归，已不觉随其马蹄驰行，猎猎猛风，吹送有声，已落平沙柳林中，识是解州城外，因抵家扣门。王氏始疑，保具道所以，方启户相抱痛哭，随诣庙谢。明日复诣州，言状，移文腾越察之称。保离伍仅一日，而军籍复有"关圣免勾"四字，保遂得免。王氏有诗曰："信香一粒米，客路万重山。一香一点泪，流恨入萧关。"

罗贯中利用佛教传说的相关材料，精心设计了关羽死后"往往于玉泉山显圣护民"的离奇情节，既突出了英雄人物关羽具有的仁爱之心，又契合了平民百姓渴求神明护佑的大众文化心理。清代小说频繁出现的关羽、张飞、周仓等神明显灵的情节，从民俗的角度将下层民众的圣人/神明崇拜心理表现得淋漓尽致。

《三国演义》的经典化与民间信仰（即关羽崇拜）之间存在相互影响、相互渗透的内在联系。民间信仰中的关羽崇拜越是普及，广大民众对《三国演义》及关羽形象的兴趣与热爱的程度也就越高，反之，《三国演义》文化意蕴越丰富，对关羽形象的刻画越成功，传播面越广，社会影响越大，也就越能够与民间信仰达成某种一致，进而影响和推动民间信仰。清初著名政治家、诗人卢綋的一首小诗似乎接触到了二者的关系，诗云：

> 纵是街衢三尺童，也知赤面是关公。
> 和泥小塑非儿戏，累瓦抟沙报不穷。
>
> ——《关帝君诞日十首存七》其三

首二句道出了关羽形象为广大民众所熟悉的程度，后两句则揭示出作为民间信仰的关羽崇拜的重要内涵。"赤面"之所以作为关羽外部形象的重要标志而区别于小说其他人物，正是得益于《三国演义》的出色描写。文学艺术领域的传播与民间信仰的助推相互作用，为《三国演义》的经典化提供了多元化的路径。

事实上，并非所有的古典名著都经由多条路径进入文学经典殿堂，在古代文学传播史上，诸如《春江花月夜》一类经典化路径较为单一的诗文，为数并不少。通常只有那些内在意蕴具有十分丰富的社会文化信息，能够在多方面与广大受众的精神世界发生紧密联系、能够引发其情感共鸣的作品，才可能激起不同社会身份、不同文化层次读者的阅读兴趣，从而形成多方参与、雅俗共赏的接受局面，也才会引发各种差异性解读（包括解读形式的差异与阐释内涵的差异）的出现。文本内涵的博大精深是导致经典化路径多样并存的主要原因。

二、经典化机制运作的互渗现象与合力效应

在文学经典的传播阶段，经典化机制内部各子系统文化元素的互渗现象仍然存在，合力效应也十分突出。

第一，政治话语与文化话语权力在一定程度上决定经典作品的历史命运。在文学经典传播的过程中，话语权力的作用始终存在。中国历史上那些话语权

力的掌控者，如那些居于权力巅峰的封建君王，誉满文坛的文化名人，通常通过不同的语言表达方式去建构价值和规范，确立经典标准，影响传播效应，左右大众审美情趣，或者催生出经典，或者进一步强化经典效应，或者削减经典的历史影响，甚至毁灭经典。在经典建构的话语网络中，国家主流意识形态的话语权力在相当程度上发挥着主导作用，如果说在经典的生成阶段，国家政治权力的作用具有正负双重效应，那么，在经典文本的传播阶段，这种权力的介入除了决定经典的身份归属之外，如《诗三百》长期被冠之以儒家思想经典的头衔，带给经典更多的则是被禁毁的厄运，即如《西厢记》《水浒传》在清代的遭际。

如果说国家统治阶级对于经典作品的关注点集中于文本的意义内涵与自身统治的契合度，那么，文坛领袖级人物则因自身的高文学素质，或能够更深刻地认识到文本的文学价值和审美价值，或能够以优异的创作成就引领时代的文学潮流，因此，他们对经典文本的传播、对文坛创作风气的形成，会产生十分明显的积极影响，这正是名人效应的正面作用。据《晋书·文苑传》载，西晋著名文学家左思出身寒微，创作《三都赋》时曾受到陆机的嘲讽。赋成，因文坛泰斗级大家张华的欣赏，加之另一位文化名人皇甫谧为之作序，原本备受冷落的《三都赋》很快风靡京城，一度出现了"洛阳纸贵"的轰动效应，陆机也因此彻底改变了对《三都赋》的态度。南朝文坛泰斗沈约对刘勰《文心雕龙》的推许，使这部文艺理论巨著很快进入了文人群体的接受视野，为其经典化提供了有利的外部条件。名震朝野的名门之后谢灵运所作山水诗，在迅速传播的同时推动了南朝山水诗的写作。

当然，从最终效果来看，话语权力作为一种强势的外部力量，其效应固然可立竿见影，且长期久远，但由于经典本质规定性的存在，它不是文本成为经典的关键因素。它可以从物质构成的层面销毁经典作品，可以凭借法令法规给经典的传播设置种种障碍，却难以抹去它留在广大接受者心中的深刻烙印，难以消除经典的历史影响。最具有说服力的事例便是，诸多优秀的文学作品即使遭受来自政治权力的毁灭性打击，也能够保持永恒的生命力，例如《西厢记》

《水浒传》。同时，名人效应也不能确保某些作品成为永久的经典，多数宫体诗的历史遭际颇能说明问题。

第二，教育为文学经典培养不同层面的受众群体。文学经典化的过程，还是一个知识传承、价值传递的过程，要实现知识的传承和价值传递与意义共享，教育的参与是不可或缺的，因为经典的接受者离不开教育的培养。经典文学文本包含着丰富的精神营养和文化知识，不可避免地要承担起传承知识、培养人才的任务。在中国古代教育体系中，私学（包括家学、族学、乡学）从事的教学活动包含着一定内容的文学教育，根据郭英德对文学教育的定义，文学教育指的是"教育者与受教育者相互之间，经由文学文本的阅读、讲解与接受，丰富情感体验，获得审美愉悦，培养语文能力，进而传授人文知识、提高文化素养、陶冶道德情操的一种教育行为"，以文学文本作为教材，是其最为重要和显著的标志。私学对于文学经典化的作用之所以远远大于国家层面的教育，是因为较之后者，它更注意对儿童文学鉴赏能力与写作能力的培养，其教学活动大都要依托一定的文学性教材，故对文学文本有着较大的且较为持久的需求。南朝刘宋著名文学家、教育家颜延之在《颜氏家训·勉学》中说自己七岁就能够背诵具有一定经典性的赋文《鲁灵光殿赋》。宋代著名政治家、教育家司马光具有非常明确的经典意识，他在家训中告诫子弟们博观群书时必须有所选择，"凡所读书，必择其精要者而读之"，所推荐的书目包括诸如《论语》《孟子》之类兼具思想性和文学性的经典。南宋江西派诗人吕本中在《童蒙训》中，明确提倡儿童读诗必须从经典入门，他认为初学者应当首先学习诸如《古诗十九首》和曹植诗歌一类的优秀作品，"学者当以此等诗常自涵养，自然下笔不同"。金末元初的著名文学家元好问以《史记》、韩愈的文章为例教人如何读书，同样体现出对经典文本的推崇。清代常熟状元翁同龢从小受到良好的家庭教育，尚未入私塾，其大姐翁寿珠就为他讲授《三字经》《千家诗》以及唐诗宋词等。这些发生在不同时代、不同家庭、不同层次的教育活动，显示出一个共同特点，即均以文学经典为教材，通过具体学习经典的教学活动，同步完成传播经典以及强化经典效应的任务。

　　文学教材的专门化，是推动文学经典化的重要步骤，《文选》在唐代作为科考的应试教材，开启了文学教材专门化的历程。唐代的"文选学"，始于以讲授《文选》、传授文学语言知识为主的私学，在科举制度的影响下成为显学。"选学"的兴盛直接导致整个社会对于作为教材的《文选》文本需求量的剧增，家有《文选》的现象，具体说明了在教育力量的推动下，这部文学经典在当时的普及程度。宋元时期，在蒙学教育领域出现了教材专门化的发展倾向，按照内容侧重点的不同，蒙学教材大致可分为综合、伦理道德、历史、诗歌以及名物制度与相关常识等五大类，其中诗歌类教材主要以陶冶儿童性情为主要目标，选择适合儿童的诗词对他们进行文辞、情感以及美感教育，如朱熹《训蒙诗》，陈淳《小学诗礼》，以及《神童诗》《千家诗》等。这些诗歌教材流传甚广，社会影响面大，其中《千家诗》中不乏经典作品。明清时期，除了《千家诗》继续作为蒙学教材广泛使用之外，还出现了汇集多篇文学经典的《古文观止》和《唐诗三百首》，对于文学经典的传播及其经典效应的强化，发挥了积极的作用。

　　专用教材的出现，并不意味着古代教育多种途径选用教材局面的结束。事实上，已经获得经典地位的文学作品充当教材的现象，可谓相当普遍，不胜枚举。经典作品因其具有的深刻的思想价值、丰富的情感内涵以及高超的创作技巧，更具有动人心弦、征服受教育者的巨大魅力，元代王实甫的《西厢记》，明代汤显祖的《牡丹亭》便是这样的文学典范。

　　《牡丹亭·闺塾》一出具体呈现了当时私学教育的教学场景，杜丽娘之父为把女儿培养成标准的淑女，聘请老儒生陈最良教习《诗经》，希望她能够通过学习歌颂"后妃"之德的经典文本，接受贤德淑女楷模的感召。然而《诗经》中的优秀篇章不仅没有让杜丽娘感受到"后妃之德"的育人力量，反而启动了其内心深处潜在的爱情欲望，读完《毛诗》第一章《关雎》，便"悄然废书而叹曰：圣人之情，尽见于此矣。今古同怀，岂不然乎"。接下来，杜丽娘私自偷游后花园以及梦中与柳梦梅私会并相爱等一系列行为，便是经典阅读的后续效应。明清两代，由于经济和文化的不断发展，江南地区的女子教育发展很快，女性接受教育的人数远远超过前代。由于"对明清闺阁淑媛来说，因为从小接受过经典教育，对杜丽娘阅读经典、接受教育的场景自然再熟悉不过了"，加之她们与杜丽娘有着共同的历史遭际，即同样面临肉身被禁锢的巨大痛苦，因此，《牡丹亭》所描绘的场景能够在最大程度上激发起她们的情感共鸣。据明人张大复的《梅花草堂集笔谈》载："娄江女子俞二娘，秀慧能文词，未有所适。酷嗜《牡丹亭》传奇，蝇头细字，批注其侧。"其注曰："书以达意，古来作者，多不尽意而止。如'生不可死，死不可生，皆非情之至'，斯真达意之作矣！"这具体表现了她对《牡丹亭》"至情"思想的领悟和接受。

曹雪芹在《红楼梦》林黛玉形象的塑造中，特别突出了《西厢记》《牡丹亭》的情感教育功效，小说第二十三回《〈西厢记〉妙词通戏语，〈牡丹亭〉艳曲警芳心》，具体描写了林黛玉读剧本、听唱词时的心理活动以及强烈的情感反应，具体揭示了文学经典与女性情感教育的内在关系。一方面，林黛玉之所以能够成为文学经典的接受者，除了由不幸身世奠定的接受基础之外，自幼所受到的良好教育也是其中的重要原因。另一方面，她在阅读《西厢记》时再一次引发的心灵激荡与情感迸发，恰好说明经典文学作品作为情感教育教材在征服人心方面的巨大魅力。

第三，道德成为广大受众评判和接受经典的重要标准。教育对于文学经典受众的培养始终离不开道德的参与，诚如郭英德所言，"陶冶道德情操"是文学教育的目的之一，纯文学教育是不复存在的。社会主流的道德话语明显地影响到教材在遴选文学作品时的价值取向，不少经典化的文学作品被人们作为道德教育的范本，例如，诸葛亮的《出师表》着力表现了"北定中原"的坚强意志和对蜀汉忠贞不二的品格，忠臣形象跃然纸上，文章真挚的情感打动了后世无数读者，"出师一表真名世，千载谁堪伯仲间"（陆游《书愤》），"或为出师表，鬼神泣壮烈"（文天祥《正气歌》），经典名篇千古传诵。曾国藩十分欣赏《出师表》，称其为"不朽之文"，并录入所编《经史百家杂钞》。曾氏为告诫其弟曾国荃如何游刃官场而作《鸣原堂论文》，选录汉唐迄清朝近两千年间"可戒以免祸"的奏疏章表17篇，《出师表》便列于其中。由于该文"有了臣工对君王的忠心，与父执对子侄辈的爱心融合起来的独特氛围"，所以曾国藩"为老九选奏章，自然不能不选《出师表》"，诸葛亮"襟度远大，思虑精微"的人格特征成为他点拨自家兄弟的出发点。曾氏以《出师表》为教材对家人进行训导，既带有政治权谋的色彩，同时也具有道德引导的性质。

道德在古代文学经典评价体系中处于从不"失语"的活跃状态，其运作的持久性与有效性，决定了中国传统文化的伦理内核。当道德作为一种观念形态与思维习惯长期存在时，影响和支配的就不仅仅是文学家的创作行为，还有广大受众的判定标准和接受取向。一部作品如果具有比较明显的违背传统道德的内容及其相关描写，就会因面临接受者的抨击而难以获得经典的身份。最为典型的案例是《金瓶梅》问世之后相当长时期内的遭际。《金瓶梅》是中国第一部文人独立创作的长篇白话世情章回小说，成书约在明朝隆庆至万历年间，作者署名"兰陵笑笑生"。该小说将《水浒传》中"武松杀嫂"的情节加以改动，铺展开来，描写了西门庆从发迹到淫乱而死的故事。由于《金瓶梅》在题材的选择、人物的塑造、结构的安排上多有异于前人之处，故有"奇书"之称，但又因为书中具有大量格调不高的性行为描写，故被斥为"诲淫之书""宣淫之书"，一直遭受质疑和否定，甚至被列为禁书，长期未能进入文学经典的行列。

强调道德评价体系的巨大作用，并不意味着它可以是一种绝对独立的存在。事实上，文学经典化机制中道德体系的运作，常常与政治权力的实施、文学批评的展开同行。封建统治者在维护既定的社会秩序时一个十分有效的武器便是道德，他们高举道德教化的大旗，运用政治权力，对具有离经叛道性质的文学经典进行封杀毁禁。当然，更多的时候，道德批评与文艺批评含混交织在一起，共同对文学经典化产生或积极或消极的影响，前文多次提到的杜甫诗歌，从其经典化过程就不难看到上述两种批评力量的交合作用，宋人的诗话集中体现了这一点。又如，高明的《琵琶记》，从明初至今一直具有文学经典的身份，几百年来历代受众从不同角度给予它一定程度的肯定和赞誉。一方面，国家最高统治者从维护既定的社会秩序和等级制度的立场出发，尤其关注剧本所具有的道德教化的内涵，并由此予以赞赏。据明代著名文学家徐渭所著《南词叙录》

载，明初"有以《琵琶记》进呈者，高皇笑曰：'五经、四书，布、帛、菽、粟也，家家皆有；高明《琵琶记》如山珍海错，贵富家不可无。'"同时代的田艺蘅的《留青日札》中亦有相同记载：

> 高皇帝微时，尝奇此戏，及登极，召则诚，以疾辞，使者以《记》上进，上览之曰："五经、四书在民间，譬诸五谷，不可无，此《记》乃珍馐之属，俎豆之间，亦不可少也。"

朱元璋之所以欣赏《琵琶记》，并将其与"四书""五经"相提并论，且视为富贵人家的教科书，正是着眼点于该剧讲述的子孝妇贤的故事具有风天下、正人伦的道德功能，有助于维护现成的等级制度。最高统治者的阅读取向和评价标准必然产生巨大的社会影响，政治领袖的"名人效应"使不少文学艺术家的观照态度与之形成呼应，例如：

> 不关风化，纵好徒然，此《琵琶》持大头脑处，《拜月》只是宣淫，端士所不与也。
> 今所传《琵琶记》，关系风化，实为词曲之祖，盛行于世。

另一方面，《琵琶记》所取得的艺术成就并未在道德评价面前失去固有的光彩和魅力，最高统治者的道德取向固然具有强大的社会影响力，却无法彻底抹杀经典文本的艺术价值。明清两代，越来越多的文艺批评家致力于从"艺"的角度去解读这部戏曲名著。明代文坛大家王世贞并不否认《琵琶记》的教化功能，但同时也将欣赏的目光投向了道德领域之外，体现了"道""艺"并举的趋向，《增补艺苑卮言》卷九云：

> 《琵琶记》之下，《拜月亭》是元人施君美撰，亦佳。元朗谓胜《琵琶》则大谬也。中间虽有一二佳曲，然无词家大学问，一短也；既无

161

> 风情又无裨风教，二短也；歌演终场，不能使人堕泪，三短也。

王世贞认为《拜月亭》不及《琵琶记》之处在于三"短"，其二显然属于道德评判的范畴，但其一、其三则脱离了道德批评的话语体系，尤其是第三点着眼于文本及其舞台表演的艺术感染力，足以显示多元解读的努力。其后，文艺家陈继儒的解读同样体现了突破单一解读的努力：

> 正以《琵琶》饶多风化，如发端使主甘旨。比之唐诗李、杜二家，亚李首杜，谓存三百篇遗意……南曲以《琵琶》为最，是一道陈情表，读之令人唏嘘欲涕。

陈继儒在首先着眼于戏曲文本的道德功能的前提下，感受并肯定了它打动人心的情感魅力，显示出解读作品的双重眼光。明末清初著名文艺批评家毛纶、毛宗岗父子合作完成了对《琵琶记》的评点，他们推举《琵琶记》为《第七才子书》，表现出极度推崇的态度。在具体的评点中，他们一方面继续采用道德评判的标准，充分肯定高明在塑造"孝子""义夫""孝妇""贤媛"时所具有的明确的伦理意识，另一方面则高度关注剧本在艺术上的创新与超越之处。毛氏的艺术鉴赏涉及人物塑造、语言运用、情节设计、结构安排、情感表达及其悲剧效果等，评点中不乏中肯独到的见解，有助于读者和观众较为全面地了解和把握经典的本质规定性。至于李玉《南音三籁序》所谓"迨至金元，词变为曲……然皆北也，而犹未南。于是高则诚、施解元辈，易北为南，构《琵琶》《拜月》诸剧。沉雄豪劲之语，更为清新绵邈之音。唇尖舌底，娓娓动人；丝竹管弦，袅袅可听"，则专从戏曲演唱的音乐特色方面来揭示《琵琶记》的成就和创新性，同样有助于受众对该剧经典性本质认识的深化。

第四，文学与艺术合力拓展文学经典化的路径。在艺术领域，谱曲歌唱与舞台表演对于文学经典的传播以及优秀作品经典效应的强化和扩大，均发挥了不可忽视的助力作用。我们坚持经典必须是可以重读的这一观点，阅读纸质文本（如抄本、刻本等），是文学经典"重读"的常态方式，而听歌传唱、观看表演则是"重读"的两种特殊且重要的方式。其中，诗人创作，然后披之管弦，入乐歌唱，较之舞台戏曲表演，参与文学经典建构的时间更早。且不论属于歌诗的《诗三百》，皆能弦歌之，即使在诗歌脱离音乐，成为一门独立的艺术，歌诗已被诵诗所取代的唐宋，诗歌的创作和传播与音乐的关系仍然十分密切，入乐歌唱是唐诗宋词传播过程中一种十分引人注目的方式，构成了诗词经典化的特殊路径。

在艺术发生的源头，诗乐本是同源，具有二位一体的特征，《吕氏春秋·古乐》所谓"昔葛天氏之乐，三人操牛尾，投足以歌八阕：一曰《载民》，二曰《玄鸟》，三曰《遂草木》，四曰《奋五谷》，五曰《敬天常》，六曰《建帝功》，七曰《依地德》，八曰《总禽兽之极》"，形象地展示了这种最为紧密的原初关系。尽管随着文学艺术的发展，二者逐渐分立，音乐专取声音为媒介，通过声音的流动和变化来传递情感，营造意境，而诗则专以语言为媒介，通过语言的组织和变形来抒情言志，塑造形象，不过二者始终拥有共同的建构要素，即节奏与律动。中国汉字单字成义，用以作诗，既便于意义的浓缩和对偶的使用，也便于节奏的形成和韵律的创造，加之自身声调的区别，具有抑扬、高低、轻重、长短的特色以及"调质"的功能，使之配合诗人情感的变化与诗歌节奏的律动，足以产生声情并茂的艺术效果。凡此种种，赋予了汉语诗一种近乎"先天"性的音乐素质，正因如此，"诗言志，歌永言，声依永，律和声"，才成为中国古诗创作和传播过程中的一个重要现象，"诗歌"也才成为具有民族特色的艺术称谓。远离诗歌产生源头、出现于中国古典诗歌发展巅峰时期的唐诗，之所以能够成为音乐传播的对象，最根本的原因正在于诗乐"同质"的建构要素，而其中经典诗篇的"经典性"，也在音乐传播的过程与效果中有所体现。

在唐代，诗歌的传播主要以抄写和口耳相传这两种方式进行，唐诗的音乐传播最引人注目的形式之一是诗人完成文字创作之后，作品被乐工伶人"采之入乐，被之管弦"进行传唱。这属于口耳相传的范畴，体现出以音乐为媒介、"口—耳（思维）—口—耳（思维）—口……"的连环传播过程，以及"个体—群体"的口头接力传播特点。有唐一代，歌诗传唱是一个普遍现象，唐人所唱，除了长短不齐的杂言歌词外，还有七言的诗。什么样的作品才能够进入传唱的行列，这里存在着被选择的问题。此时，名人效应的作用相当明显。著名诗人作品入乐歌唱，在盛唐时期便已成为一种社会关注度极高的文化现象，明人杨升庵认为"唐人乐府多唱诗人绝句"，其中以盛唐诗人王昌龄、李白为多，其言虽缺乏具体数据的支撑，但将探究的目光首先聚焦于盛唐的优秀诗人，颇显学术见地。薛用弱《集异记》所载、为后世文人一直津津乐道的"旗亭画壁"之事，即发生在开元年中。当时聚会于酒楼的梨园伶人奏乐演唱的有著名诗人王昌龄的《芙蓉楼送辛渐》《长信怨》（一作《长信秋词》）、高适的《哭单父梁九少府》以及王之涣的《凉州词》。演唱者均为诗人的崇拜者（今称为"粉丝"）。宋人王灼据此做出总结性评论："以此知李唐伶伎，取当时名士诗句入歌曲，盖常俗也。"伶人所唱基本上为传世经典作品。王维是另一位诗句常入歌曲的盛唐诗人，据宋人计有功《唐诗纪事》载：

> 禄山之乱，李龟年奔于江潭，曾于湘中采访使筵上唱云："红豆生南国，秋来发几枝。赠君多采撷，此物最相思。"又："清风明月苦相思，荡子从戎十载余。征人去日殷勤嘱，归雁来时数附书。"此皆维所制，而梨园唱焉。

相比之下，王维的另一著名诗篇《渭城曲》（一作《送元二使安西》），传唱率更高，此诗一出，"好事者至谱为《阳关三叠》"，广为流传：

> 二十余年别帝京，重闻天乐不胜情。
> 旧人唯有何戡在，更与殷勤唱《渭城》。
> ——刘禹锡《与歌者何戡》

> 高调管色吹银字，慢拽歌词唱《渭城》。
> 不饮一杯听一曲，将何安慰老心情。
> ——白居易《南园试小乐》

相逢且莫推辞醉，听唱《阳关》第四声。

——白居易《对酒五首》之四

诗人自注：第四声为"劝君更尽一杯酒，西出阳关无故人"。

十二年前边塞行，座中无语叹歌情。

不堪昨夜先垂泪，西去《阳关》第一声。

——张祜《耿家歌》

唱尽《阳关》无限叠，半杯松叶冻颇黎。

——李商隐《饮席戏赠同舍》

反复传唱，不仅标举了该诗经典地位的获得，而且造就了经典效应的不断叠加和扩散的状况。

安史之乱对唐代社会发展的进程及其历史面貌产生了巨大影响，然著名诗人的诗作入乐歌唱的文化风气并未因此改变，甚至在中唐时期再度呈现出高涨之势。《旧唐书·元稹传》云："穆宗皇帝在东宫，有妃嫔左右尝诵稹歌诗以为乐曲者，知稹所为，尝称其善。宫中呼为元才子……由是极承恩顾，尝为《长庆宫辞》数十百篇，京师竞相传唱。"末句李昉《太平御览》第五百八十六《文部》二作"闾里竞为传唱"，前者指出了传唱的地域范围，后者则强调传唱的社会阶层。王灼《碧鸡漫志》记载，"元、白诸诗，亦为知音者协律作歌。白乐天守杭，元微之赠诗云：'休遗玲珑唱我诗。我诗多是别君辞。'自注云：'乐人高玲珑能歌，歌予数十诗。'乐天亦《醉戏诸妓》云：'席上争飞使君酒，歌中君唱舍人诗。'又《闻歌妓唱严中郎诗》云：'已留旧政布中和，又付新诗与艳歌。'又元微之《见人咏韩舍人新律诗戏赠》云：'轻新便妓唱，凝妙入僧禅。'沈亚之送人序云：'故友李贺，善撰南北朝乐府古词，其所赋尤多怨郁凄艳之句。诚以盖古排今，使为词者莫得偶矣。'"《新唐书·文艺传》称李益"于诗尤所长。

贞元末，名与宗人贺相埒。每一篇成，乐工争以赂求取之，被声歌，供奉天子"。传播速度之快，是纸质文本传播所不及。

从传播学的角度审视唐诗入乐传唱这一特殊现象，以及与唐诗经典化的关系，可以发现其中具有的几个显著特征：

其一，诗歌音乐传播的受众，人数众多，分布广泛，有利于经典效应的形成和强化。全社会对文学和音乐的热爱，催生出诗歌演出的兴盛局面，从位于九五之尊的皇帝，到普遍具有文学艺术修养的文人士大夫，再至京城闾里的普通市民，社会各阶层都存在唐诗演唱的接受者和欣赏者。诗人张祜有感宫中女性的不幸遭遇，作宫词云："故国三千里，深宫二十年。一声何满子，双泪落君前。"据《唐诗纪事》卷五十二载，此诗传入宫禁时，正值病重的唐武宗赐崔才人死，崔才人请求"歌一曲，以泄其愤。上许。乃歌一声《何满子》，气亟立陨"。后杜牧作《酬张祜处士见寄长句四韵》诗，赞祜诗名而惜其未遇，从末二句"可怜故国三千里，虚唱歌词满六宫"中可以看出后宫宫女以歌唱的方式成为张祜诗作的接受者。张祜也因此诗而得名。

音乐传播具有五大功能，即实现的功能、认同的功能、检验的功能、保存的功能以及创造商业价值的功能。从上述受众的构成情况来看，唐诗的传唱满足了当时社会各个阶层对于文学和音乐的双重需求，实现了音乐对人的多种形式和多方面的影响。尤其值得关注的是，歌词的创作者直接面对乐工伶人的演唱，成为自己作品在音乐传播中的受众，在场观赏带给他们的不仅仅是音乐艺术的独特魅力，更有诗歌创作已获得社会肯定、自身价值得以实现的巨大喜悦，自信心和自豪感随之而生。此类情况还不曾出现在以往的文学传播或音乐传播活动之中，这无疑会进一步激发诗人的创作积极性。此外，善音律、喜歌诗的皇帝（史载高宗曾制歌辞十六首，编入乐府；玄宗善音律；睿宗好音乐）成为歌诗演唱的受众，对于传唱诗歌这一社会风气的形成和推动，发挥着不可替代的重要作用，京城长安之所以成为诗歌传唱的热土，当与最高统治者的好尚密切相关。

其二，唐代入乐歌唱之诗多为绝句，且多经典作品，音乐所具有的实现和

检验经典功能的价值得以体现。对此，前人多有论述，清人王士禛有一总结性
发言：

开元、天宝已来，宫掖所传，梨园弟子所歌，旗亭所唱，边将所进，率当
时名士所为绝句耳。故王之涣"黄河远上"、王昌龄"昭阳日影"之句，至今艳
称之。而右丞"渭城朝雨"流传尤众，好事者至谱为《阳关三叠》。

入乐歌唱者多为绝句的原因，主要在于绝句篇幅短小，便于记忆，且讲究
声律，读之朗朗上口，被之管弦，易于歌唱传情。正因如此，如果欲使名家所
作律诗或古体诗入乐，往往先将其截为四句，以绝句的形式谱曲演唱。例如，
高适《哭单父梁九少府》本为五古，全诗共二十四句，然"旗亭画壁"故事中
某歌伎所唱"开箧泪沾臆，见君前日书。夜台今寂寞，独是子云居"，仅是该诗
前四句。《风林类选小诗》一卷，为明初休宁人朱升所编选，是编皆录五言绝
句，始于汉魏，终于晚唐，大致按内容分为"直致""情义""清新"等十八类。
四库馆臣评是书曰：

所列诸诗，如"富丽"类中，《昆仑子》乃王维五言律诗前半首，"边塞"
类中，盖嘉运《伊州歌》乃沈佺期五言律诗前半首，《戎浑》亦王维五言律诗
前半首，"客况"类之《长命女》乃岑参五言律诗中四句。盖当时采以入乐，
取声律而不论文义，故郭茂倩《乐府诗集》各载于本调之下，今因而录之，
殊失考证。

《乐府诗集》卷第八十《近代曲辞》二录入《昆仑子》一首，诗云："杨子
谭经去，淮王载酒过。醉来啼鸟唤，坐久落花多。"此诗出于王维《从岐王过杨
氏别业应教》，原有八句，截取前四句而成。同卷《戎浑》诗云："风劲角弓鸣，
将军猎渭城。草枯鹰眼疾，雪尽马蹄轻。"此诗出于王维名作《观猎》，亦截取
前四句而成。同卷《长命女》云："云送关西雨，风传渭北秋。孤灯然客梦，寒
杵捣乡愁"，此诗出于岑参《宿关西客舍寄东山严、许二山人时天宝初见有高
道举征》，同样截取前四句而成。此诗题作《长命女》，与诗人所表达的主旨和
情感并无直接关联，它揭示的仅是歌曲的音乐来源。郭茂倩引《乐苑》曰："《长
命西河女》，羽调曲也。"又引《乐府杂录》曰："大历中，尝有乐工自造一曲，

即古曲《长命西河女》也。增损节奏，颇有新声。"言所录歌诗的曲调是大历乐工改编古曲而成，故四库馆臣所谓"当时采以入乐，取声律而不论文义"，大致不差。

其三，由于音乐市场的形成，广大受众对于歌诗的消费需求不断增长，名人诗作成为音乐市场的"抢手货"，遂开始出现将名人诗作作为商品带入音乐市场的现象。最为典型的事例是，李益扬名诗坛后，"每一篇成，乐工争以赂求取之，被声歌，供奉天子"。乐工们不惜花费金钱或财物争相购买李益的文字作品，用于谱曲演唱，以供天子观赏，其主观目的无非是实现自身生存利益，客观上实现了音乐传播创造商业价值的功能。

其四，唐诗、宋词音乐传播中的名人效应十分显著。当时被乐工伶人采之入乐、谱曲传唱的歌诗多为名人之作（包括政治名人和文化名人），名人效应的存在使社会各阶层人士对乐工伶人歌诗表演行为的关注度普遍提高，音乐演唱市场因此而形成。所唱作品的社会影响力也随之扩大和增强，从而形成"竞相传唱"的社会风气。

唐代是中国古代诗歌发展的一个高峰时期，唐诗中的经典作品不胜枚举。文学传播和音乐传播，无论在共时态层面抑或历时性层面，均为广大受众搭建起意义共享的信息平台。唐诗入乐歌唱，意味着同时在文学和音乐两个平台上展示自身的魅力，这对于文本的经典化、经典文本的普及以及经典效应的强化，无疑会发挥十分积极的作用。这种文学与音乐合力助推经典的情况在宋词的传播过程中同样存在。

入乐传唱具有遴选经典以及强化经典效应的功能。王兆鹏认为诗词入乐传播的效应优于书面传播，例如王维的七绝《送元二使安西》入乐传唱后，成为唐宋两代传唱不衰的经典名曲，比王维其他诗歌传播更为广泛，更让一般民众耳熟能详，这既是作品经典化的表征，亦是经典化效应的增强。宋词的入乐传唱与宋词经典化的关系，同样如此，当然，并非所有的诗作都能够获得经过音乐传播而成为经典的可能性，只有那些声情并茂、文质彬彬的优秀诗篇才成为乐工伶人们谱曲演唱的首选，或者成为代代相传的名曲。事实证明，经过演唱的唐诗，广为传唱的宋词，后世大多进入了文学经典的行列。这一效应既是对诗歌文本价值的认同，也是对音乐传播功能的肯定。

　　较之诗，词与音乐的关系更为密切，倚声而填词乃是作词与写诗的重要区别，词谱（词牌）决定了词作的基本格式。唱词是宋代文坛、歌坛，甚至是文人士大夫日常生活（如宴饮、送别、祝寿）中的极为常见的艺术行为，宋代词人于创作中多次提及这一现象：

尊前还唱早梅词，琼醑何如。

——李纲《一剪梅》

兴来相与共清狂。频把新词细唱。

——韩元吉《西江月》

唱得主人英妙句，气压三江七泽。

——管鉴《念奴娇》

早来最苦离情毒。唱我新词，掩著面儿哭。

——程垓《醉落魄》

水调翻成新唱，高压风流前辈，使我百忧宽。

——李好古《水调歌头》

更听得艳拍流星，慢唱寿词初了，群唱莲歌。

——蒋捷《大圣乐》

　　类似描写唱词的作品，尚可举出若干，足见这一现象在当时具有普遍性。毋庸置疑，在文本创作阶段，音乐并非经典生成的决定性因素，因为不是所有能够入乐歌唱的词作都能够成为经典，这一点已经为宋词传播的历史所证明。只有那些蕴含积极向上的价值取向，表现人类共同的情感，且声情并茂的优秀作品才能够借助音乐的力量，征服一代又一代的读者，从而传之久远，成为真正意义的文学经典。所以南宋文人戴复古才会在《行香子》一词里明确提出"佳人休唱，浅近歌词"的要求。

北宋著名词人柳永、苏轼、秦观的优秀词作的经典化过程在充分体现经典本质规定性的重要性的同时，也在一定程度上说明了音乐在经典文本传播过程中的辅助作用。在词史上享有盛誉的柳永，其词讲究章法结构，风格真率明朗，语言自然流畅，个性特色十分鲜明。他上承敦煌曲子词，多用民间口语写作"俚词"，并且多用新腔、美腔，旖旎婉转，富于音乐美，特别适合入乐歌唱，故其词作在当时经过广大受众的传唱，流播极广。宋人叶梦得《避暑录话》云："柳永为举子时，多游狭邪，善为歌辞。教坊乐工每得新腔，必求永为辞，始行于世，于是声传一时""余仕丹徒，尝见一西夏归朝官云，'凡有井水处，即能歌柳词'"。借助音乐进行传唱的方式使柳词为更多民众所了解和接受，经典化效应得以迅速显现。宋仁宗熙宁九年（1076年）中秋，词坛泰斗苏轼于密州写下《水调歌头·明月几时有》，该词一问世，立即引起强烈的社会反响，很快便在京城内外传播，而传唱是其中重要的传播方式。宋宣政间，善歌者袁绹曾于"月色如昼"的中秋夕，在金山山顶歌是词，歌罢，东坡为之起舞。数百年后，施耐庵在小说《水浒传》第三十回中设置了张都监让养娘于中秋夜在鸳鸯楼唱曲的情节，生动地反映了《水调歌头》跨代传唱的情形。苏轼此词之所以能够借助音乐迅速传播，除了宋仁宗"苏轼终是爱君"的解读以及词人本身具有的名人效应之外，词作所达到的、常人难以超越的艺术高度，则是更为重要的原因，即如宋人胡仔所言："中秋词自东坡《水调歌头》一出，余词尽废。"秦观《满庭芳·山抹微云》一词亦为传世名篇，词人生前便已广为传唱，据宋黄昇《花庵词选》卷二载，"秦少游自会稽入京，见东坡，坡曰：'久别当作文甚胜，都下盛唱公山抹微云之词'"。这反映了秦观此词在京城受欢迎的程度。叶梦得《避暑录话》亦云："秦观少游亦善为乐府，语工而入律，知乐者谓之作家歌。元丰间，盛行于淮、楚。"

唐诗宋词数量众多，即便是唐人绝句也在万首以上，然以传唱这一特殊方式成为他人或后人重读对象的经典作品仅为极少数。有的作品问世后曾传唱一时，受人追捧，可后世却湮没无闻。淘选，是导致这一现象出现的重要原因。北宋苏州文人吴感有侍姬名红梅，因以名阁，并作《折红梅》一词，"其词传播人口，春日郡宴，必使优人歌之"。该词上阕描写春来"红梅树枝争发"的景色，下阕述说赏梅情怀，表达作者"闻有花堪折，劝君须折"的人生旨趣。这首传于一时的词作，由于格调不高，且艺术缺少创新，故难以经受历史的淘选，即便文本流传至今，却与文学经典无缘。从现存相关文献来看，那些被之管弦的唐诗，抑或广为传唱的宋词，不仅多是名人作品，而且多是名人作品中那些情感动人、具有一定精神价值或艺术创新性的佳篇。以王维绝句《渭城曲》为例，明代文学家李东阳揭示了该诗能够入乐传唱的原因在于其艺术创新：

> 作诗不可以意徇辞，而须以辞达意。辞能达意，可歌可咏，则可以传。王摩诘"阳关无故人"之句，盛唐以前所未道。此辞一出，一时传诵不足，至为三叠歌之。后之咏别者，千言万语，殆不能出其意之外。必如是方可谓之达耳。

平心而论，《渭城曲》的题材显然不算新颖，送别之作自古有之。然此诗语由信笔，意味悠长，不作深语却声情沁骨，动人之处既超越前代同类作品，又使后人难以超越，艺术创新攀升新高，遂成千古绝调，代代相传。清代著名诗歌选家王士禛、沈德潜对以《渭城曲》为首的唐代优秀绝句给予了极高的评价，沈氏云：

> 李于鳞推王昌龄"秦时明月"为压卷。王元美推王翰"葡萄美酒"为压卷。王渔洋则云："必求压卷，王维之'渭城'、李白之'白帝'、王昌龄之'奉帚平明'、王之涣之'黄河远上'，其庶几乎！而终唐之

世，绝句亦无出四章之右者矣。”

王、沈二人推崇的四首压卷之作，有两首就出现在"旗亭画壁"故事之中。王昌龄享有"七绝圣手"之美誉，《长信怨》是其七绝代表作之一，胡应麟认为此作与《闺怨》《从军行》等诗，"皆优柔婉丽，意味无穷，风骨内含，精芒外隐，如清庙朱弦，一唱三叹"，此类深情幽怨、情态分明的诗篇的确适合入乐歌唱表演。除了艺术成就之外，思想内容也当是谱曲演唱者遴选作品时有所考虑的因素，蜀中妓女独唱杜甫《赠花卿》诗，或为典型之例。明代文学家杨慎谈及成都管弦时说道："杜子美七言绝近百，锦城妓女独唱其《赠花卿》一首，所谓'锦城丝管日纷纷，半入江风半入云。此曲只应天上有，人间能得几回闻'也。盖花卿在蜀，颇僭用天子礼乐，子美作此讽之，而意在言外，最得诗人之旨。当时妓女独以此诗入歌，亦有见哉！"老杜此诗是否意有所指，内含讽喻，前人争议颇多，其中赞同杨说者不少，如明人唐汝询认为"少陵语不轻造，意必有托。若以'天上'一联为目前语，有何意味耶？"清人何焯《义门读书记》、陈廷敬《御选唐诗》、杨伦《杜诗镜铨》、丁宿章《湖北诗征传略》、郑熙绩《含英阁诗草》亦持同样观点。笔者认为，《赠花卿》一诗并非杜诗中的上品，老杜在成都所作绝句也不止一首，蜀中妓女独唱此诗，不排除对诗作讽喻意义认定的可能性。

诗词配乐演唱，精练的语言文字与优美的曲调旋律构成的双重感染力，有助于经典的传播以及经典效应的强化。

唐诗入乐演唱者多为抒情作品，诗人真实、厚重、深婉的情感以及出色的抒情技巧，本已赋予作品征服读者的美感力量，一旦被之管弦，动听的乐曲、优美的旋律足以进一步牵动受众的思绪，将其带入一个新的艺术世界之中，使之感受和体验到文学与音乐的双重魅力。对于文学的一般受众而言，阅读纸质文本与听唱歌诗，接收信息和处理信息的方式存在较大差异。阅读书刊文本，读者面对的是固态化的、由语言文字组成的意义系统，需要全力投入的是思维和情感；听歌面对的则是一种流动的，甚至具有"透明"性质的意义系统，音乐传递的信息不仅作用于受众的大脑，还同时诉诸他们的感官。乐谱不仅为演唱者提供了复现作品的可能性，而且也为他们提供了自由发挥和多种解释的空间，表演者感情的投入以及演唱技巧的运用，有助于激活文本深层次的美感元素，从而增加作品的艺术感染力，使文本的经典效应得到进一步强化。据唐代孟棨《本事诗》载：

> 天宝末，玄宗尝乘月登勤政楼，命梨园弟子歌数阕。有唱李峤诗者云："富贵荣华能几时，山川满目泪沾衣。不见只今汾水上，惟有年年秋雁飞。"时上春秋已高，问是谁诗，或对曰李峤，因凄然泣下，不终曲而起，曰："李峤真才子也。"又明年，幸蜀，登白卫岭，览眺久之，又歌是词，复言"李峤真才子"，不胜感叹。时高力士在侧，亦挥涕久之。

李峤此诗题为《汾阴行》，为七言古风，全诗四十二句，二百九十七字，梨园弟子截最后四句歌之。诗的前半部分以"昔日西京全盛时"为背景，谱写汉武帝元鼎四年"汾阴后土亲祭祠"的盛况，后部分书写"千龄人事一朝空"的荒凉与零落。截取末四句"歌水调"，删繁就简，实际效果是淡化了改朝换代、盛衰不可长久的政治感伤，以睹物伤怀的形式抒写物是人非、人生苦短的喟叹，凸显出一种超越政治身份与社会地位的悲剧性生命体验。唐玄宗听歌而问诗作者姓名，说明此前未曾读过诗歌文本，正是凄婉的歌词以及与之相适应的哀婉曲调，触动了这位老年皇帝内心深处的隐痛，所以才出现"凄然泣下，不终曲而起"的接受效应。蜀中白卫岭上复歌是词，属于"重读"经典的行为，音乐的感召力再次加深了玄宗对于文本内涵的悲剧性体验，强化了与诗歌作者的共识，故前后两次听歌均对李峤发出由衷的赞赏。唐以后，《汾阴行》或入诗歌选本，或受诗论家推崇，或成为后人写作模拟的对象，经典效应逐渐显现。后四句甚至脱离全诗，作为一个独立体流传，成为明代书法家董其昌单独书写的内容，不排除受到当年梨园弟子的选择性歌唱的影响。

唐诗宋词配乐歌唱，同时在文学和音乐领域开启了接力传播的通道，双重传播有助于经典文本的普及，以及受众对经典文本情感内涵的感受和领悟。

经典地位的获得是建立在广大受众认同的基础之上的，代代传唱则是群体认同的重要标志之一。唐代的优秀诗篇插上音乐的翅膀后，便能够以无纸的方式去实现对时空的超越，于是，在悠久的历史中，在广袤的地域里，时时处处回响着传唱唐诗的声音。宋代文人王轸的无题诗向读者展示了当年黄州一带文人诗歌传唱的情形："南篇司马青衫湿，北句郎官白发生。堪与江黄永传唱，《离骚》经外此歌声。""南篇"即指唐代白居易的传世佳作《琵琶行》，该诗在诗人生前就已经成为传唱对象，即如唐宣宗李忱《吊白居易》诗所云："童子解吟《长恨》曲，将军能唱《琵琶》篇。"元代诗人陈宜甫《夜闻陇西歌有怀牧庵左丞》诗则细数了陇西人夜唱的数首歌曲：

> 君莫唱《杨柳枝》，游子多别离。君莫唱《金缕衣》，人老更无年少时。自古唱歌易悲感，思入碧云愁黯黯。《阳关》三叠不堪闻，《河满》一声肠已断。君不见大风云飞扬，汉歌思沛乡。又不见楚王气盖世，泣下愁乌江……

所歌皆为诗歌名篇，其中唐诗最多。第一首当是唐代柳氏的《杨柳枝》，中有"杨柳枝，芳菲节，可恨年年赠离别"之句；第二首为唐代无名氏（一说作者为杜秋娘）的《金缕衣》，诗云："劝君莫惜金缕衣，劝君惜取少年时"；《阳关》与《何满》分别是王维与张祜名篇。由于唱歌是广大下层民众喜闻乐见的娱乐方式之一，较之阅读纸质文本，接受成本低，甚至不用成本，故诗歌传唱的方式更容易为他们所接受。菱歌翻唱，渔家解唱，是文学经典普及的另类方式和具体表现，诗歌传唱的范围越大，受众面越宽，其经典化的程度也就越高。另据清代史学家、诗人沈辰垣《历代诗余》载："刘梦得在沅湘日，以里歌俚鄙，乃依骚人《九歌》作《竹枝》九章，教里中儿，由是盛于贞元、元和之间。每岁正月，里中儿联歌竹枝，吹笛击鼓以应节，歌者扬袂睢舞，以曲多为贵。"

以音乐为媒介，让儿童于载歌载舞的娱乐活动中接触经典诗歌，并逐渐接受文本内涵的浸染，无疑是普及经典的有效路径。

如前所述，唐诗入乐歌唱者多为四句，被之管弦，易唱易记，易于传播。又由于篇幅短小，故多采用叠唱（即重复歌唱）的方式进行表演，而重复具有强化记忆的功能。歌诗如何叠唱，前人说法不一，目前，学界引用率最高的当是《东坡志林》所载苏轼论三叠歌法，其文云：

> 旧传《阳关》三叠，然今世歌者，每句再叠而已。若通一首言之，又是四叠，皆非是。或每句三唱以应三叠之说，则丛然无复节奏。余在密州，文勋长官以事至密，自云得古本《阳关》，其声宛转凄断，不类向之所闻。每句皆再唱，而第一句不叠，乃知古本三叠盖如此。及在黄州，偶读乐天《对酒》诗云："相逢且莫推辞醉，新唱阳关第四声。"注云：第四声，劝君更尽一杯酒。以此验之。若第一句叠，则此句为第五声，今为第四声，则第一句不叠审矣。

《留青日札》是明代学者田艺蘅所作笔记，这本书杂记明朝典章制度、社会风尚、民生疾苦、音韵训诂、艺林传闻、掌故逸事等，其中，对王维演唱《送元二使安西》时的各种叠法有具体记载，现录"贯珠叠"如下：

贯珠三叠第一

渭城朝雨浥轻尘，朝雨浥轻尘，浥轻尘。客舍青青柳色新，劝君更尽一杯酒，西出阳关无故人。

第二叠

渭城朝雨浥轻尘，客舍青青柳色新，青青柳色新，柳色新。劝君更尽一杯酒，西出阳关无故人。

第三叠

渭城朝雨浥轻尘，客舍青青柳色新。劝君更尽一杯酒，更尽一杯酒，一杯酒，西出阳关无故人。

第四叠

渭城朝雨浥轻尘，客舍青青柳色新。劝君更尽一杯酒，西出阳关
无故人，阳关无故人，无故人。

一串珠三叠

渭城朝雨浥轻尘，朝雨浥轻尘，浥轻尘。客舍青青柳色新，青青
柳色新，柳色新。劝君更尽一杯酒，更尽一杯酒，一杯酒，西出阳关
无故人，阳关无故人，无故人。

此外，还有"飞花叠"四种。导致叠法不一的根本原因在于传唱过程中调
存而叠法废，或以为每句作三叠歌，或以为止歌落句三叠，迄无定论，而记载
也各不相同，当时必有谱而今无所考。但无论何种叠法，其实际效果都是对文
本内部某种信息的表达和强调，如贯珠第一叠、第二叠的低吟浅唱渲染着充满
感伤的送别氛围，第三叠的重复则突出了诗人的劝酒心意，第四叠的三唱"无
故人"，揭示并强调了诗人惆怅感伤的原因，他对朋友的关心与担忧之情，于
此得到淋漓尽致的抒发。听如此叠唱，当有助于听众对诗歌文字内涵的进一步
感悟。

除了音乐，书画领域内也存在助力文学经典化的现象。不少书法家、画家
出于对原创文学经典作品的喜爱，主动运用书法或绘画艺术，通过线条、色彩、
构图、布局等将语言艺术之美转化为书法之美或画境之美。在传播学领域，他
们被称为"艺术继作者"，其行为属于"演绎传播"，即"艺术继作者在已有作
品基础之上的一种二度艺术创作"。这种二度创作行为既是对文学经典传播渠
道的开拓，也是对文学经典的意义重构。传播媒介或符号形式的改变，不仅没
有干扰文学传播的主渠道，反而能够在"艺术继作者"的再创作过程中进行经
典的"重读"，实现经典效应的强化和叠加。

屈原的作品属于经典化程度很高的传世名篇，后代不少画家为其丰富的文
化意蕴和高超的表现技巧所折服，自觉从《离骚》《九歌》等篇章中吸取艺术营

养，创作出一幅幅别具匠意的楚辞画，对楚辞的传播做出了不可忽视的贡献。

生活在明清之际的陈洪绶在绘画领域内进行的屈原作品的传播，值得关注。陈洪绶十岁能濡墨作画，十九岁因"伤家室之飘摇，愤国步之艰危"而作《屈子行吟图》，紧接着又精心设计和创作了《九歌图》。陈洪绶四十三岁时将自己十九岁的作品作为来钦之的《楚辞述注》的插图而付刻，他以《九歌图》为名统摄全部画作，以《东皇太一》图为开卷之作，以《屈子行吟》图为压卷之作。各位神灵构图既有紧扣原作展开的，如《湘君》《湘夫人》，也有出其不意、大胆突破原作的，如《山鬼》。屈原笔下的山神本是一位美丽多情的女性，他却基于自己独特的解读，将其变成一位满目狰狞、粗犷凶厉的男神。由此可见画家富有创新性的阐释，陈洪绶通过艺术媒介的运用，去实现与屈原的心灵对话，去发掘屈赋丰富的审美价值，经过他的演绎和阐释，画的欣赏者除了在画境中再次感受原作的魅力之外，甚至还可以捕捉到新的审美信息。《九歌图》的影响巨大，尤其是《屈子行吟图》中的屈原像，一直作为后世画家创作屈原像的楷模，很多读者心目中的屈原就来自此图。

除了屈原的作品，还有不少经典作家的作品以书法、绘画的形式传播至今。自宋代苏轼开创书写陶风的传统以来，后世书家书写陶渊明作品者层出不穷，仅明代就出现了书写成就很高的"吴中三家"祝允明、文徵明、王宠，此外另一位著名书法家董其昌也曾用书法创作陶渊明的《饮酒》《归去来兮辞》等诗文。据《中国书画目录》第一册所载，我国各地收藏的、明清两代书画家以经典诗文为表现对象的作品就相当可观。

其中涉及的文学体裁有诗、词、文、赋、小说，涉及的经典作家有陶渊明、庾信、王维、李白、杜甫、白居易、温庭筠、苏轼、林逋等。其中，陶渊明的《桃花源记》是一篇深受历代画家青睐的经典作品，以此为题作画去再现桃源美好风光的画家不在少数。他们贡献的精美画卷再度引发文人骚客对桃源仙境的向往和意义追问，表现之一便是题《桃源图》诗的产生。自唐代韩愈作《桃源图》诗后，历代都有同题诗作问世，这种三度再创作的行为同样具有传播经典和扩大经典影响力的功能，现列举三首如下：

劳君蘸笔桃花水，为写秦人洞口山。

寄语渔郎莫惆怅，仙源今已在人间。

——徐朝彝《题纪退庵画桃花源图》

绿萝山远拥晴岚，白马涛生万象涵。

留与千秋作粉本，岂徒名胜著湘南。

——康芦村《题唐小侠画桃花源图》

桑麻鸡犬在人间，几度邀游怯往还。

应是山灵久相待，故教先看画中山。

——陈乐光《题蔡静生画桃花源图》

　　诗人面对画图，或赞美画家的画工、画技，或表达自己赏画时的心情。无论何种情况，都是一次心灵的漫游，都具有重温原作的"重读"意义，经典历史影响的穿透力再次得以体现。

　　郑振铎先生深谙诗画艺术相通的道理，他在写作《插图本文学大纲》时，就切实贯穿了诗画一体的大文艺观。在文学史中附入插图，郑振铎实属先例首开。例如，他在《诗经与楚辞》一章里介绍屈原生平时，于"屈原至于江滨，被发行吟泽畔，颜色憔悴，形容枯槁"一段文字旁，特意配上了一幅由明末清初芜湖著名画家萧云从创作的《屈子行吟》图，使文字描写具体化、形象化。在介绍屈原作品之时，又插上了楚辞画，画意展现的是《天问》诗句"羿焉弹日？乌焉解羽？"又如，《曹植与陶潜》一章，插入了图画《渊明抚松图》，图文并茂，相得益彰。这样的插画有助于读者对于经典文本内容的理解和把握。

　　第五，经济力量继续参与文学经典的传播和建构。在古代文学经典传播阶段，经济的力量所发挥的作用除了与教育合力培养经典的接受者之外，还体现在促进图书市场和娱乐市场的发展与繁荣，进一步拓展文学文本的传播渠道，并加速其传播，有效地扩大经典作品的社会影响，并且催生通俗文学经典的产生。同时，市场经济的繁荣，赋予大众话语在经典建构中的一席之地。

戏曲舞台是传播文学经典的重要阵地之一。戏曲演出在元明清形成了一条日趋完整的产业链，整个运作无不显示出经济利益的驱动。经典文本欲通过舞台进行传播，借助的对象不仅仅是人，还有金钱，因为就演出方而言，演出的每一个环节，诸如服饰、道具的制作，场地的租用，尤其是全体演职人员和管理人员的酬金，都需要数量不等的资金支持。另外就消费者而言，经济窘迫的个体很难产生戏曲消费的实际行为，所以，经济落后的地区难以出现戏曲繁荣的局面。明代吴江人王叔承《金陵艳曲》描绘当时南京城市的繁荣与戏曲活动的普及云："柳暗黄金坞，花明白玉京。春风十万户，户户有啼莺"，"啼莺"此处指歌女，形象地揭示了市民经济富足与戏曲消费之间的关系。元代散曲家杜仁杰套曲《耍孩儿·庄家不识构阑》描写了一个庄稼人进城看戏的场景，其中庄稼人"要了二百钱放过咱"的自述，显示的是看戏需花钱以及下层民众的消费水平。据清代学者王应魁《柳南随记》载："《长生殿》传奇初成，授内聚班演之，圣祖（康熙帝）览之称善，赐优人白金二十两"，在《长生殿》演出史上，数次出现经济实力雄厚者斥重金聘请戏班出演。经济实力雄厚者可以欣赏到《长生殿》的全本演出。

图书出版是文学经典传播的另一重要路径。经济的力量推动印刷业的迅速发展，为文学经典的传播以及经典化效应的强化拓展出更为宽广的路径，《西厢记》和《三国演义》的刊印足以说明这一点。明清时期，由于出版业的兴盛，《西厢记》的各种校注本、评点本、插图本得以大量涌现，版本数量之多创中国戏曲史新高，据统计，"明清时期《西厢记》的刊本数量有近160种"，王应奎《柳南随笔》提到的"几于家置一编"的普及盛况，正是在这种背景下出现的。《三国演义》成书之初，主要以抄本的形式流传，传播范围相当狭窄，且传播速度也较为缓慢。明嘉靖元年《三国志通俗演义》二十四卷刊刻面世，这是现存第一部明代章回历史小说刊本，标志着《三国演义》的传播进入了一个新的历史阶段。程国斌认为，《三国演义》刊本的面世对于历史小说的创作与刊刻产生了巨大的影响，具有"典范意义"。在明代享有"双绝"之誉的《三国演义》与《水浒传》，双双通过书坊刊刻的渠道，"并传于世，使两朝事实，使愚夫愚妇一览可概见耳"。印刷数量的增多势必导致印刷成本的降低，从而拉低书刊的售价，使"愚夫愚妇"获得了阅读小说的机会。于是，小说文本读者队伍的数量因此剧增，读者构成随之呈现出多元化特征。其传播规模以及社会影响在古代文学传播史上堪称空前。

此外，中国封建社会的中后期，商品经济的发展导致市民阶层壮大，既为通俗文学的发展提供了适宜的文化土壤，也为传播中的文学经典培养了接受者和欣赏者。

当然，较之政治、道德等传统主流话语，经济的力量在经典化机制体系内长期处于非主流地位，这与中国古代特定的经济形态及其作用有关。农业经济是中国古代上千年社会的主要经济形态。长期以来，国人习惯将农业经济称为"小农经济"，是因为它以家庭为单位，男耕女织，生产规模小，分工简单，农副产品主要用于自我消费，不用于或较少用于商品交换。农业经济在国家政权的掌控下，缓慢且平稳地向前发展，变动幅度亦小，故对内难以产生自我变革的契机，对外难以摆脱不合理的政治制度及其社会秩序的束缚。个体作家已经完全习惯世代相承的农耕生活方式，其思维方式和审美心理都深深地打上了农耕文化的烙印。

第六，民族思维方式和审美心理的潜在影响。民族的思维方式和审美文化心理在影响广大受众认可文学文本的经典身份，以及接受经典价值方面，发挥着不容忽视的潜在作用，魏晋时期盛极一时的玄言诗，鲜有在后世成为历代接受者"重读"的经典诗篇，当与此有直接关系。

思维方式是指体现一定思想内容和一定思考方法、适用于特定领域的思维模式，通常表现为一种带根本性的思维习惯和思维倾向。一个民族在长期的共同生产和生活的基础之上，在民族心理活动的发展过程中，必然会形成自身观察和处理问题的特殊观点、固定思路以及思维品质的特点。思维习惯和倾向一旦形成，势必积淀于民族的审美文化心理之中，影响他们的文学创作以及对于经典的接受。

在农耕文化背景下形成的中华民族的思维方式包含了以下几个明显的特征：一是道德思维，即习惯将问题纳入道德的范畴进行思考，擅长从道德的角度去认识和把握事物，故在文学经典化机制中道德的力量十分强大。其二，整体动态平衡思维，即将事物视为一个整体，在承认其内部对立面存在的同时，更加关注它的统一，强调矛盾在运动中达到平衡与和谐，此乃中国古代哲学最根本的思维方式。中国古代哲学以"天人合一"为最根本的命题，由此在文学创作领域推衍出"情景交融"的命题，古典诗学在实践过程中将此作为判断诗歌是否具有经典性的重要标准。其三，直觉思维，即非逻辑思维，是"以形象思维或灵感思维为主的思维活动"，它缺少完整、系统的分析过程以及"概念—判断—推理"的逻辑程序，主要依靠灵感、顿悟迅速理解并做出判断和结论。中国古代诗学家在品评欣赏诗歌经典时相当充分地体现了这种思维品质的特点。其四，取向比类的思维，即形象思维，指思维的过程始终伴随着形象。从《诗经》开始，古代诗人就表现出长于形象思维的倾向，他们擅长将形象相似、情景相关的事物联系在一起，通过比喻、象征、联想等方法，通过具体形象来表现对外部世界的认知和表达个人内在的情怀，从而形成由此及彼、由浅入深、借物寓意、借景抒情的创作特色。《诗经》中比兴手法的运用，先秦诸子散文使用的大量比喻，唐诗宋词元曲中大批具有情景交融意境的经典篇章，均属于形象思维的产物。相较而言，玄言诗的写作在第三、四两点上，显示出与民族思维方式一定程度的偏离，这当是它遭到后世读者冷落的重要原因。

玄言诗是指以玄学思想为主要表现内容的诗歌，诗人运用诗歌的形式谈玄说理，表达自己的哲理玄思与人生体悟，其作品具有较为明显的思辨和理性色彩，自有存在的价值。《文心雕龙·明诗》言："江左篇制，溺于玄风，羞笑徇务之志，崇盛忘机之谈。"在玄言诗创作与传播过程中出现了一个比较特殊的现象，创作者与接受者基本上是同一群体，玄言诗的写作者同时也是玄言诗的欣赏者，身份较为固定，诗歌传播范围相对比较狭窄。在玄学兴盛的年代里，那些具有相当的知识素养和理性精神的文士，在探究玄理，并以此为指导去处理生与死、出与处、人与自然等的关系，去追求超凡脱俗的人生境界时，深切地领略到了其中的魅力，诚如胡大雷所言："由于对谈论玄理的极大兴趣和执着追求，人们对谈论玄理的聚会更有极大的热情并积极地参与，从中获得美的享受和满足。"当然，在写作和欣赏玄言诗的过程中，他们同样可以获得精神满足和美感享受。问题在于，玄言诗的传播始终囿于上层社会名士和名僧这一狭小的文化圈子，他们所共同拥有的玄学理论素养以及玄理化的思维方式，从来不是古代诗歌创作者以及欣赏者的必备素质，甚至还显示出与民族传统思维方式的某种偏离，于是成为后世读者"重读"的障碍。形象思维的过程应当包括形象的感受、储存、加工、创造，直到用语言描述形象等多个环节，我们在现存部分玄言诗中几乎看不到这些环节的存在，例如：

> 混沌无形气，奚从生两仪？
> 元一是能分，术极焉能离？
> 玄为谁翁子，道是谁家儿？
> 天行自西回，日月曷东驰？
>
> ——张华《诗》

> 猗与二三子，莫匪齐所托。
> 造真探玄根，涉世若过客。
> 前识非所期，虚室是我宅。
> 远想千载外，何必谢曩昔。
> 相与无相与，形骸自脱落。
>
> ——王羲之《兰亭诗》其四

> 鉴明去尘垢，止则鄙吝生。
> 体之固未易，三觞解天刑。
> 方寸无停主，矜伐将自平。
> 虽无丝与竹，玄泉有清声。

虽无啸与歌，咏言有余馨。

取乐在一朝，寄之齐千龄。

——王羲之《兰亭诗》其五

大朴无像，钻之者鲜。玄风虽存，微言靡演。

邈矣哲人，测深钩缅。谁谓道辽，得之无远。

——孙绰《赠温峤诗》

　　诗人既以玄理为表现对象，又将玄思贯穿在写作过程之中，这种脱离形象、直言玄理的情况，在当时并非个别。张廷银论及玄学思潮对魏晋士人思维方式的影响时指出"玄理化思维引导文人略脱具象而求取义理"，所言极为中肯。正是这种在一定程度上脱离具体形象而专事谈玄、过分追求理趣的创作倾向，使缺少情趣、缺少余韵、缺少生动形象性的玄言诗难以获得更为广泛的读者群体，其经典化必然受到影响。

　　宋初诗坛"庄老告退，而山水方滋"局面的出现，宣告了玄言诗创作热的结束。诗坛风向转换的背后，是社会哲学思潮和审美观念的嬗变。玄风的日益消退，文人士大夫山水审美观念的日益明晰，对于山水审美感受能力的明显提高，诗歌创作队伍成分的"去世族化"，以及"新变"文学观念的确立，凡此种种，不仅使玄言诗的写作者迅速减少，而且严重地影响了玄言诗的传播与经典化，因为它缺少了"重读"者。在诗学领域，钟嵘《诗品序》对玄言诗提出了批评："永嘉时，贵黄老，稍尚虚谈，于时篇什，理过其辞，淡乎寡味。爰及江表，微波尚传，孙绰、许询、桓庾诸公诗，皆平典似道德论，建安风力尽矣。"与此相一致，钟嵘将孙许二人的诗歌列为下品。所谓"平典似道德论"，是针对玄言诗缺乏文学的某种特质而言的，具言之，缺少情感的激荡和形象的参与。钟嵘于《诗品序》开篇便提出"感物"说，强调诗歌创作与外物的关系："气之动物，物之感人，故摇荡性情，形诸舞咏。"在他的诗学视野中，物一方面包括

"春风春鸟，秋月秋蝉"等一系列自然物象及其生命律动，另一方面还包括"楚臣去境，汉妾辞宫"等社会现象及其情感内涵，当它们成为诗人的观照对象时，其既是诗人创作灵感的引发物，触景而生情，也是他们情感的载体，借景而抒情。钟嵘虽然没有提及形象思维的问题，但他的全部描述和阐释明显地表现出对形象参与诗歌创作的重视。钟嵘对玄言诗的否定性评价，从一个特定的角度反映了南朝文坛倡导文学新变的时代潮流，时代文学观念的嬗变导致诗歌价值评判标准的变化，造就了玄言诗受冷落、被批评的局面，玄言诗在南朝就已经失去进入文学经典行列的机会。许询作为东晋玄言诗的代表人物，地位极高，与孙绰并称"一代文宗"，《隋书·经籍志》四著录："晋征士《许询集》三卷，梁八卷。录一卷。"可见在隋朝他的作品已经散佚不少，其诗流传至今的甚少，且无全篇，如果不是逯钦立先生在辑录《晋诗》时，从《文选》江淹《杂体诗》注中摘出许询《农里诗》残句"亹亹玄思得，濯濯情累除"，今人根本无法感受到许诗的玄言风貌，这正是未受到后人重视的结果。

探讨玄言诗难以成为文学经典这一问题，并不意味着否定诗歌言理的必要性，更不是全盘否定言理诗所具有的思想价值和文学价值，只是客观地揭示民族思维方式和审美心理在经典化机制运作过程中，实实在在发挥了作用。陶渊明的《饮酒》"结庐在人境"，苏轼的《题西林壁》"横看成岭侧成峰"，皆包含哲理，它们之所以成为经典，一个重要的原因便是诗人将形象与哲理有机地结合起来，寓哲理于形象之中。

参 考 文 献

[1] 陈文新. 中国文学流派意识的发生和发展：中国古代文学流派研究导论 [M]. 武汉：武汉大学出版社，2003.

[2] 陈向春. 中国古代文学[M]. 长春：东北师范大学出版社，2006.

[3] 陈薛俊怡. 中国古代文学[M]. 北京：中国商业出版社，2015.

[4] 多洛肯. 中国古代文学[M]. 西安：陕西师范大学出版总社有限公司，2010.

[5] 冯雪娟，胡海燕. 中国古代文学审美视角与当代价值[M]. 延吉：延边大学出版社，2017.

[6] 傅斯年. 中国古代文学史讲义[M]. 成都：四川人民出版社，2018.

[7] 郭守运. 中国古代文学文体范畴研究[M]. 广州：广东高等教育出版社，2019.

[8] 郭昕. 中国古代文学[M]. 重庆：重庆大学出版社，2014.

[9] 李蕾，王艳梅，王家超. 中国古代文学与历史文化的研究[M]. 长春：吉林文史出版社，2021.

[10] 罗莹，曾晓洪. 中国古代文学（上）[M]. 2版. 成都：西南交通大学出版社，2021.

[11] 马俊平. 中国古代文学与优秀传统文化精神的传承[M]. 长春：吉林出版集团股份有限公司，2019.

[12] 马晓霞，徐艳，毛国宁. 文化视角下的中国古代文学动态演变研究[M]. 北京：中国原子能出版社，2018.

[13] 莫砺锋. 千年凤凰 浴火重生：中国古代文学艺术与现代社会[M]. 南京：江苏人民出版社，2017.

[14] 沈玲. 中国古代文学简史[M]. 武汉：华中科技大学出版社，2011.

[15] 师帅. 中国古代文学的发展[M]. 北京：中国大地出版社，2019.

[16] 王婷婷，赵静. 中国古代文学在当代的价值与功能研究[M]. 北京：中国商业出版社，2021.

[17] 徐季子. 中国古代文学[M]. 上海：华东师范大学出版社，1990.

[18] 杨立群. 中国古代文学专题[M]. 北京：对外经济贸易大学出版社，2015.

[19] 庾伟. 中国古代文学理论与典型主题研究[M]. 天津：天津人民出版社，2021.

[20] 张群芳. 中国古代文学[M]. 北京：世界图书出版有限公司，2021

[21] 周娜. 山东经传的读本与中国古代文学[M]. 上海：上海世界图书出版公司，2020.